GUERRA CIVIL

GUER
CI

UMA HISTÓRIA DO UNIVERSO MARVEL
STUART MOORE
ROMANCE ADAPTADO DOS QUADRINHOS DE MARK MILLAR E STEVE McNIVEN

marvel.com
© 2015 MARVEL

novo século®

São Paulo, 2015

Civil War Prose Novel
Published by Marvel Worldwide, Inc., a subsidiary of Marvel Entertainment, LLC.

marvel.com
© 2015 MARVEL

11ª reimpressão – abril/2023

TRADUÇÃO
Michele G. MacCulloch

PREPARAÇÃO
Paulo Ferro Junior

DIAGRAMAÇÃO
Equipe Novo Século

REVISÃO
Fernanda Guerriero
Equipe Novo Século

ADAPTAÇÃO GRÁFICA
Vitor Donofrio

ILUSTRAÇÃO DE CAPA
Michael Turner
Peter Steigerwald

Equipe Marvel Worldwide, Inc.

VP, PRODUÇÃO & PROJETOS ESPECIAIS
Jeff Youngquist

EDITORA-ASSOCIADA
Sarah Brunstad

GERENTE, PUBLICAÇÕES LICENCIADAS
Jeff Reingold

SVP PRINT, VENDAS & MARKETING
David Gabriel

EDITOR-CHEFE
Axel Alonso

EDITOR
Dan Buckley

DIRETOR DE ARTE
Joe Quesada

PRODUTOR EXECUTIVO
Alan Fine

Texto de acordo com as normas do Novo Acordo Ortográfico da Língua Portuguesa (1990), em vigor desde 1º de janeiro de 2009.

Dados Internacionais de Catalogação na Publicação (CIP)
(Câmara Brasileira do Livro, SP, Brasil)

Moore, Stuart
Guerra Civil - uma história do universo Marvel
Stuart Moore; [tradução Michele Gerhardt MacCulloch].
Barueri, SP: Novo Século Editora, 2015. (Coleção Slim Edition)

Título original: Civil War – a novel of the Marvel universe

1. Ficção norte-americana 2. Guerra civil 3. Os Vingadores (personagens fictícios) – Ficção I. Título.

15-05513   CDD-813

Índice para catálogo sistemático:
1. Ficção: Literatura norte-americana 813

NOVO SÉCULO EDITORA LTDA.
Alameda Araguaia, 2190 – Bloco A – 11º andar – Conjunto 1111
CEP 06455-000 – Alphaville Industrial, Barueri – SP – Brasil
Tel.: (11) 3699-7107 | Fax: (11) 3699-7323
www.novoseculo.com.br | atendimento@novoseculo.com.br

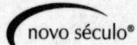

Para Mark Millar, que transformou uma página em branco em ouro; Steve McNiven, que lhe deu vida; e Liz, que aguentou com muita paciência toda a minha ladainha sobre Capitão América e Homem de Ferro.

PRÓLOGO
GUERREIROS

SPEEDBALL MAL CONSEGUIA FICAR PARADO. Isso não era raro. Desde o acidente no laboratório, seu corpo se tornara um gerador quase incontrolável de bolhas altamente voláteis de força cinética. Seus colegas dos Novos Guerreiros estavam acostumados à sua hiperatividade, sua incapacidade de se concentrar em alguma coisa por mais do que noventa segundos de cada vez. Eles nem viravam mais os olhos.

Não, o Speedball impaciente não era novidade nenhuma. Mas o motivo para estar assim era.

– Terra para Speedball. – A voz do produtor soou aguda no ouvido dele. – Você vai responder à minha pergunta, garoto?

Speedball sorriu.

– Pode me chamar de Robbie, Sr. Ashley.

– Você conhece as regras. Quando estão usando microfones em campo, apenas o nome de guerra. *Speedball*.

– Sim, senhor – não conseguia deixar de implicar com Ashley. O cara era um mala.

– Então – disse Ashley.

– Então?

– *Quantos* vilões?

Speedball tirou uma erva daninha de sua perna. Deu um salto no ar, passando por Namorita, que estava encostada em uma árvore, entediada. Quicou perto do enorme corpo de Micróbio – o cara estava esparramado na grama, roncando – e aterrissou com a leveza de uma pena bem atrás do Radical, o líder deles, com seu traje preto.

Radical estava concentrado, os olhos ocultos espreitando através de binóculos de alta tecnologia. Speedball o ignorou e olhou diretamente para a casa velha de madeira, escondida da vizinhança por uma cerca alta. Os Guerreiros – e a equipe de gravação – estavam a uns quinze metros de distância, escondidos atrás de grandes carvalhos.

Três homens musculosos apareceram na porta da casa, todos usando roupas comuns: jeans e camisas. Speedball apertou um botão no dispositivo que usava no ouvido.

– Três vilões.

– Quatro – corrigiu Radical.

Speedball olhou com mais atenção e viu uma mulher musculosa de cabelo preto.

– Isso. Estou vendo a Impiedosa lá atrás, esvaziando o lixo. – Speedball riu. – Esvaziando o lixo. Cara, esse pessoal é barra pesada.

– Na verdade, todos eles estão na lista dos mais procurados do FBI. – Ashley soou quase como se estivesse preocupado. – Homem de Cobalto, Speedfreek, Nitro... todos eles fugiram da prisão da Ilha Rykers há três meses. E a ficha deles é maior do que o meu braço.

Micróbio veio desajeitado por trás deles – com todos os seus 150 quilos – com seu uniforme verde e branco com um grosso cinto cheio de compartimentos.

– E aí?

Radical fez um gesto para que ficasse em silêncio.

– A Impiedosa já lutou com o Homem-Aranha algumas vezes – continuou Ashley. – E escutem isto: Speedfreek quase derrubou o Hulk.

Radical abaixou os binóculos.

– Ele o quê?

Micróbio coçou a cabeça.

– Esses caras são muita areia pro nosso caminhãozinho.

– Pro seu, talvez, balofo.

– Cala a boca, Ball.

– Já disse pra não me chamar assim.

– Ball – repetiu Micróbio, com um sorriso preguiçoso no rosto.

– Já chega. – Namorita virou o rosto, pouco interessada. – Qual é o plano?

Speedball riu com desdém.

– O plano é você gastar mais cinco minutos se maquiando, Nita. Ou acha que o público vai querer ver essa espinha horrenda no seu queixo?

Ela levantou o dedo do meio para ele e virou de costas. Pierre correu atrás dela, cheio de base na mão.

Namorita era uma formosura de pele azul, de uma ramificação da família real de Atlântida. Prima, sobrinha ou alguma coisa do Príncipe Namor, governador da cidade submarina. Uma vez, Speedball se engraçou pro lado dela, e ela segurou a cabeça dele embaixo d'água por cinco minutos.

– Não sei, não – respondeu Radical, lançando um olhar preocupado para a casa. – Não sei se devíamos fazer isso.

– Qual é? – Speedball quase deu um pulo, mas lembrou a tempo que aquilo denunciaria o esconderijo deles.

– Pense na audiência, Radical. Estamos sendo esquecidos. Há seis meses que andamos pelo país atrás de criminosos para combater e só conseguimos um vagabundo com uma lata de spray e uma perna de pau. Esse pode ser o episódio que vai colocar os Novos Guerreiros no mapa de verdade. Acabamos com esses palhaços e todo mundo vai parar de reclamar que o Nova saiu do programa pra voltar pro espaço.

Fernandez, o cinegrafista, limpou a garganta.

– Só quero lembrar que o nosso turno termina daqui a vinte minutos. Depois disso, só voltamos uma hora e meia depois.

Todos se viraram para Radical.

– Ok, escutem. – Radical levantou um tablet que mostrava os perfis dos quatro vilões. – Nitro e Homem de Cobalto são as verdadeiras ameaças aqui. O forte da Impiedosa é a luta corpo-a-corpo; é melhor manter distância dela se possível. Não sei como está a armadura do Cobalto agora, mas...

– Ball – disse Micróbio de novo, se debruçando no ombro de Speedball para sussurrar em seu ouvido: – Ball, ball, ball, ball, balllll.

Speedball sacou seu iPhone, colocou uma música do Honey Claws. Batidas eletrônicas com o som do baixo proeminente soaram.

Felizmente, abafaram as implicâncias do Micróbio e os planos táticos chatos do Radical.

Speedball estava cansado e mal-humorado. Todos estavam, ele sabia. Fora ideia do Radical transformar os Novos Guerreiros em um *reality show* e, no começo, pareceu excitante. Eram tempos difíceis para um herói adolescente, e essa era uma chance de transformar seu time de terceiro escalão em estrelas. O programa obteve um breve sucesso, e Speedball ficou viciado no clamor do público, nas participações em *The Colbert Report* e *Charlie Rose*.

Mas então, o Nova pediu demissão, e quanto menos se falar de sua substituta – Escombro – melhor. Ela só precisou de dois episódios para se mostrar um fracasso. Conforme a temporada foi progredindo, a tensão das viagens e das constantes refilmagens deixou todos com os nervos à flor da pele. E os números da audiência despencaram. Era muito improvável que houvesse uma segunda temporada.

Isso é muito ruim, pensou ele. *Quando isso tudo começou, nós éramos amigos.*

Nita deu uma cotovelada forte nas costelas dele e arrancou seus fones de ouvido.

– O quê?

– Fomos vistos.

Speedball olhou para a casa no momento em que Impiedosa virou-se e olhou bem na direção deles. Então, ela correu para dentro, gritando:

– Todos de uniforme. É um ataque!

Os Guerreiros estavam prontos. Fernandez levantou a câmera, se preparando para segui-los.

– Ataque padrão – gritou Radical. – Venham atrás de mim...

Speedball apenas sorriu e pulou, bolhas de energia cinética jorrando dele em todas as direções.

– MANDA VER! – berrou ele.

Quase pôde sentir o suspiro exausto de Radical. Conforme Speedball fazia uma aterrissagem em forma de arco, no meio do gramado, ele tocou a tela de seu iPhone para escutar outra música. O programa não era ao vivo, mas de alguma forma, o tema musical retumbando em seus ouvidos sempre injetava adrenalina em suas veias. E Speedball vivia de adrenalina.

– SPEEDBALL! – anunciava o locutor em seu ouvido. – RADICAL! MICRÓBIO! A ARDENTE NAMORITA! E... O HOMEM CHAMADO NOVA!

Ele odiava essa parte.

– EM UM MUNDO DE TONS DE CINZA... AINDA HÁ O BEM E O MAL! AINDA HÁ...

... OS NOVOS GUERREIROS! – Speedball gritou as palavras junto com o locutor, no exato momento em que derrubava a porta da frente, quebrando-a em pedacinhos.

Os outros Guerreiros corriam atrás dele, analisando a cena. A sala estava desmobiliada, como uma boca de fumo. Um homem de cabelo comprido veio recebê-los girando, meio vestido em um exoesqueleto de metal.

– Speedfreek – disse Radical.

– Puta merda! – Speedfreek tentava pegar um capacete prateado com visor vermelho.

Sorrindo de novo, Speedball lhe golpeou com o corpo, fazendo o capacete voar. Eles se chocaram contra a parede dos fundos, caindo no quintal. Freek caiu de costas em cima de um tronco velho, cercado por mato e ervas daninhas.

– Ouvi dizer que o hábito faz o monge, Speedfreek. – Speedball deu um forte soco de esquerda no rosto dele. – E, no seu caso, isso é totalmente verdade!

– Ai! – Speedfreek voou para trás, caindo na grama.

Fernandez, o cinegrafista, bateu no ombro de Speedball.

– Perdi o som, cara. Alguma chance de repetir essa última parte?

Speedball fez uma careta, acenou para Namorita. Ela revirou os olhos e caminhou até um Speedfreek tonto. Com facilidade, ela o levantou e jogou seu corpo inerte na direção do cinegrafista.

Speedball abaixou-se e pulou alto, voltando com um chute voador. Quando o seu pé encostou no maxilar de Speedfreek, ele gritou de forma bem clara:

— No seu caso, Mané, é *totalmente verdade!*

Fernandez abaixou a câmera e deu um entediado "joinha".

Speedball olhou à sua volta. Radical e Micróbio estavam encurralando Impiedosa e Cobalto na cerca. Cobalto estava tentando colocar o traje *high-tech* em seu corpo grande, enquanto Impiedosa disparava suas espadas de energia no ar, mantendo os Guerreiros acuados.

Micróbio virou-se lentamente para fitar Speedball. *Provavelmente torcendo pra eu levar um chute na cara*, pensou Speedball.

— Espera aí. — Impiedosa parou, segurando duas espadas de energia em uma postura defensiva. — Conheço esses caras. Vocês são aqueles idiotas do *reality show*.

— Isso mesmo — respondeu Radical. — E *isso* aqui é a realidade.

Speedball balançou a cabeça. *Que frase de efeito ridícula, chefe.*

— Não — continuou Impiedosa. — Eu não vou ser derrotada pela Peixinho-Dourado e pela Drag Queen. — Ela cortou o ar com a espada, descrevendo um arco.

Mas Namorita já estava invadindo o espaço de defesa da Impiedosa. Nita acertou o punho azul, fortalecido por anos de sobrevivência nas profundezas do oceano, bem no maxilar da vilã.

— Discordo, queridinha.

Radical seguiu com um chute acrobático no estômago de Impiedosa.

— Podemos editar a parte em que ela me chamou de Drag Queen?

— Claro — Nita zombou. — Porque Radical é *muito* macho.

Impiedosa estava no chão — mas onde estava o Homem de Cobalto? E que diabos Micróbio estava fazendo, parado no canto do quintal, de costas para eles?

Speedball saltou até onde estava Micróbio. Surpreendentemente, o criança estava de pé sobre um vilão contorcido de dor e dominado, que usava um sobretudo. Por baixo do casaco, um exoesqueleto parecia se dissolver diante de seus olhos.

— Peguei o Homem de Cobalto! — vangloriou-se Micróbio. — Meus poderes bacterianos estão enferrujando o traje dele. Acho que não sou tão fracassado assim, hein?

– Aprenda a fazer conta, seu fracassado. – Speedball olhou em volta. – Cadê o quarto vilão?

Nita deu um salto, as pequenas asas dos seus pés batendo alucinadamente. Ela parou no ar e apontou para a casa perto da estrada.

– Deixa comigo. – Ela se virou para sobrevoar o telhado.

Radical e Micróbio voltaram para a casa. Entraram pelo buraco na parede, indo atrás de Namorita.

Speedball começou a segui-los, mas virou-se ao escutar um ruído. No chão, Speedfreek rosnava, tentando levantar. Speedball chutou-o com força, depois seguiu para a casa. Fernandez o seguiu, apoiando a câmera no ombro.

No meio da sala, Speedball parou. Fernandez estancou em seu encalço, e Speedball acenou para que ele seguisse em frente. O cinegrafista caminhou até a porta da frente.

Speedball olhou longa e cuidadosamente ao redor da sala. Havia latas de cerveja espalhadas por todo lugar. Em uma mesa dobrável, havia uma caixa gordurosa de pizza onde uma última fatia fora esquecida ali para apodrecer. Um inalador de metanfetamina ainda brilhava, jogado em cima de uma pilha de discos de Xbox. A pintura antiga descascava da parede; o estofamento escapava do sofá velho.

Esta casa, ele se deu conta, *é onde você acaba*. Quando tudo dá errado, quando as coisas não acabam como você esperava. Quando você toma todas as decisões erradas e acaba correndo *para se salvar*.

Speedball atingira o clímax durante a luta; agora seus níveis de adrenalina estavam despencando. De repente, se sentiu cansado, inútil, fútil. Ficou satisfeito pelos outros não estarem por perto – gastava muita energia, sem nenhum trocadilho, escondendo sua condição bipolar deles. Sentia-se irreal, como se estivesse observando a si mesmo de longe. Como um espectador do programa, entediado e sem rosto, se preparando para trocar de canal.

– Speedball! – A voz de Ashley soou em seu ouvido. – Garoto, cadê você? Quer perder o melhor da festa?

Não, percebeu ele. *Não quero perder.*

Speedball saiu pela porta da frente, estilhaçada pela explosão de energia cinética. Pisou no primeiro degrau, fazendo uma pose rápida, caso alguma das câmeras estivesse gravando, então saltou para a rua.

Na calçada do lado oposto, um grupo de crianças do ensino fundamental havia se reunido na beira de um parquinho. Alguns carregavam livros, outros, computadores; um garoto segurava um taco de beisebol. Radical e Micróbio os mantinham afastados, agindo com firmeza, enquanto Namorita seguia pelo ar até um ônibus escolar que estava estacionado.

Uma pequena figura atravessou a rua e seguiu na direção do ônibus escolar: traje roxo e azul, cabelo comprido prateado. Olhos cruéis que pareciam ter visto – e feito – coisas terríveis.

Nita mergulhou em cima dele, atirando-o contra o ônibus, amassando sua lateral. Vidros quebrados caíram, cobrindo os dois.

O homem não emitiu nenhum som.

– De pé, Nitro. – Namorita estava em posição de batalha, os braços levantados, as pernas firmemente plantadas no chão, em uma pose para a câmera. – E nem tente nenhuma das suas explosões idiotas, porque isso só vai fazer você apanhar mais.

Speedball se aproximou para dar apoio a ela.

Nitro ajoelhou no asfalto, apoiando-se no ônibus amassado. Quando levantou o olhar, seus olhos faiscavam de ódio... um fogo mortal.

– Namorita, certo?

Fernandez se aproximou, virando a câmera de Nitro para Nita.

Nitro sorriu, e seus olhos brilharam ainda mais.

– Infelizmente pra você, eu não sou um daqueles fracassados com quem você está acostumada, amorzinho.

O corpo todo de Nitro cintilava. Nita deu um passo atrás. Radical assistia, tenso e inseguro. Micróbio só fitava, de boca aberta e olhos arregalados.

Os estudantes estavam na rua agora, também de olhos arregalados. Um deles quicava uma bola de basquete, sem pensar, nervosamente.

Radical deu alguns passos à frente, com um olhar repentinamente alarmado.

– Speedball... Robbie. Me ajude a tirar essas crianças daqui!

Ashley também estava tagarelando no ouvido dele.

Speedball não se moveu, nem mesmo assentiu. Mais uma vez, sentia como se estivesse assistindo a eventos, imagens gravadas em alguma tela de alta definição. *Isso importa? Ele se perguntou. Se tudo der errado, se não seguir o roteiro certo, podemos simplesmente gravar outra tomada?*

Ou esta é a última, a única tomada?

Nitro era uma bola de fogo agora. Apenas seus olhos cintilantes eram visíveis, fixos nos de Namorita.

– Agora você está mexendo com gente grande – disse Nitro.

A energia jorrou dele, consumindo primeiro Namorita. Ela arqueou o corpo de dor, soltou um grito silencioso e então se dissolveu em cinzas. A onda de choque continuou se espalhando, envolvendo a câmera, o cinegrafista, o ônibus escolar. Radical, depois Micróbio. A casa e os três vilões espalhados no quintal dos fundos.

E as crianças.

Oitocentos e cinquenta e nove moradores de Stamford, Connecticut, morreram naquele dia. Mas Robbie Baldwin, o jovem herói chamado Speedball, não chegou a saber disso. O corpo de Robbie ferveu até evaporar, e enquanto a energia cinética dentro dele explodia pela última vez no vazio, seu último pensamento foi:

Pelo menos, não terei que ficar velho.

PARTE 1
O ÚLTIMO BRILHO

1

ENERGIA FORMIGAVA POR SUA PELE, dançando pela malha de um milímetro de espessura que cobria seu corpo. Sensores sem fio se estenderam das mãos, tocando circuitos parecidos nas botas, no peitoral da armadura e nas pernas. Microprocessadores ganharam vida, cada um mais rápido do que o anterior. Placas de blindagem se abriram, acomodando-se ao seu corpo, travando no lugar certo, completando um circuito de cada vez. Luvas envolveram seus dedos: um, dois, três, quatro-cinco-dez.

O capacete veio por último, flutuando suavemente para suas mãos. Colocou-o na cabeça e abaixou a viseira.

Junto com os primeiros raios de sol, Tony Stark alçou voo pelo céu de Manhattan.

A Torre dos Vingadores desapareceu lá embaixo. Tony olhou para baixo, executando uma meia-volta vertical. O horizonte de Manhattan começava a aparecer em seu campo de visão, majestoso e vasto. Ao norte, o Central Park se esparramava como um cobertor verde sobre uma cama cinza. Ao sul, os cumes pontiagudos do labirinto de prédios de Wall Street se estreitavam até despontarem no mar.

Nova York era sua casa, e Tony amava a cidade. Mas hoje estava inquieto.

Uma dúzia de indicadores piscava tentando chamar a atenção de Tony, mas ele os ignorou. *Onde*, ele se perguntava, *devo tomar café da manhã hoje? The Cloisters? Um passeio rápido por Vineyard? Ou talvez uma viagem um pouco mais longa até Boca?* Serena devia estar se arrumando no Delray Hyatt – ficaria surpresa ao revê-lo.

Não, concluiu ele. Hoje estava inquieto. Hoje seria diferente.

Com um rápido comando mental, discou para Pepper Potts. A ligação caiu na caixa postal.

– Cancele todos meus compromissos da manhã – ordenou ele. – Obrigado, boneca.

Pepper nunca estava de folga. A caixa postal significava que ela estava ignorando-o deliberadamente. Não importa; ela estaria seguindo as suas ordens em poucos minutos.

Tony se inclinou, lançando uma olhadela para o Central Park. E então, suas botas a jato dispararam – e o invencível Homem de Ferro sobrevoou a cidade na direção do rio East.

A luz que indicava mensagens em seu telefone estava piscando, mas Tony não podia cuidar disso ainda. Ligou o piloto automático, certificando-se de que a luz que indicava notificações da FAA estava ativada. Passou pelo aeroporto La Guardia, virou à esquerda e piscou duas vezes para ver o *feed* de notícias. Diante de seus olhos, abriu-se um menu de manchetes.

Mais problemas econômicos na União Europeia; teria de verificar novamente seus investimentos mais tarde. Outra guerra no Oriente Médio estava prestes a estourar, talvez hoje mesmo. Pepper anexara também uma matéria sobre a subsidiária mexicana da Stark Enterprises. Tony precisava se certificar de que Nuñez, o diretor de operações da divisão, se lembrava da política antibelicista da empresa.

E o Comitê Senatorial de Investigações Meta-humanas era notícia de novo. Isso fez com que Tony se lembrasse de outro compromisso, então clicou no e-mail. Passou o olho por umas duzentas mensagens: instituições de caridade, contratos, velhos amigos, supostos velhos amigos que só queriam dinheiro, convites, assuntos dos Vingadores, declarações financeiras...

... ali estava. Confirmação de seu depoimento ao Comitê na próxima semana. Isso era importante – nenhum voo de longa distância seria suficiente para fazê-lo relaxar nesse dia.

O Comitê tinha sido formado para investigar os abusos de poder super-humano, e para recomendar normas e regulamentos que regeriam as ações de meta-humanos. Assim como muitos comitês do

Congresso, seu maior objetivo era aumentar o prestígio político de seus membros. Mas Tony tinha de admitir que, conforme o mundo ficava mais perigoso, seres com superpoderes se tornavam cada vez menos populares entre os civis. Sendo o Vingador mais famoso e tendo sua identidade conhecida pelo grande público, Tony sentia-se especialmente obrigado a garantir que ambos os lados fossem ouvidos.

Lá embaixo, um barco de passageiros estava atracando em Pelham Bay. Tony acenou para eles, e alguns turistas retribuíram o aceno. Então, seguiu o voo sobre a imensidão do Oceano Atlântico.

A princípio, barcos espalhados. Depois, apenas ondas: grandiosas, quebrando, uma exibição pura e infinita do poder da natureza. A vista acalmou Tony, fez com que se concentrasse. Ao desacelerar, a fonte real de sua ansiedade veio à tona em sua mente.

Thor.

O mensageiro de Asgard, lar dos deuses Nórdicos, apareceu de repente. Três metros e meio de altura, imponente e austero, pairando em uma nuvem de fumaça sobre a Torre dos Vingadores. Tony recebera o mensageiro no telhado, com Carol Danvers – a Vingadora conhecida como Miss Marvel – pairando logo acima. Ela flutuava de forma graciosa, o corpo flexível e forte em seu traje azul e vermelho. O Capitão América estava com eles, completamente uniformizado, ao lado de Tigresa, a mulher felina de pelo laranja.

Por um momento, o mensageiro não disse nada. Depois, desenrolou um pergaminho, amarelado pelo tempo, e começou a ler.

– RAGNAROK CHEGOU – disse ele. – FUI ENVIADO PARA AVISÁ-LOS DO DESTINO DO DEUS DO TROVÃO. VOCÊS NÃO O VERÃO MAIS.

Tigresa arregalou os olhos, alarmada. Capitão América, com dentes cerrados, deu um passo à frente.

– Estamos prontos. Diga-nos aonde ir.

– NÃO. ACABOU. RAGNAROK CHEGOU E PASSOU, TRAZENDO DESTRUIÇÃO A TODA ASGARD.

Tony levantou voo, confrontando o mensageiro diretamente.

– Olhe – começou ele.

– THOR FOI DERRUBADO EM BATALHA. NÃO ESTÁ MAIS ENTRE NÓS.

Ao ouvir essas palavras, uma terrível sensação tomou conta de Tony. Sentiu-se tonto, quase caindo do céu.

– ESTOU AQUI POR RESPEITO AO QUE ELE SIGNIFICAVA PARA VOCÊS. MAS ESCUTEM-ME: ESTE É O FINAL DA MENSAGEM DO PAI ODIN. A PARTIR DE HOJE, NÃO HAVERÁ MAIS CONTATO ENTRE MIDGARD E ASGARD, ENTRE O SEU REINO E O NOSSO.

– THOR ESTÁ MORTO. A ERA DOS DEUSES ACABOU.

E com o estrondo melancólico e ecoante de um trovão, o mensageiro se foi.

Isso foi há quatro semanas. Agora, plainando sobre o oceano, Tony escutava novamente as palavras em sua cabeça. A ERA DOS DEUSES ACABOU.

Bem, pensou ele. *Talvez sim. Talvez não.*

Tony sofrera por Thor no último mês. A dor e a frustração que sentiam foi motivo de discussão entre Os Vingadores: após dezenas, centenas de batalhas juntos, o amigo e companheiro deles aparentemente morrera sozinho, em uma guerra disputada bem longe dali, em algum outro plano de existência totalmente diferente. Os Vingadores não apenas estavam impotentes para ajudar o amigo, como provavelmente não poderiam sequer ter *percebido* a batalha que tirou a vida dele.

Agora, porém, Tony começava a notar que alguma outra coisa o incomodava. Thor não havia sido apenas seu amigo; o deus do trovão era o eixo, o centro dos Vingadores. Tony e Capitão eram homens cheios de força de vontade, cada um com seus pontos fortes e fracos: o Capitão era guiado pelo coração e pelo instinto, Tony pela fé no poder da indústria e da tecnologia. Muitas vezes depois que a equipe foi fundada, eles quase foram aos tapas por causa de alguma estratégia ou sacrifício. E todas as vezes, Thor levantou aquela voz retumbante que não deixava espaço para discussões. Ele os lembrava de suas responsabilidades ou ria da tolice deles, e sua risada gigantesca sempre os unia. Ou, então, ele apenas se colocava atrás dos dois e dava tapinhas em suas costas, com tanta força que quase fundia a armadura de Tony em sua pele.

Tony tentara se aproximar do Capitão, mas o Supersoldado passara as últimas semanas muito quieto. Tony tinha a terrível sensação de que a morte de Thor havia aberto uma ferida permanente no coração dos Vingadores.

Nos outros aspectos, as coisas estavam indo bem, a Stark Enterprises estava cheia de contratos com o Departamento de Segurança, e mesmo que não houvesse nenhuma mulher em especial em sua vida no momento, havia umas quatro ou cinco gostosas. De uma forma geral, os últimos anos tinham sido bons para Tony Stark.

Ainda assim, ele não conseguia afastar esse medo. Uma sensação, bem no fundo de seu coração revestido de metal, de que algo imensamente terrível estava prestes a acontecer.

Outra luz piscou. Happy Hogan, seu motorista.

– Bom dia, Hap.

– Sr. Stark, deseja que eu lhe pegue em algum lugar?

Um vulto surgiu à sua frente, refletindo na água agitada, pouco visível através da camada de nuvens. Tony observou, um pouco distraído.

– Sr. Stark?

– Uh, esta manhã não, Happy. Acho que não conseguiria trazer o carro para onde estou agora.

– Outro quarto de hotel? Quem é ela desta vez?

Tony mergulhou nas nuvens, inclinou para o lado, fazendo um arco – e viu um barco pesqueiro de 24 pés. Provavelmente português, *muito* longe do porto de origem. Estava declinando, a água do mar revolto entrando. A tripulação trabalhava no deque, tentando tirar a água com baldes, mas estavam perdendo terreno.

– Ligo mais tarde, Hap.

Tony mergulhou na direção do barco. Uma onda enorme avolumou-se embaixo dele, fazendo-o balançar. A tripulação se agarrou freneticamente ao mastro, buscando suporte. Mas a onda era impiedosa. O navio estava prestes a emborcar.

Enquanto mergulhava, Tony pediu uma pesquisa sobre barcos de 24 pés. O peso seria algo entre 1.500 e 1.900 quilos, sem contar a tripulação e a carga. Bem pesado, mas com os novos microcontroladores intensificadores de força muscular em seus ombros, seria possível. A popa do barco se levantou diante dele, agora apontando para cima. Segurou a popa, acionou os microcontroladores com um comando mental e empurrou.

Para sua surpresa, o peso do barco continuava a pressioná-lo, forçando-o para baixo, na direção do mar. Percebeu que sua armadura apagara e os controladores não estavam ligando. Dois mil quilos do barco pesqueiro caíam sobre os músculos humanos, normais, de Tony.

Nesse momento uma ligação entrou – um número prioritário da Torre dos Vingadores. Tony praguejou; não poderia atender agora. Com um rápido pensamento, ativou a resposta de texto: *Ligo mais tarde.*

Embaixo dele, os pescadores estavam pendurados nos mastros, gritando em pânico. Em segundos, estariam submersos.

Tony não podia usar os raios propulsores; a esta distância, eles despedaçariam o barco. Esforçou-se para respirar e executou um reboot de força dos microcontroladores. Luzes dançavam diante de seus olhos... e então, desta vez, os controladores ligaram. Energia fluiu por seu exoesqueleto metálico. Tony empurrou, inicialmente com dificuldade, e agarrou o barco para acertar seu curso. Então o soltou devagar, colocando-o gentilmente sobre a água.

O mar se acalmara, temporariamente. Tony buscou um tradutor interno e escolheu PORTUGUÊS.

– É melhor voltarem para o porto – aconselhou ele. A armadura traduzia suas palavras automaticamente, amplificando-as para os pescadores abaixo.

Um capitão aliviado e encharcado sorriu timidamente para ele. Os lábios dele formavam palavras em português, e Tony escutou a voz metálica da armadura:

– Obrigado, Sr. Anthony Stark.

Hum, pensou Tony. *Até em Portugal eu sou conhecido.*

Subiu alto o suficiente para visualizar a costa de Portugal e da Espanha. A água parecia calma o suficiente para navegarem em segurança, então acenou, despedindo-se do barco e partiu em direção à costa.

Esses microcontroladores estavam com problema. Tony sempre tivera problemas com microcircuitos; quanto menor o seu trabalho ficava, maior a probabilidade de falhar. Precisava consultar alguém a esse respeito... quem sabe Bill Foster? Antes de se tornar o herói Golias, Foster era especialista em miniaturização.

– Nota – disse Tony em voz alta. – Ligar para Bill Foster amanhã. O litoral espanhol, cheio de praias, apareceu, tentando-o. Ousaria parar para comer tapas? Não. Hoje não. Abriu o menu do telefone e selecionou LIGAR PARA ÚLTIMO NÚMERO. Apareceu uma opção: VÍDEO? Ele selecionou SIM.

Uma aparição horrível surgiu diante de Tony, enchendo seu campo de visão. Uma criatura brilhante, parecida com um inseto, refletindo dourado e vermelho metálico, braços finos e pernas estalando com energia elétrica. Lentes douradas alongadas escondiam seus olhos, lhe dando um ar de malícia inumana. Sua forma era vagamente humana – exceto pelos quatro tentáculos adicionais que saíam de suas costas, balançando aleatoriamente em movimentos convulsivos.

Tony se desequilibrou no ar, rapidamente se endireitando. Já passara pela Espanha e agora seguia para o Mar Tirreno, na direção da Itália.

– Tony? Você está aí?

A voz era simpática, meio aguda e familiar. Tony riu.

– Peter Parker – disse ele.

– Quase te fiz enfartar, hein? Foi mal, não teve graça.

– Tudo bem, Peter. – Tony virou para o sul, para longe da Bósnia, e deu uma volta pela ponta da Grécia. – Eu deveria ter reconhecido esse traje... afinal de contas, eu mesmo o construí. Só nunca tinha visto ninguém usando.

Na tela de vídeo de Tony, Peter Parker – o espetacular Homem-Aranha – pulou em cima de uma mesa, cheio de graça e velocidade.

Ele improvisou, adotando uma pose cômica, estilo *Vogue*, os tentáculos metálicos emoldurando seu rosto.

— O que você acha?

— Perfeito pra você.

Tony checou as informações da origem da ligação; era da Torre dos Vingadores, certo. Isso explicava a capacidade do vídeo. E também lhe dava uma boa ideia do por que Peter tinha ligado.

— Honestamente, Tony... e você me conhece, eu não falo "honestamente" com muita frequência. Esse traje é um estouro.

— Se eu fosse você, também não diria isso com muita frequência.

O Homem-Aranha bateu nas lentes douradas.

— O que tem nessas coisas?

— Filtros infravermelhos e ultravioletas. O dispositivo de ouvido tem um receptor embutido que capta as frequências da polícia, dos bombeiros e da emergência. — Tony sorriu: adorava explicar o próprio trabalho. — A cobertura da boca tem filtros de carbono para não deixar entrar toxinas, e tem um sistema completo de GPS acoplado na placa do peito.

— Uau! Nunca mais vou me perder no West Village. Aquelas ruas diagonais são um labirinto!

— Só um minutinho, Peter...

A Jordânia aparecia à sua frente, com a Arábia Saudita logo adiante. Tony acionou o campo furtivo de sua armadura, sentiu o conhecido formigamento por todo o corpo. Agora, estava invisível aos radares, satélites e ao olho nu em um raio de doze metros.

— ... nunca se sabe por onde estamos passando — solicitou um dossiê detalhado sobre Peter. — Como está a sua tia?

— Melhor, obrigado. O infarto não foi muito grave.

— Bom saber.

— Tony, quero lhe agradecer muito. Muito mesmo. Aquele traje que eu costurei quando tinha 15 anos... estava bem gasto.

— Também incorporei uma membrana de teia que vai permitir que você plane por pequenas distâncias — continuou Tony.

— Tony...

– O traje todo é feito de microfibra Kevlar resistente ao calor. Nada que seja mais fraco do que uma bomba de médio calibre pode penetrar.

– Tony, não sei se posso aceitar.

Tony franziu a testa, acionou a pós-combustão. O deserto se estendendo à sua frente, uma mancha de colinas marrons sob o sol inclemente.

– O traje é um presente, Peter.

– Eu sei. Estou falando da outra coisa.

Os tentáculos traseiros de Peter se contorceram. *Ele ainda não se adaptou aos controles mentais*, percebeu Tony.

– Preciso de você, Peter.

– Fico lisonjeado. Acredite em mim, não tenho escutado isso de muitas *chicas* recentemente.

– Posso lhe ajudar com isso também.

– Só não acho que eu possa substituir um deus.

Então, é isso.

Tony parou, colocou os pensamentos em ordem. Sabia que os próximos momentos seriam críticos. Poderiam ficar debatendo pelo resto de suas vidas.

Peter acrescentou:

– Eu nunca fui um agregador também. Sou apenas o Homem--Aranha, amigão da vizinhança. Vocês operam em um nível completamente diferente.

Tony aumentou o nível de sensibilidade de seu microfone. Quando falou de novo, havia uma ressonância sutilmente mais forte em sua voz.

– Peter – começou ele –, tem muita coisa acontecendo agora. Você já ouviu falar do Comitê Senatorial de Investigações Meta-humanas?

– Não, mas já estou querendo participar.

– Eles estão analisando várias medidas que terão impactos profundos na maneira como eu e você vivemos nossa vida. A era do lobo solitário está no fim, Peter. O *mundo* inteiro é a sua vizinhança agora. Se os seus planos são seguir em frente, se você quer continuar salvando vidas, ajudando pessoas, usando os seus dons para o bem da humanidade, vai precisar de uma estrutura de apoio.

O Homem-Aranha não disse nada. Sua expressão era indecifrável por trás da fachada da malha de metal.

– Tenho um grupo forte nos Vingadores – continuou Tony. – Capitão, Tigresa, Miss Marvel, Gavião Arqueiro, Golias. Até Luke Cage está começando a aderir. Mas não tem nenhum outro que *pense* como eu, que entenda de ciência e tecnologia e que esteja sempre de olho no futuro.

– Ha! Tudo que faço atualmente é me preocupar com o futuro.

– Peter, não estou pedindo que você *substitua* Thor. Ninguém pode fazer isso. Mas preciso da sua força bruta e de sua mente afiada. Você agora é uma parte crucial do Projeto Vingadores.

O Homem-Aranha saltou, correndo nervosamente pelo teto da sala de reuniões da Torre. Seus tentáculos açoitavam o ar à sua volta. Nunca parecera tanto uma aranha quanto naquele momento.

A Índia passou abaixo, depois a Tailândia e a Indonésia.

– Assistência médica completa? – perguntou o Aranha.

– Melhor do que a Assistência do Obama que você tem agora.

– Estou dentro, então.

– Excelente. – O contorno cinza da Austrália apareceu adiante. – Estarei em casa daqui a três horas. Que tal um drinque para comemorar? Às duas da tarde na Torre?

– Club soda, claro.

– Você me conhece bem. – Tony fez uma pausa. – Peter, estou tendo um probleminha de satélite. Vejo você hoje à tarde.

– Probleminha de satélite? Onde você está?

– Você não acreditaria.

– Está tudo bem?

– Uns probleminhas com os novos microcontroladores da minha armadura... nada de mais. Estou bem.

– Que bom. Obrigado. De novo.

– Faremos coisas grandiosas juntos, Peter. Eu que agradeço.

Tony desligou a conexão.

Olhou para baixo enquanto sobrevoava a Nova Zelândia. Virou para a esquerda, apontou para o norte e acionou a pós-combustão com força total. O primeiro *bum* sônico mal penetrou por sua armadura; o segundo trepidou de leve em seus ouvidos.

Tony estava cansado de voar. Queria voltar para casa, retornar ao trabalho. Colocar a próxima fase da sua vida em ação.

Conseguir alistar Peter nos Vingadores tinha sido uma prioridade máxima. Tony realmente gostava do rapaz e não mentira ao elogiar a capacidade científica e a mente rápida de Peter. Percebeu que gostaria de ser o seu mentor.

Mas havia outro assunto que ele não mencionara. Tony não estava interessado apenas em Peter Parker, o prodígio da ciência. Como Homem-Aranha, Peter era um dos meta-humanos mais poderosos do planeta no momento. Isso o tornava um recurso a ser aproveitado... e um perigo em potencial a ser observado.

Melhor mantê-lo por perto.

Tony olhou para o Oceano Pacífico abaixo, observando enquanto as minúsculas ilhas do Havaí apareciam. Diminuiu um pouco a velocidade, imaginando-se no deque de um hotel com uma Piña Colada sem álcool na mão. Lindas mulheres com corpos brilhando ao mergulharem e saírem da água.

Não. Hoje não.

Quando chegou à Califórnia, havia oito mensagens de voz da Pepper. Compromissos, ligações, contratos. Sucessivamente, a cada mensagem, a voz dela ficava um pouco mais furiosa.

Bem, pensou Tony. *Se ela esperou até agora...*

As dunas de Utah passaram rápido, depois as lindas montanhas do Colorado com seus cumes cobertos de neve. As planícies de Kansas, as florestas exuberantes de Missouri.

Tão lindo. Tudo isso.

Quando as Montanhas Apalaches entraram em seu campo de visão, ele discou para Happy.

– Vou precisar de uma carona, Hap.

– Ainda está em um quarto de hotel, chefe? – Happy riu. – O que quer que houvesse nas suas veias, deveria ser colocado em frascos e vendido como Viagrrrr...

Uma onda de luzes e alarmes o assustou, bloqueando a voz de Happy. Tony piscou, sobrevoou Pittsburgh, e limpou todas as notificações com um comando mental.

– Ainda aí, Hap?
– Estou, chefe.
– Fique no aguardo.

Tony solicitou o *feed* de notícias; ele carregou lentamente. Zapeou pelos canais a cabo de notícias. Todas as reportagens pareciam muito confusas, até mesmo com um tom de pânico. Algo sobre centenas de mortos... uma enorme cratera, bem no meio de...

Já conseguia ver a Torre dos Vingadores, projetando-se no horizonte de Manhattan à sua frente.

– Happy, me encontre na Torre – mandou ele. – O mais rápido...

Então, seus ótimos sensores detectaram uma coluna de fumaça subindo pelo ar, à esquerda. Alguns quilômetros ao norte. Não... mais longe que isso, fora dos limites da cidade. Sessenta quilômetros, pelo menos.

Uma *grande* coluna de fumaça.

Algo terrível aconteceu.

– Mudança de planos, Hap, espere mais instruções. Estou mudando o curso agora, para...

Fez uma pausa, travou o GPS no local da fumaça preta e espessa que subia.

– ... Stamford, Connecticut.

2

A PRIMEIRA COISA QUE O HOMEM-ARANHA PENSOU ao entrar em Stamford foi: *Esta é uma baita primeira missão como Vingador.*

Nos arredores da cidade, sirenes de ambulâncias berravam. As pessoas estavam paradas do lado de fora de suas casas, conversando, temerosas. Alguns poucos empresários mexiam em seus celulares, frustrados; o serviço estava sobrecarregado. Todo mundo olhava para o norte, na direção da espessa nuvem preta no centro da explosão.

O Homem-Aranha parou em um cruzamento, olhando para cima. A fumaça já tinha diminuído, mas uma neblina artificial cobria todo o céu. As lentes do seu novo traje provavelmente poderiam analisar a composição dessa neblina, mas, de qualquer modo, ele realmente não queria saber.

Aranha sabia que precisava estar ali. Mas Tony não atendia às suas ligações, e por mais constrangedor que isso parecesse, não tinha ideia de como entrar em contato com nenhum dos outros Vingadores. Então, pegou uma carona em um caminhão que ia em direção ao norte e, quando o trânsito parou, foi saltando de prédio em prédio usando suas teias nos últimos cinco quilômetros.

Um Quinjet dos Vingadores passou sobrevoando na direção do local da explosão. O Homem-Aranha levantou o braço, lançou a teia em um poste de luz, e foi atrás de seus colegas de equipe.

Menos de um quilômetro depois, uma barricada da polícia bloqueava a estrada principal. Mais adiante, Aranha podia ver a devastação: prédios caídos, veículos de emergência com suas sirenes piscando, pedaços de tecido eram levados pelo vento nas ruas cobertas de entulhos. Civis frenéticos discutiam com tiras, ameaçando e adulando-os, desesperados por notícias de seus entes queridos.

Fora da barricada, um pequeno grupo se juntou, apontando para cima. O antigo prédio de quatro andares que abrigava uma biblioteca, coberta por uma cúpula ornamentada, rangeu e oscilou. Homem-Aranha focou suas lentes e localizou a causa: um pedaço de concreto fora arremessado em uma parede, aparentemente vindo da zona de desastre. Uma senhora e um homem de muletas saíam pela porta da frente da biblioteca, incitados pela polícia local.

Mas não era para isso que a multidão olhava. Na lateral da cúpula, perto do topo do prédio, estava a silhueta grená do Demolidor, o Homem Sem Medo.

Homem-Aranha ficou tenso e saltou. Quase errou o alvo – os intensificadores musculares do novo traje acionaram automaticamente. Mas ele girou no ar e, em menos de um segundo, tocou levemente a parede externa. Seus dedos aderiam com facilidade, como os de uma aranha, à fachada de tijolos.

Se o Demolidor ficou surpreso, não demonstrou. Seu radar provavelmente o avisara.

– Peter? É você? – perguntou ele.

– Em carne e osso, Matt – o Homem-Aranha fez uma pausa e bateu com os dedos nas lentes metálicas. – E aço, eu acho.

Abaixo deles, o prédio rangia e balançava.

– Tem uma criança presa lá dentro – informou o Demolidor. – Você me dá um suporte?

– Sempre.

O Demolidor agarrou o trinco da janela e tentou abrir. Trancada. O Homem-Aranha deu um tapinha no ombro dele, depois – se concentrando – estendeu um dos tentáculos que saíam das costas de seu traje. O tentáculo tremulou diante da janela, depois *atravessou-a* com força, apenas uma vez. O vidro se estilhaçou.

O Demolidor virou-se para ele.

– Onde conseguiu esse traje?

– Um camarada chamado Anthony Stark construiu para mim. Talvez tenha ouvido falar dele?

O Demolidor franziu a testa, o rosto sério por baixo do capuz vermelho. Então, ele se virou e mergulhou para dentro do prédio.

O Homem-Aranha deu de ombros e o seguiu, usando seus tentáculos para tirar os cacos que restavam no batente.

O escritório estava vazio, silencioso. Sem eletricidade; os computadores apagados em cima das duas mesas cobertas de papéis.

– Você sabe onde está a criança? – indagou o Homem-Aranha.

Mas o Demolidor estava se concentrando, usando seu radar para rastrear através do chão. Apontou para a porta e, de novo, Aranha o seguiu.

– Matt. E como você está? Sei que essa história toda de identidade tem sido difícil pra você.

O Demolidor não respondeu na hora. Seis meses antes, um tabloide com conexões no crime organizado divulgou sua identidade secreta, revelando ao público que ele era Matt Murdock, o famoso advogado. Isso levou a uma enxurrada de processos civis e constrangimento público. Matt tomara a decisão arriscada de negar tudo, de jurar publicamente que *não* era o Demolidor – o que, claro, era uma mentira. O Homem-Aranha não sabia se concordava com a decisão do amigo; a moralidade do ato parecia um tanto obscura. Mas Matt conseguiu provar que era a única opção viável.

– Estou bem – respondeu o Demolidor. Não foi muito convincente. – Ei! Ali!

Em uma sala cheia de cubículos, uma menina de sete anos estava encolhida no chão, encostada em uma barreira. O prédio balançava, e ela chorava.

Então, ela viu o Homem-Aranha e gritou.

Acho que nem todo mundo se acostumou com meu novo traje ainda, pensou ele.

– Deixa que eu pego a menina – disse o Demolidor.

Cinco minutos depois, eles estavam de volta à rua. O Demolidor entregou a menina para a mãe, enquanto um bando de tiras observava com cautela. A mulher lançou um olhar desconfiado para o Demolidor, depois para o Homem-Aranha. E então, saiu correndo.

– Gratidão – ironizou Aranha.

O Demolidor virou-se para ele.

– E alguém pode culpá-la depois do que aconteceu aqui hoje?

– Eu não *sei* o que aconteceu aqui hoje.

– Foi ruim, Peter. Para todos nós.

O Homem-Aranha franziu a testa.

– Poderia me dar uma pista?

– Estou falando da Lei de Registro de Super-Humanos.

Aranha deu de ombros, com os dois braços e os quatro tentáculos.

O Demolidor olhou para cima, e o Homem-Aranha seguiu seu olhar. A figura vermelha e dourada do Homem de Ferro passou sobrevoando em direção ao local do desastre.

– Pergunte ao seu novo melhor amigo – continuou o Demolidor.

Quando Aranha olhou, Matt já tinha sumido.

✪✪✪

Atravessar a barricada balançando na teia não foi problema. Um policial gritou para o Homem-Aranha uma vez, sem entusiasmo, depois voltou para seus afazeres. A polícia de Stamford já tinha mais do que suficiente com o que se preocupar.

Dentro da barricada, as ruas logo se tornaram um caos. Algumas casas tinham implodido; outras estavam caídas sob pilhas de escombros. Equipes de emergência andavam por todos os lados, transferindo os mortos e feridos para ambulâncias ou, nos lugares onde as ruas estavam muito ruins, para jipes bem equipados.

E o céu... o céu estava coberto por cinzas, com uma névoa escura. O sol conseguia fracamente atravessar essa névoa, mas nem produzia sombras, era difícil conseguir ver o globo vermelho opaco através da nuvem de poeira.

Um bater de asas chamou a atenção do Homem-Aranha. Falcão, um musculoso homem negro vestindo traje vermelho e branco estava aterrissando um quarteirão adiante. Aranha seguiu seu pouso e localizou o Capitão América, totalmente uniformizado, conversando com alguns médicos.

Capitão e Falcão tinham sido parceiros, entre idas e vindas, por alguns anos. Tiveram um diálogo sucinto – Aranha estava longe demais para escutar – e saíram correndo na direção de uma casa que ainda estava em chamas.

Capitão América virou-se, olhou o Homem-Aranha e franziu a testa. Então, continuou em direção à casa incendiada.

Aranha balançou a cabeça. *O que foi aquilo?* Estendeu a mão para lançar uma teia, com a intenção de seguir o Capitão e Falcão...

– Ei? Você é um Vingador?

Um bombeiro havia tirado a máscara respiratória. Parecia exausto, impaciente.

– Sou – respondeu o Homem-Aranha. – Acho que sim.

– Sua ajuda seria bem-vinda. – Ele apontou para uma pilha de pedras, os destroços de um velho prédio administrativo. – Os detectores de movimento captaram algo, a uns seis metros de profundidade. Mas não conseguimos fazer com que nossas escavadeiras cheguem até lá.

– Pode deixar. – Aranha deu um salto no ar. – Pode me dar um espacinho, galera?

Hora de colocar esse novo traje para trabalhar.

E, então, ele foi cavando, usando seus tentáculos para afastar pedras e cimento, os restos arremessados de mesas, paredes, tetos caídos. Chegou ao nível do solo e continuou fuçando, descendo até o porão do prédio, depois para o subsolo. Descendo com cuidado, se segurando por teias, girando os tentáculos para afastar os escombros e abrir caminho por camadas de solo. Antigamente, teria de fazer isso da forma mais difícil, levantando tetos com suas teias e forçando a passagem por corredores bloqueados usando apenas o poder dos músculos.

Assim parecia mais fácil. Mais natural até.

Antes que o Homem-Aranha pudesse perceber, os bombeiros seguiram-no buraco abaixo, pendurados por cordas. Eles se espalharam pelo subsolo enquanto o Aranha reforçava o teto com camadas de teia. Quando localizaram os cinco sobreviventes, prenderam os feridos em cordas e começaram a içá-los. Os civis tinham inalado muita poeira; um deles estava com a perna quebrada. Mas todos sobreviveriam.

    Peter escalou de volta para o nível do solo, e recebeu alguns aplausos dos bombeiros. E de outros dois também: da Tigresa, a mulher felina, e de Luke Cage, o Poderoso.

    A Tigresa estendeu os braços, segurando-o com um e se apoiando com o outro, puxou o Homem-Aranha para fora do prédio. Seu corpo coberto de pelos era quente e musculoso; seu traje, que mais parecia um biquíni, mal cobria o corpo. O abraço durou um pouquinho demais.

    – Bem-vindo aos Vingadores. – Tigresa sorriu e passou os olhos pelo corpo esbelto do Homem-Aranha. – Já estava na hora de ter uns gostosos nesse grupo.

    – Obrigado. Pena que as circunstâncias não foram menos... – Ele apontou à sua volta. – Bem, circunstâncias menos apocalipticamente terríveis.

    – Os Vingadores salvaram a minha vida. – Tigresa parecia séria agora. – Depois da minha transformação. O Capitão e o Homem de Ferro... Não sei o que teria sido de mim sem o apoio dessa equipe.

    Cage, um herói nascido no Harlem, usava calças jeans sujas, uma camisa justa preta, e óculos escuros que cobriam seus olhos. O rosto escuro estava coberto de poeira e fuligem. Ele deu um tapinha nas costas do Homem-Aranha.

    – E você? – quis saber o Homem-Aranha. – Ser um Vingador tem sido bom?

    – Ainda faz poucos meses. Se isso fosse uma prisão, eu ainda nem estaria em condicional. – Cage tirou os óculos e fitou Aranha mais de perto. – Roupas interessantes.

    – Design original de Tony Stark. No ano que vem, estará à venda nas melhores lojas do ramo.

    – Vamos – chamou Tigresa. – Vamos ver se podemos ajudar o Capitão.

    Ela correu se apoiando nas mãos e pés, abrindo caminho por postes e fios de telefone caídos. Cage assentiu para Aranha e, juntos, eles a seguiram.

Logo à frente, um único prédio de tijolos permanecia em pé, mas em chamas. Golias, o último de uma longa fila de heróis dos mais variados tamanhos, estava de pé com seus quatro metros de altura, tirando escombros do telhado. Abaixou-se, desviando de uma explosão de chamas, e agarrou um pedaço solto de piche. Jogou-o bem alto, e Miss Marvel lançou-se sobre ele. Disparou uma onda de energia radiante, incinerando o pedaço do telhado no mesmo instante.

O Homem-Aranha franziu a testa.

– Aquilo é o posto do corpo de bombeiros? Pegando *fogo*?

– Antigo posto do corpo de bombeiros. – Falcão aterrissou na frente deles. – Agora são escombros. Bem, *agora* é uma área de desastre.

Cage se aproximou e deu um leve abraço no Falcão. Os dois tinham crescido no mesmo bairro.

– O Capitão está lá dentro?

– Exatamente. Disse para esperar por mais instruções aqui fora.

– Onde estão os bombeiros? – perguntou Aranha.

O Falcão fez um gesto mostrando à sua volta o caos e as sirenes.

– A caminho.

Um homem de meia-idade saiu tropeçando e tossindo do prédio, e caiu de joelhos. Falcão levantou voo e assoviou; dois médicos vieram correndo.

Gavião Arqueiro, o atirador, saiu do edifício logo atrás do homem, equilibrando duas crianças em seus braços fortes. Seu traje roxo estava queimado e rasgado; uma das alças de sua aljava tinha sido totalmente queimada. Ele entregou as crianças nas mãos dos médicos e se afastou, tropeçando, tonto.

Acima, Golias tirava outro pedaço de telhado.

– Fogo provocado por gás – informou ele, para quem estava embaixo. – Ainda está queimando.

Falcão pousou ao lado do Gavião Arqueiro e o levou até onde estava Homem-Aranha e os outros.

– Bom trabalho, Gavião. Onde está o Capitão?

O Gavião Arqueiro tossiu e fez uma careta.

– Ainda lá dentro. Eu achei que tínhamos tirado todo mundo, mas ele disse... ele insistiu... – e começou a tossir de novo, se curvando.

– Você também deveria ser examinado.

Mas o Gavião Arqueiro lentamente se endireitou, um brilho travesso cruzando seus olhos. Pegou uma flecha de sua aljava, estendeu a mão e cutucou Homem-Aranha no peito com ela.

– E perder o melhor da festa? – Ele sorriu. – Bem-vindo aos Vingadores, Aranha.

Pela primeira vez, o Homem-Aranha se viu sem palavras. Ficou parado por um longo momento... e, então, o posto do corpo de bombeiros explodiu. Chamas saíam pela porta. Golias deu um passo gigante para trás e quase caiu. Miss Marvel lançou-se para trás no ar, observando com os outros, horrorizada.

– Capitão – disse Falcão.

Então, uma figura surgiu na porta, sua silhueta contornada pelo fogo enfurecido. Um homem alto e musculoso usando um uniforme vermelho, azul e branco rasgado. Capitão América, a lenda viva da Segunda Guerra Mundial, dava um passo cauteloso de cada vez, deixando o inferno para trás, carregando uma mulher inconsciente em seus braços fortes.

Médicos o cercaram, amparando a vítima.

– Queimaduras de terceiro grau – diagnosticou um deles. – Mas ela ainda está viva.

– Vamos colocá-la no Jipe.

– Capitão! – gritou Tigresa.

Cage, Falcão e Gavião Arqueiro seguiram-na na direção do prédio. Capitão tossiu uma vez, afastando-os. Ele sorriu para Falcão, deu um tapinha nas costas de Gavião Arqueiro e pousou o braço no corpo esbelto de Tigresa.

Então, virou-se para Homem-Aranha e seu rosto ficou sombrio.

– Homem-Aranha acabou de chegar – informou Tigresa. – É a primeira missão dele como um Vingador.

Com o olhar ainda furioso, Capitão estendeu a mão. Aranha aceitou, inseguro, e sentiu o aperto forte do Supersoldado.

— Não era o visual que eu esperava — disse o Capitão.

Atrás deles, um caminhão dos bombeiros finalmente chegou, com a sirene ligada. Bombeiros desenrolaram mangueiras e começaram a apontá-las para o prédio em chamas.

Capitão segurou a mão de Homem-Aranha por um longo momento. Cage e Falcão trocaram um olhar. Gavião Arqueiro esfregou o pescoço, pouco à vontade.

Por trás da máscara, Homem-Aranha franzia a testa. Sentia como se estivesse no colégio, nervoso atrás das lentes grossas enquanto algum garoto popular o olhava de cima.

— Eu, hã, tenho de procurar o Tony — anunciou ele. — Alguém sabe onde ele está?

✳ ✳ ✳

Quando o Homem-Aranha chegou à cratera, percebeu a verdadeira extensão da devastação. Uma área que se estendia por um quarteirão e meio da cidade fora totalmente derrubada, reduzida a cinzas e poeira. Metade de uma escola estava de pé no limite da zona destruída. A outra metade estava incinerada, caída dentro da própria cratera.

O Quinjet dos Vingadores estava estacionado em uma cratera, ao lado do avião feito especialmente para o Quarteto Fantástico. A névoa estava mais espessa ali, parecendo envolver a cratera em um assustador crepúsculo no meio do dia.

Aranha pousou ao lado do Quinjet.

— Chefe — disse ele.

Homem de Ferro levantou uma das mãos para ele:

— Espere um minuto. — Tony continuou falando com Reed Richards, o Senhor Fantástico do Quarteto. Reed montara uma rede provisória de laptops, pontos de wi-fi e detectores sensoriais, bem no centro morto da cratera. Ben Grimm, o Coisa, contraiu seu bíceps de rocha alaranjada para tirar um enorme sistema de computadores do avião.

Os outros membros do Quarteto Fantástico os observavam: Sue Richards, esposa de Reed, conhecida como Mulher Invisível, e seu irmão Johnny Storm, o Tocha Humana. Os olhos de Johnny estavam arregalados; ele parecia quase em estado de choque. Pequenas chamas acendiam e apagavam involuntariamente em seus braços e ombros.

Um movimento repentino chamou a atenção de Homem-Aranha. Ele se virou e encontrou Wolverine abaixado no extremo oposto da cratera. Cheirando o ar.

– ... acho que são todos os sobreviventes – disse Reed, examinando a tela. – Não havia muitos tão perto assim da explosão.

– O que... – Johnny parou, se recompondo. – O que causou isso?

– Os Novos Guerreiros – respondeu Tony. – Acabei de assistir à filmagem... foi transmitido remotamente para o estúdio deles. Para aumentar a *audiência*, eles tentaram acabar com uma gangue de vilões muito acima do nível de poder deles.

– Bem, eles pagaram por isso. – Reed estava taciturno. – As leituras dizem que não há nenhum sobrevivente na zona da explosão.

– Confirmo isso – gritou Wolverine. – Nenhum cheiro vivo.

– Nem mesmo Nitro? – perguntou Tony. – Foi ele quem causou a explosão.

O Homem-Aranha franziu a testa.

– Que tipo de cretino explode tudo, sabendo que vai morrer junto com as vítimas? Agora, temos *supervilões-bomba suicidas*?

Tony virou as fendas dos olhos pela primeira vez na direção do Homem-Aranha.

– Se eu pudesse perguntar a ele, perguntaria. Mas essa não é mais uma opção.

– Esses garotos... – disse Johnny. E ergueu um pedaço de pano azul e dourado, um minúsculo retalho do traje de Speedball. – Eles eram apenas crianças.

O Homem-Aranha foi até Johnny, colocou a mão no ombro do velho amigo.

– Palito de Fósforo. Você está bem?

Mas Johnny o afastou, fez uma careta e se incendiou, levantando voo para o céu coberto de névoa cinza.

Sue fez uma cara feia e virou-se para o avião do Quarteto.

– Vou atrás dele, para garantir que fique bem. Quer uma carona para casa?

– Claro – respondeu Reed. Os olhos deles se encontraram em um momento de profunda e silenciosa compreensão.

O Homem-Aranha se perguntou: *Será que algum dia serei tão íntimo de uma mulher assim?*

– Reed – começou Tony –, vou precisar de todos os dados que você puder reunir. A audiência no Senado é na próxima semana... este é o pior momento para uma tragédia dessas.

– Tony! – chamou Homem-Aranha. Mas Tony já estava em pleno voo, se afastando da cratera.

Homem-Aranha o seguiu a curta distância, sem saber o que fazer em seguida. Atrás dele, Reed Richards virou-se para o Coisa e começou a configurar alguma peça nova do maquinário.

Capitão América estava parado fora da cratera, observando os últimos corpos que eram removidos para uma ambulância. Tony pousou ao lado dele.

– Capitão.

Capitão América virou-se lentamente em sua direção.

– Todas essas crianças, Tony. – A voz do Capitão estava rouca, ainda mais intensa do que de costume. – O chefe da FEMA* disse que deve ter quase novecentos mortos. Tudo por causa de um programa de TV.

– Eles deveriam ter nos chamado – replicou Tony. – Os Novos Guerreiros, quero dizer. Radical sabia que esses vilões estavam acima da capacidade deles.

Capitão o encarou por um momento, depois se virou. Caminhou com passos rápidos até uma ambulância e começou a falar com o motorista.

Homem-Aranha deu um passo à frente.

---

* FEMA era a Agência Federal de Gestão de Emergências. (N.T.)

— Tony — repetiu ele. — Estou à sua disposição. Só precisa me dizer o que fazer.

— Não há nada a *fazer*, Peter... ou melhor, Homem-Aranha. Tire o seu smoking do armário e se prepare para as solenidades. Temos alguns funerais para ir.

— Mas...

— Isso não é um crime para ser resolvido, nem uma aventura, nem um vilão a ser destruído. É apenas uma tragédia.

— Ou uma oportunidade. Certo, xará?

Wolverine se aproximara por trás deles em silêncio. Seu olhar era hostil, mas sem aquela selvageria animal. Era algo mais profundo, mais pessoal.

— Você vai para Washington em breve, certo? Para falar com o Congresso sobre a situação dos super-humanos neste país.

— Isso mesmo, Logan.

— Bem, eu não dou a mínima para o que você vai fazer com aqueles palhaços. — Apontou para Falcão e Miss Marvel. — Mas tenho um recado dos X-Men: somos neutros. A comunidade mutante vai ficar de fora dessa sujeirada.

— Você também é um Vingador, Logan. — Tony deu um passo na direção de Wolverine, os propulsores cintilando.

Na mesma hora, o mutante se colocou em posição defensiva. Garras inquebráveis saíram de suas mãos, parando a um centímetro do peito do Homem de Ferro.

Atrás de Tony, os outros Vingadores já estavam reunidos: Golias, Cage, Gavião Arqueiro. Tigresa estava agachada, rosnando baixinho.

Capitão América continuava distante, perto de uma ambulância. Olhou para o corpo em uma maca e balançou a cabeça.

Tony se ergueu a alguns centímetros do chão, bem na ponta da cratera, e fitou Wolverine de cima, como um deus.

— Talvez você deva tirar uma licença dos Vingadores.

Wolverine se virou e saiu andando.

— Já tinha pensado nisso. *Chefe*.

— Tenha cuidado onde pisa, Logan.

O mutante se virou e rangeu os dentes.

– Se pensar em vir atrás de mim, Tony, é melhor tomar *mais* do que cuidado.

Então, ele disparou como um animal selvagem, se afastando em uma velocidade incrível.

Todos os Vingadores pareceram soltar a respiração ao mesmo tempo. Olharam em volta, pouco à vontade, assistindo enquanto os últimos carros de resgate saíam.

– Tony – disse Homem-Aranha. – O que você *vai* dizer para o comitê?

Tony Stark não respondeu. Ficou apenas parado, fitando a cratera, conforme a névoa cinza lentamente se dissipava, revelando um sol baixo, já se pondo.

Homem-Aranha ficou ao seu lado, junto com seus novos companheiros. Era um Vingador agora; este deveria ser seu novo começo. Mas para novecentos moradores de Stamford, Connecticut...

– ... é o fim – sussurrou ele.

Tony virou-se bruscamente para ele. Por um momento, Homem-Aranha teve a louca impressão de que Tony estava prestes a lhe dar um soco. Mas o Vingador blindado apenas olhou para cima, ativou suas botas a jato e subiu silenciosamente para o céu vermelho como sangue.

3

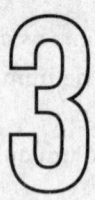

DO LADO DE FORA, O BLAZER CLUB não parecia grande coisa. Apenas uma porta dupla de vidro engordurado, com sua pequena corda de veludo se projetando para a calçada. Um toldo ao estilo de filmes antigos com letras de plástico que anunciavam: ESTA NOITE: ATOS DE VINGANÇA.

O segurança olhou Sue Richards de cima a baixo, de seus sapatos rasteiros à sua calça jeans velha, e para o seu corte de cabelo na altura dos ombros. Os olhos se escondiam atrás de lentes grossas, mas a boca assumiu um sorriso de desdém. Nem se incomodou em balançar a cabeça.

Sue fez uma careta e se afastou, misturando-se à multidão. Era um grupo que chamava atenção mesmo para os padrões de Nova York. Um grupo de executivos de Wall Street, rindo alto e exibindo grandes anéis. Duas turistas jovens, inacreditavelmente magras e cobertas de joias, tentando ao máximo parecer descoladas. Um homem negro, baixo e musculoso com uma garota em cada braço e uma fatia de pizza quente na mão. Uma amazona, com mais de dois metros de altura usando um vestido branco revelador, o decote ameaçando despejar seu conteúdo pelas ruas de Manhattan.

Dentro e fora, o Blazer era mais L.A. do que a maioria das boates de Nova York. Talvez fosse por isso que Johnny Storm, irmão de Sue, gostasse tanto dali.

Um homem latino usando uma camiseta regata que deixava seus músculos à mostra e uma barbicha de bode passou por Sue, com uma pequena mulher asiática na sua cola. O guarda abriu a corda e os deixou entrar.

Sue fechou os punhos. Estava caçando Johnny a tarde inteira, e essas eram as únicas roupas civis que tinha guardadas no avião. Se não parecia fabulosa o suficiente para o Blazer Club, o problema era *deles*.

Fechou os olhos, se concentrou e desapareceu.

Susan Richards, a Mulher Invisível, caminhou de novo até a porta e contornou a corda facilmente. Ao passar pelo segurança, expandiu um pouco seu campo de força, imprensando-o contra um nerd suburbano que tentava convencê-lo a permitir a sua entrada. O segurança virou-se, confuso, mas não viu nada.

Isso foi desprezível, pensou Sue. Mas sorriu.

O salão principal da Blazer era enorme, pelo menos metade do tamanho de um campo de futebol. Luz baixa, paredes de doze metros de altura que terminavam em um teto abobadado. Pessoas usando roupas coloridas dançavam descontraídas ou se juntavam em grupos, berrando para serem ouvidas apesar da música *techno hip-hop* que tocava. Homens de terno, garotos ricos, modelos de lingerie admiradas por todos, lançavam olhares ao redor em busca do agente certo, do fotógrafo certo.

Sue abriu caminho através do amontoado de pessoas, mantendo-se invisível. Em cima do palco, uma dominatrix fantasiada de Viúva Negra estava em cima de um "Demolidor" de quatro, enfiando seu salto agulha e batendo de leve com o chicote nas costas dele. Sue percebeu que os trajes eram realmente fiéis, cada zíper, gargantilha e bastão no lugar certo. Mas os clientes pareciam nem se importar.

Sue parou para observar, mais pensativa do que excitada. *Perdi muita coisa nos últimos anos enquanto criava Franklin e a pequena Valéria.*

Percebeu que nem reconhecia a música que tocava.

Para Johnny, o desastre em Stamford foi um golpe mais forte do que para os outros. Ele sempre foi um garoto emotivo, e o número de mortos mexeu com todos eles. Entretanto, Sue havia percebido mais uma coisa: de todos os super-heróis com quem conversara naquele dia, Johnny era o que tinha a idade mais próxima dos Novos Guerreiros.

E Johnny também cometera muitos erros na vida.

Eu poderia ter sido uma nadadora olímpica, pensou Sue de repente. Quando eu tinha quinze anos, treinava todos os dias; até passei pelas preliminares. Eu estava no caminho certo.

Mas abri mão quando papai... desistiu. Abri mão para cuidar do meu irmão mais novo.

Anos depois, ela ainda estava cuidando dele.

Johnny não era do tipo que ficava quieto quando se sentia mal. Ele saía em busca de encrenca. O que significava...

Um rapaz jovem que usava uma gravata fina trombou com Sue, quase derramando um dos seus quatro drinques. Ele olhou em volta, sem entender nada. Envergonhada, ela voltou à vista, balbuciando um pedido de desculpas que se perdeu em meio ao som da música. O jovem piscou duas vezes, franziu a testa momentaneamente, depois deu de ombros e lhe ofereceu um coquetel marrom.

Sue começou a balançar a cabeça, depois sorriu e aceitou o drinque.

Nesse momento, a música parou. Algum defeito técnico. Sue virou-se ao escutar o som de vozes altas.

Do outro lado do salão havia uma escada de metal que levava a uma plataforma e a uma porta colocada no meio da parede. Um grupo heterogêneo de frequentadores estava reunido, olhando algo ou alguém no topo das escadas. Uma forte chama laranja brilhou do alto da plataforma, e a multidão se afastou, soltando um *Oooh* de espanto.

Johnny.

Ela abriu caminho pela multidão, deixando o cara da gravata fina para trás. Tentou chamar o irmão, mas o lugar era muito barulhento. Quando chegou ao pé da escada, pôde ver Johnny parado na frente da porta, acenando com a mão em chamas para o grupo abaixo. Alguns pareciam impressionados; outros estavam... bem, era difícil definir. Uma loura oxigenada estava pendurada no braço de Johnny, gesticulando, bêbada.

No topo da escadaria, um segurança abriu a porta.

– Sala VIP, Sr. Storm. Paris e Lindsay estão esperando.

– Valeu, Chico. – Johnny puxou uma nota de cinco e, acidentalmente, a incendiou. – Foi mal! Aqui vamos nós.

Sue fez uma careta e se aproximou da escada. Mas uma mulher enorme usando um vestido justo e decotado nas costas subiu na sua frente, bloqueando o caminho.

– Por que esse otário pode entrar na sala VIP? – questionou a mulher.

Johnny parou na porta, e virou-se lentamente.

Não, pensou Sue. *Não faça isso, garoto.*

– É o seguinte, gata – os olhos de Johnny faiscavam –, da próxima vez que *você* salvar o mundo do Galactus, talvez eu te empreste meu passe.

– Que tal da próxima vez que você mandar uma escola pelos ares?

O acompanhante da mulher, um homem sarado com uma camiseta toda preta, colocou a mão no ombro dela.

– É isso aí, babaca. Que tal da próxima vez que você matar algumas *criancinhas inocentes*?

Johnny cambaleou, bêbado, dando um passo em direção à ponta da escada.

– Do que você está falando, cara?

O segurança observava, apertando os olhos. A companhia de Johnny se soltou do braço dele, lançando-lhe um olhar desconfiado.

Sue ficou tensa, preparando-se para ficar invisível de novo... mas parou ao ver a culpa passando pelo rosto de Johnny.

– Olha só – começou ele. – Quero dizer...

– Cara – disse um homem atarracado –, você tem muita cara de pau de dar as caras por aí depois daquilo. Se eu fosse você, teria vergonha de sair.

Johnny se jogou para frente, repentinamente furioso, e quase caiu da escada.

– Cala essa sua matraca, seu tampinha! Eu não tenho nada a ver com o Speedball nem com os Novos Guerreiros. Aqueles caras eram da terceira divisão.

– Assassino de criancinhas!

A multidão invadiu a escadaria.

Depois disso, tudo aconteceu rápido demais. Sue expandiu seu campo de força, abrindo caminho escada acima. Pessoas foram imprensadas no corrimão, algumas caindo os poucos centímetros até o chão. Sue subiu os degraus, três de cada vez. Escutou um *crack* repugnante e um grito de dor.

A música voltou, mais forte e alta do que antes.

Quando Sue chegou ao topo, Johnny estava deitado na plataforma, com as mãos na cabeça ensanguentada. A Srta. Vestido Justo estava sobre ele, o rosto contorcido de ódio, uma garrafa quebrada na mão. O segurança estava na beira da plataforma, afastando as pessoas.

A companhia de Johnny soltou um grito e desapareceu na sala VIP, batendo a porta ao entrar.

Sue atacou a Srta. Vestido Justo, projetando força invisível de suas mãos. A mulher ainda deu mais um bom chute na cabeça de Johnny antes de Sue atingi-la. Sue usou seu campo de força para levantá-la, empurrando a mulher por cima do corrimão e observando enquanto ela caía em cima da multidão abaixo.

Johnny estava se contorcendo de dor, sangue pingando pela malha de metal da plataforma, como chuva vermelha caindo nos clientes abaixo. Seus braços faiscaram rapidamente, depois as pernas. Apertou o crânio e soltou um som horrível.

Mais clientes estavam correndo para a escada agora. Furiosos, excitados, alguns deles com pingos de sangue de Johnny no rosto. *Eles querem matá-lo*, ela notou. *Querem matar todos nós.*

Seguranças se aproximaram, tentando impedir a onda humana. Mas os frequentadores da boate continuavam avançando, como enlouquecidos aldeões do século XIX. Quando eles chegaram ao topo das escadas, Sue se abaixou ao lado do irmão, envolvendo os dois com um campo de força impenetrável. Os dois primeiros atacantes bateram com força no campo, caindo para trás.

Johnny não estava se mexendo.

– Meu irmão! – gritou Sue, se esforçando para gritar mais alto do que a música. – *CHAMEM UMA AMBULÂNCIA PRO MEU IRMÃO!*

4

— **PRIMEIRAMENTE, GOSTARIA DE AGRADECER** a presença de todos. Significa muito... para mim, e acima de tudo, para seus amigos, vizinhos e familiares que perderam entes queridos na tragédia de ontem, que poderia ter sido completamente *evitada*.

Assunto: Henry Pym
Apelidos: Homem-Formiga, Homem-Gigante, Jaqueta Amarela
Grupo ao qual é afiliado: Vingadores (formação antiga)
Poderes: habilidade de mudança de tamanho, voo, armas explosivas
Tipo de poder: artificial
Localização atual: Nova York, NY

Tony Stark abriu o teclado na tela de seu iPhone e fez uma anotação: *Aposentado. Inofensivo.*

— Em momentos como este, é crucial que a comunidade se una. Não podemos permitir que nos rebaixemos ao ódio e à amargura. A Deus cabe julgar, não a nós.

Assunto: Robert Reynolds
Apelidos: Sentinela
Grupo ao qual é afiliado: Vingadores (ocasionalmente)
Poderes: Extrema força, invulnerabilidade e outras capacidades desconhecidas
Tipo de poder: inato
Localização atual: desconhecida

Tony franziu a testa e escreveu: *Problema em potencial. Encontrar e recrutar.*

– Dito isso... – o reverendo abaixou o olhar e tirou os óculos. – ... em nossa dor, não podemos nos esquecer das causas dessa tragédia, nem perdoar seus perpetradores. O perdão também é reservado ao Senhor.

Assunto: Robert Bruce Banner
Apelidos: Hulk
Grupo ao qual é afiliado: nenhum
Poderes: Força com limite imensurável motivada pela raiva
Tipo de poder: inato
Localização atual: exilado no espaço

Tony estremeceu.

A igreja era enorme, com centenas de bancos; mas todos estavam ocupados naquele dia. Jovens e velhos, homens e mulheres, todos de luto, vestindo preto.

Tony estava sentado na quinta fila, sua mente a mil por hora. Não dormira na noite passada. Desde o incidente, entrara em um ritmo insano de trabalho, como sempre fazia quando confrontado por algum problema complexo de engenharia. Seu subconsciente girava e girava, analisando a situação de mil ângulos diferentes.

– ... e, então, vos suplicamos, Senhor, a sua misericórdia.

Tantos heróis. Centenas deles, e sabe-se lá quantos vilões. Tony já mantinha dossiês sobre a maioria deles, mas agora se via compulsivamente atualizando as informações.

Tem muito poder aqui, pensou ele. *Muitos Nitros em potencial.*

– Misericórdia. Não apenas para as almas das crianças que faleceram... – o reverendo fez uma pausa e olhou para os fiéis – ... mas também para as chamadas *superpessoas*, cuja negligência nos trouxe a este momento triste.

Um ícone de alerta de notícia piscou no canto da tela do telefone de Tony. Ele colocou os fones de ouvido, olhando rapidamente à sua volta, com uma expressão de culpa. Um homem careca apareceu na tela do celular na frente do logotipo de um canal de televisão a cabo, sua voz soava pequena nos ouvidos de Tony.

– ... assim como Speedball, por exemplo. Ninguém gosta de falar mal dos mortos, mas ele era um rapaz que, ao que tudo indica, sequer sabia o nome do presidente dos Estados Unidos. Um garoto como esse não deveria ser testado *antes de ter permissão para trabalhar nas nossas comunidades?*

Tony franziu a testa, clicou em outro canal. A tela do telefone se encheu com um *close* do rosto ensanguentado e inconsciente de Johnny Storm, enquanto ele era levado para uma ambulância. Luzes fortes brilhavam na noite de Manhattan.

– ... *detalhes do violento ataque a Johnny Storm, o Tocha Humana, ontem à noite. Este é o último de uma série de ataques à supercomunidade de Nova York. Daqui a pouco mais informações, e também mais a respeito da crescente pressão sobre o presidente enquanto o povo de Stamford pergunta: Quais são suas propostas para a reforma dos super-heróis?*

Clique.

– *Banir os super-heróis?* – Mulher-Hulk se inclinou para frente e tirou os óculos, conversando com o apresentador do programa de entrevistas. – *Bem, em um mundo cheio de super vilões, isso é obviamente impossível, Piers. Mas treiná-los e dar-lhes distintivos? Isso sim, acho que essa é a resposta mais razoável.*

Tony sentiu um arrepio no pescoço e levantou o olhar de repente. Duas mulheres sentadas próximas a ele estavam encarando-o sob os véus. Ele abriu um sorriso tímido.

E então, notou mais um par de olhos sobre ele, do final do banco. Capitão América.

Tony arrancou os fones de ouvido, enfiou o telefone no bolso.

Quando a cerimônia terminou, Tony entrou na fila para a saída. As pessoas já estavam se reunindo, chorando e confortando umas às outras. Não tinha a menor vontade de se intrometer no sofrimento delas. Vários outros Vingadores também quiseram vir, incluindo Tigresa e Miss Marvel, mas todos tinham concordado que era melhor manter o contingente super-humano o menor possível. Ninguém queria transformar a tristeza do povo de Stamford em um circo da mídia.

Tony saiu rapidamente da igreja. Também não estava com a menor vontade de discutir com o Capitão naquele momento.

Assim que saiu, Tony sentiu a mão de alguém em seu ombro. Virou-se e encontrou Peter Parker, sorrindo timidamente.

– Chefe – Peter disse.

– Peter. Achei que tínhamos combinado que eu e o Capitão representaríamos os Vingadores.

Peter deu de ombros.

– Quem é Vingador aqui? Você está olhando para um humilde fotojornalista do *Clarim Diário*.

Tony teve de sorrir e olhou Peter de cima a baixo. O smoking alugado caíra bem nele, mas os sapatos estavam gastos. E eram marrons.

Pequenos passos, pensou Tony. *Este é um projeto*.

– Além disso – continuou Peter –, eu queria estar aqui.

O caminho que levava à igreja era estreito e curvo, à margem de um campo aberto. Carros se enfileiravam por toda sua extensão, parando um de cada vez para pegar os fiéis mais velhos. Na fila, Tony localizou Happy Hogan encostado na limusine.

– Venha comigo, Peter.

Peter se colocou ao lado de Tony. Passaram pelo ministro, que estava confortando duas viúvas inconsoláveis. Uma senhora muito velha estava com eles, chorando incontrolavelmente em seu lenço de renda.

Capitão América estava afastado, apertando solenemente a mão de dois bombeiros.

O ministro levantou a cabeça e fixou rapidamente os olhos em Tony, que desviou o olhar.

– Acho que eu devia estar tirando fotos – disse Peter.

– Essa parte da sua vida ficou pra trás – respondeu Tony. – Nada mais de labuta pra conseguir o dinheiro do aluguel.

– Quer dizer que agora faço parte do um por cento?

Tony parou e colocou a mão no ombro do rapaz.

– As coisas estão acontecendo rápido, Peter. Que bom que está comigo.
– Coisas. Como a Lei de Registro de Super-humanos.
Tony levantou a sobrancelha.
– Poucas pessoas ouviram falar disso.
– Mas é por isso que você vai para Washington semana que vem, não é?
– Hoje à noite, na verdade. O Comitê antecipou o meu horário por causa... – Ele fez um gesto mostrando tudo à sua volta, incluindo a igreja e os parentes dos mortos. – O presidente pediu pra se encontrar comigo hoje à noite, e as audiências serão amanhã.
– O que significaria? Essa Lei?
– Todos os meta-humanos teriam que se registrar e passar por um treinamento para ter permissão de praticar seus... seus dons em público. Também dá ao governo poderes extremamente amplos de coerção. Mais amplos até do que o Senado vinha considerando antes.
– E você apoia isso?
– É uma lei delicada. – Tony franziu a testa. – Se for aprovada, teria de ser administrada com muita sabedoria. Muito cuidado.
– Tony Stark?
Tony virou-se a tempo de ser atingido no rosto por uma cusparada.
– Seu *canalha asqueroso!*
A mulher estava chorando abertamente, lágrimas escorrendo pelo rosto. Peter já ia segurá-la, mas Tony levantou a mão.
Happy Hogan já estava atrás da mulher.
– Senhora, vou pedir que se retire. – E colocou a mão gorda no ombro dela.
– De onde? Do funeral do *meu filho*? – Ela sacudiu furiosamente o ombro para que ele tirasse a mão. – *Ele* é quem deveria ser expulso daqui.
Tony fez uma careta e enxugou o rosto.
– Senhora, entendo que esteja chateada. Mas as... trágicas ações dos Novos Guerreiros não têm nada a ver comigo.

– Ah, é? E quem financia os Vingadores? Quem há anos vem dizendo para a garotada que eles podem viver fora da lei, contanto que usem *trajes*?

Peter Parker limpou a garganta.

– Eu, hã, não acho que o Sr. Stark tenha dito isso.

– Policiais precisam treinar e carregar distintivos – continuou a mulher –, mas isso é chato demais para Tony Stark. Você só precisa de alguns poderes, pose de machão e pronto! Conquistou um lugar na supergangue particular do Sr. Bilionário.

Tony abriu a boca para falar e então, aconteceu algo que só havia acontecido uma vez com ele. Ficou completamente sem palavras.

Ela está certa, ele percebeu.

Happy tentou pegar a mulher de novo, mas ela recuou, dobrando o corpo e chorando compulsivamente. Uma multidão já havia se formado, assistindo com olhos hostis.

– Jerome me deixou. – Contou a mulher entre soluços. – Quando cortaram a pensão dele... ele não suportou a pressão. Só me restava o meu pequeno Damien. E agora... e agora...

– Hap – disse Tony. – Vamos embora.

– Você, Stark. – A mulher se endireitou e apontou o dedo para Tony que já se afastava. – Você patrocina essa insanidade. Com seus bilhões. O sangue do meu Damien está em suas mãos. Agora e para sempre.

Tony caminhou a passos largos para a limusine, cercado por Hap e Peter. Mil pares de olhos julgadores os seguiram.

– Bem, isso foi divertido. – Peter fez uma careta. – E um pouco assustador.

– Eles é que estão assustados – constatou Tony. – Todos eles. Cresceram achando que teriam um emprego, depois se aposentariam e teriam uns trocados para gastar na velhice. Agora, estão em pânico. Quem pode culpá-los?

– Talvez você possa dar a eles "uns trocados".

– Talvez eu possa fazer mais do que isso. – Hap abriu a porta da limusine e Tony entrou. Parou por um momento e fitou os olhos questionadores de Peter. – Posso garantir a segurança deles.

Peter assentiu, devagar.
Ele sabe, pensou Tony. *Ele compreende.*
A porta fechou e, de repente, Tony estava sozinho. Sozinho na tranquila escuridão da limusine, protegido por metal e vidro do mar de tristeza que inundava o lado de fora. Apenas um bilionário e seus pensamentos íntimos, sombrios e intensos.
Happy deu a volta pela frente e sentou atrás do volante.
– Para casa, chefe?
– Direto para o aeroporto, Hap. – Tony olhou através das janelas escuras os parentes que choravam pela perda dos entes queridos. – Eu sei o que tenho de fazer.

5

O EDIFÍCIO BAXTER, LAR DO QUARTETO FANTÁSTICO, já havia sido palco de muitas batalhas. Certa vez, o Sexteto Sinistro despedaçou a praça da frente do prédio e deixou o Quarteto sem água por uma semana. Em outra, Galactus, o Devorador de Planetas, foi derrotado no telhado. E ainda teve aquela vez que o Doutor Destino lançou o prédio inteiro para o espaço.

O povo da área central de Manhattan, compreensivelmente, tinha um relacionamento de amor e ódio com o Quarteto. Adorava ter heróis na vizinhança, principalmente heróis públicos e simpáticos como o Quarteto. Mas as constantes lutas e estragos lhes trouxeram processos civis, protestos e até ocasionais ameaças de morte.

Mesmo assim, o Homem-Aranha nunca havia visto nada como a cena daquele dia.

Um muro sólido de manifestantes formava um semicírculo em frente ao Edifício Baxter, bloqueando o cruzamento entre a Broadway e a Sétima Avenida no extremo norte da Times Square. Furiosos, gritavam frases e balançavam cartazes dizendo:

QUARTETO FORA DE NY!
(NOVOS) GUERREIROS DA MORTE
REGISTRO AGORA
HERÓIS = ASSASSINOS

E, talvez, a mais sucinta:

LEMBREM-SE DE STAMFORD

O Homem-Aranha se balançou por sobre a multidão o mais rápido que pôde. Algumas pessoas apontaram, e as frases pararam de ser entoadas. A multidão ficou em silêncio por um momento, como se estivesse confusa.

Ótimo, pensou ele. *Será que ninguém me reconhece com o traje novo?*

Então, iniciou-se um fraco rumor, seguido por vaias e assovios. Uma pedra passou raspando pela cabeça do Aranha; ele desviou com facilidade, seu sentido-aranha funcionando automaticamente. Em seguida, veio um tomate.

Ele soltou a teia e abriu os braços. Sentiu um momento de pânico; só usara o mecanismo para planar uma vez, e não queria cair de cara em cima da multidão furiosa. Mas, às vezes, refletiu ele, você tem que confiar em alguma coisa.

Ou em *alguém*. Tony Stark, neste caso.

Então, Homem-Aranha estava planando, praticamente voando. Estendeu o braço e sentiu a parede externa do Edifício Baxter, em seguida, escalou como um aracnídeo, contornando o prédio para evitar as enormes portas do hangar de veículos nos últimos andares. Lá embaixo, os gritos da multidão pareciam se dissipar como um pesadelo.

No segundo andar, a partir do topo, ele encontrou uma porta escondida, construída sob uma fachada de tijolos. Estendeu o braço para a porta e...

... virou-se alarmado.

– *Privet.**

Natasha Romanov, a super espiã russa conhecida como Viúva Negra, estava bem à vontade sentada no peitoril, linda como sempre em seu traje justo de couro preto. Estava comendo uma salada em uma embalagem de entrega.

– Natasha! – exclamou Homem-Aranha. – Como... você chegou aqui?

---

* Palavra de origem russa que significa "olá". (N.E.)

Ela virou-se, lançando um olhar fulminante.
– Os aviões já chegaram a este país?
– O que você está fazendo?
– Esperando por você. Bem, alguém como você. De preferência mais alto – ela se levantou, equilibrando-se precariamente no peitoril.

Aranha prontamente avançou para segurá-la; a rua ficava quarenta andares abaixo. E ela não parecia preocupada.

– Acabei de chegar da mãe Rússia – continuou ela. – Tony foi muito gentil em me avisar sobre a reunião, mas aparentemente Reed Richards não recebeu o recado. Eu não estava na lista de autorizados para entrar. – Ela apontou para a multidão, agora apenas pontinhos coloridos ao longe. – E a segurança está rigorosa atualmente.

– Então, você só...
– Já previa a chegada de um visitante aéreo, mais cedo ou mais tarde.

Aranha fez uma pausa, digerindo tudo por um momento. Depois, deu de ombros e se aproximou da porta secreta.

– Johnny Storm me deu acesso a isso – contou ele. – Cara, tomara que ele esteja bem.

– Tá, tá – ele escutou Natasha bocejar.

Ao toque do Homem-Aranha, a porta brilhou. Nesse momento, a palavra AUTENTICANDO apareceu superposta holograficamente sobre os tijolos; depois AUTORIZADO. A porta se abriu para dentro.

Rastejaram-se brevemente por um duto de ar e chegaram a um corredor perto do centro operacional do Quarteto Fantástico.

– Então, você está aqui como uma Vingadora? – quis saber Homem-Aranha. – Ou representando a S.H.I.E.L.D.?

A Viúva deu de ombros, como se a pergunta não tivesse importância.

Uma explosão de gargalhadas, e então uma menininha apareceu, tropeçando nos próprios pés. Um menino um pouco mais velho, de cabelos louros, veio correndo atrás dela. Ambos pararam ao mesmo tempo ao verem Viúva Negra. Ela os encarou.

Então, o garoto se virou para Homem-Aranha e sorriu.

– Oi, tio Aranha. Traje irado!
– *Valeu*, Franklin – agradeceu Homem-Aranha. – Você é a primeira pessoa que vejo hoje que tem bom gosto.
A menina – Valéria – já tinha se recuperado, e agora os fitava com olhos enfeitiçados e cintilantes.
– Todo mundo está no laboratório do papai – informou ela.
– Legal. – Aranha abaixou-se e bagunçou o cabelo dela. Valéria ficou imóvel, observando-o como se estivessem conduzindo uma experiência juntos.
Então, Franklin bateu no braço dela e correu. Ela girou, rindo, e saiu correndo atrás dele.
Homem-Aranha observou enquanto se afastavam. Franklin e Valéria eram crianças ótimas, e ele sabia o quanto significavam para Reed e Sue. Sentiu uma pontada de arrependimento, de inveja. Se, pelo menos, as coisas tivessem sido diferentes com...
– Vai demorar muito? – indagou Viúva.
Aranha fez uma careta e seguiu-a pelo corredor.
Sempre se sentia como um garoto de doze anos quando ela estava por perto.

✪ ✪ ✪

O laboratório de Reed Richards era enorme, não tinha janelas, o teto era alto e estava abarrotado de equipamentos científicos. Microscópios de feixe de partículas, lasers gigantes, espaçonaves de alienígenas prontas para serem dissecadas como sapos. Supercomputadores, mostrando desde os mais novos sistemas SUN até os antigos Cray, todos unidos em uma rede intrincada que só o cérebro formidável de Reed conseguia entender. Johnny Storm certa vez comentara com Aranha que se alguma coisa acontecesse com Reed, ninguém conseguiria sequer fazer uma torrada no laboratório dele.
Parecia um lugar estranho para a maior reunião de super-heróis já realizada. Mas Homem-Aranha logo se deu conta: era a única sala no Edifício Baxter grande o suficiente.

Gavião Arqueiro, Golias, Falcão, Tigresa e Miss Marvel estavam reunidos, imersos em uma intensa conversa. Peter sabia que eles formavam o núcleo dos Vingadores, o elo da equipe de elite de super-heróis de Tony. Gavião Arqueiro gesticulava muito, quase batendo nos grandes equipamentos eletrônicos de Reed.

Luke Cage estava separado, com suas roupas comuns e seus óculos escuros, falando baixo com Manto, o jovem herói afro-americano em seu traje azul esvoaçante. Falcão Noturno e Valquíria, representantes do time dos Defensores, andavam de um lado para o outro pouco à vontade com seus drinques na mão. Mulher-Aranha, a Vingadora mascarada que usava traje amarelo e vermelho, estava afastada sozinha, mexendo em seu celular. Os Jovens Vingadores – Hulkling, Patriota, Wiccano, Estatura e Célere – estavam juntos, observando os heróis mais velhos com desconfiança.

Adaga, a jovem esbelta com poderes de luz, se movimentava pelo salão, indo rápida e animadamente de uma das máquinas de Reed para outra. O próprio Reed estava nos fundos, perto do portal da Zona Negativa, o pescoço esticado como uma cobra de três metros. A cabeça balançando pra frente e pra trás, seguindo os passos de Adaga. Cada vez que ela tocava em alguma coisa, ele estremecia.

Homem-Aranha sentiu uma pontada de claustrofobia. Aqui, entre seus camaradas heróis, ele se sentia, de alguma forma, paradoxalmente exposto. Vulnerável.

Você não é mais procurado pela justiça, se lembrou. *Você agora é um Vingador.*

Localizou Demolidor em um canto, conversando baixinho com a verde Mulher-Hulk. *Junte dois advogados*, pensou ele... provavelmente já estão analisando profundamente as implicações legais da Lei de Registro de Super-humanos.

O Homem-Aranha seguiu na direção de Demolidor, mas Natasha passou na sua frente, dando-lhe uma cotovelada. Aproximou-se furtivamente de Demolidor, colocando a mão em seu peito. Mulher-Hulk revirou os olhos e deu as costas.

Ben Grimm, o Coisa, deu um tapa nas costas do Homem-Aranha – não tão forte; Ben aprendera a não aleijar pessoas normais com gestos amigáveis.

– E aí, Aranha? Que bom que você veio.
– Ben.

Aranha se debruçou sobre uma intricada máquina, uma treliça de vidro e metal. Ben franziu a testa.

– Melhor não mexer nisso.
– Foi mal. Reed não vai gostar?
– Pior. Ele vai passar vinte minutos explicando o que ela faz.

Aranha seguiu o olhar de Ben. Do outro lado da sala, Reed estava fazendo gestos exagerados com seus braços alongados, explicando alguma coisa para Adaga, que estava claramente confusa. Manto, o parceiro dela, se juntara a eles. Parecia igualmente perplexo.

– Ei – disse Homem-Aranha. – Como está o Johnny?
– Melhor... está estável, consciente a maior parte do tempo. Suzy está com ele. – Ben bateu com o punho rochoso na palma da outra mão. – Não posso pensar muito nisso, me dá vontade de esmagar alguém.
– Sei. Alguma novidade sobre A Lei de Registro?
– Ainda não. – Ben apontou para uma tela enorme ligada na CNN. O som estava mudo, mas estava escrito na legenda: BREAKING NEWS: SENADO ESTÁ EM SESSÃO FECHADA DISCUTINDO A LRS.**
– A qualquer momento teremos alguma.

Miss Marvel se juntou a eles, alta e esbelta com seu traje azul e vermelho. Os outros Vingadores seguiram seus passos.

– Tony ficou incomunicável o dia todo – ela disse ao Homem-Aranha. – Estávamos nos perguntando se teve alguma notícia dele...

Tigresa sorriu, mostrando dentes pontiagudos.

– Homem-Aranha é o novo *querrrridinho* do Tony.

** A sigla LRS significa Lei de Registro de Super-humanos. (N.T.)

– Eu não – negou Aranha. – Não sei de nada. – Sentiu-se pouco à vontade de novo, como um penetra em um clube privado.

– Tony só me manda mensagens de gostosas. E ainda não recebi nenhuma foto hoje. – O Gavião Arqueiro levantou o olhar do celular.

– Isso *realmente* me preocupa.

– Ei! – Homem-Aranha olhou em volta. – Cadê o Capitão América?

– Recebeu um chamado. Ultrassecreto. – Falcão deu de ombros. – Foi tudo o que ele disse.

– Deve ser da S.H.I.E.L.D. – opinou o Gavião Arqueiro. – Sempre é a S.H.I.E.L.D.

Falcão Noturno estava olhando para a tela da TV.

– Planos de aposentadoria e férias anuais? Querem nos transformar em funcionários públicos?

Luke Cage franziu a testa.

– Acho que estão tentando acabar com a gente.

– Ou nos colocar na legalidade – respondeu Miss Marvel. – Por que não devemos ser mais bem treinados e responder pelos nossos atos publicamente?

Patriota, o líder dos Jovens Vingadores, falou alto, para todos ouvirem.

– Alguém disse que deveríamos entrar em greve se eles tentarem mexer com a gente. Alguém concorda com isso?

Reed Richards deu um passo à frente, o rosto sério.

– Não acho que alguém aqui consideraria uma greve, rapaz.

– Nos tornarmos funcionários públicos faz todo sentido – continuou Miss Marvel –, se isso ajudar o povo a dormir melhor.

– Não posso acreditar que estou escutando isso. – Golias cresceu um pouco, atingindo dois metros e meio de altura, e todos os olhos se voltaram para ele. – As máscaras são uma tradição. Fazem parte do que nós somos. Não podemos permitir que o governo nos transforme em superpoliciais.

– Na verdade – opinou Homem-Aranha –, temos sorte disso ter demorado tanto para acontecer. Por que a gente deveria ter permissão para se esconder atrás dessas coisas?

O Gavião Arqueiro se enfureceu.

– Porque o mundo não é tão legal fora da sua torre de marfim, cara.

– Nunca entendi esse fetiche por identidade secreta – admitiu Reed. – O Quarteto Fantástico é conhecido do público desde o começo, e sempre funcionou para a gente.

– Para vocês, talvez. – Homem-Aranha sentiu a claustrofobia, o pânico, crescendo dentro dele novamente. – Mas e se um dia eu chegar em casa e encontrar a mulher que me criou empalada em um dos tentáculos do Doutor Octopus?

Silêncio constrangedor.

Parker, pensou Aranha. *Você realmente sabe como animar uma festa.*

À medida que as conversas eram lentamente retomadas, ele se retirou para um canto. Atrás de um microscópio de elétrons do tamanho de uma geladeira, Demolidor e Viúva Negra estavam bem juntinhos, os lábios quase se tocando. À princípio, Aranha não conseguia dizer se eles estavam discutindo ou namorando.

– ... de ser paranoico – argumentou Viúva Negra. – Isso tudo é especulação.

– Não – replicou Demolidor. – Isso já vem sendo feito há muito tempo. Stamford foi só a gota d'água.

– Vocês, americanos... – Ela acariciou o peitoral dele, um olhar duro em seu lindo rosto. – Tão *mal acostumados* com a liberdade. A menor ameaça de perdê-la, e vocês já têm um ataque de raiva.

Demolidor virou os olhos cegos na direção de Homem-Aranha.

– Se essa lei passar – continuou Demolidor –, será o fim da maneira como trabalhamos. O final de tudo. Posso sentir o cheiro disso no ar.

– Mimado – reiterou Viúva Negra, sussurrando suavemente, próxima ao peito dele.

– Silêncio, todo mundo!

Aranha virou-se e viu Reed Richards apontando o controle remoto para a tela. Atrás de uma repórter com a expressão austera, a manchete dizia: BREAKING NEWS.

– Estão prestes a anunciar o resultado da votação.

O chiado da televisão encheu o ambiente, abafando a especulação das duas dúzias de heróis uniformizados. Asas se agitaram; drinques foram colocados de lado. Máscaras, olhos e lentes, todos virados e fixados na tela.

A imagem do Homem de Ferro os encarava, acompanhada pela legenda: APÓS A REPORTAGEM: ENTREVISTA EXCLUSIVA COM ANTHONY STARK, O INVENCÍVEL HOMEM DE FERRO.

Peter Parker, o espetacular Homem-Aranha, sentiu outra pontada de pânico. *Ah, Tony*, pensou ele. *Cara, espero que saiba o que está fazendo.*

6

O MUNDO JÁ FORA MAIS SIMPLES. Países faziam guerras por causa das linhas de um mapa, ocupando territórios com tanques, exércitos, frotas. Homens guerreavam em terra, no mar ou em aviões de guerra. Lutavam, caíam e morriam.

Menos o Capitão América. Em 1945, perto do final da Segunda Guerra Mundial, ele caiu em batalha... mas não morreu. Por um acaso da natureza, ele foi preservado em estado de suspensão, destinado a acordar décadas depois em um mundo muito diferente. Um mundo de comunicações globais, rastreamento via satélite, de câmeras e computadores menores do que uma partícula de poeira. Um mundo onde guerras são disputadas de uma maneira bem diferente, por motivos diferentes, com novas e surpreendentes tecnologias.

Tecnologias como o aeroporta-aviões da S.H.I.E.L.D.

Construído durante a Guerra Fria, o aeroporta-aviões servia como posto de comando e plataforma para todas as grandes operações da Superintendência Humana de Intervenção, Espionagem, Logística e Dissuasão. Com uns oitocentos metros de largura e o tamanho e volume de uma pequena cidade, ele pairava sobre a Terra, sustentado por avançadas tecnologias desenvolvidas pela Stark Enterprises. Localização atual: dez quilômetros acima da cidade de Nova York.

No deque do aeroporta-aviões, Capitão América assistia a um F-22 Raptor planar para aterrissar. As rodas do elegante avião – que voava em modo furtivo para ser confundido com um pequeno animal caso fosse detectado pelos radares – ejetaram no último minuto, derrapando de leve ao pousar. Ele taxiou até o final do comprido deque, passou por um museu virtual de aeronaves militares do passado e do presente, e desacelerou até sua completa e graciosa parada.

Eles pararam de fabricar F-22, pensou o Capitão. Esperava que os novos modelos tivessem a mesma performance. Nunca se sabe.

Virou-se para olhar para baixo pela beirada do balcão de metal; o vento batendo em seu rosto. Em algum lugar, bem lá embaixo, os super-heróis da Terra estavam reunidos. Mas ele não conseguia ver a cidade. Havia muitas nuvens encobrindo-a.

– Capitão? A diretora irá recebê-lo agora.

Agentes armados da S.H.I.E.L.D. o acompanharam para dentro, pelos corredores altos de metal cinza pontuados por escotilhas. Os deveres do Capitão América o levaram ao aeroporta-aviões muitas vezes. Mas desta vez, algo estava diferente.

O lugar parecia frio. Quase alienígena.

O corredor se abria para uma sala ampla, com teto baixo, cortada por passarelas. Nada de janelas. Uma mulher imponente usando o uniforme completo da S.H.I.E.L.D. o encarava, seu cabelo era curto e os traços admiráveis. Dois agentes do sexo masculino a flanqueavam, as mãos soltas perto de suas armas de alta tecnologia. Um deles tinha olhos cruéis; o outro usava bigode e óculos escuros.

– Capitão – disse a mulher.

– Comandante Hill.

Ela abriu um sorriso frio e reptiliano.

– Agora é Diretora Hill. Bem, Diretora em exercício.

O Capitão franziu a testa.

– Onde está Fury?

– Você anda desinformado, não? – Ela se aproximou dele. – Sinto lhe informar que Nicholas Fury foi dado como perdido no mar há quatro meses. Já ouviu falar do Protocolo de Poseidon?

– Apenas o nome.

– E é o máximo que ouvirá a respeito. Basta dizer que Nick Fury deu a vida pelo seu país.

Capitão sentiu um nó no estômago. Já perdera companheiros antes, mas esse foi um choque – ainda mais logo depois da morte de Thor. Assim como Capitão, Fury era apenas um homem, mas um homem extraordinário. Ele era tão ou mais experiente do que Capitão, lutou em mais guerras e enfrentou uma adversidade após a outra.

Deu a vida pelo seu país.

– Fiquei sabendo que vinte e três de seus amigos estão reunidos neste momento no Edifício Baxter para discutir a reação da supercomunidade à Lei de Registro de Super-humanos. O que *você* acha que eles devem fazer?

– Eu... – Capitão fez uma pausa, surpreso pela pergunta direta de Hill. – Acho que não cabe a mim dizer.

– Deixa de papo furado, Capitão. Sei que você era amigo de Fury, mas agora eu sou a chefe da S.H.I.E.L.D. Pelo menos, respeite o meu distintivo.

Capitão América franziu a testa e respirou fundo. Virou-se brevemente pra colocar os pensamentos em ordem.

– Acho que esse plano vai nos dividir ao meio. Acho que vamos acabar em guerra uns contra os outros.

– Qual é o problema com esses caras? – O agente com expressão cruel apontou para o Capitão. – Como alguém pode ser contra a possibilidade dos super-heróis serem mais bem treinados e receberem um *salário* por seus serviços?

Capitão encarou Hill: *Coloque seus homens na linha.* Mas ela apenas olhou para o outro agente, o que usava bigode.

– Quantos rebeldes você estima aqui, Capitão? – perguntou o Bigode.

– Se a lei for aprovada? Muitos.

– Algum peso-pesado? – questionou Hill.

Ele franziu a testa de novo.

– Principalmente os heróis que trabalham nas ruas. Demolidor, Punho de Ferro talvez. Não tenho certeza.

– Então, ninguém que você não possa encarar.

– O quê?

– Você me escutou.

Involuntariamente, Capitão fechou o punho. Escondeu-o atrás das costas.

— A proposta acaba de passar pelo Senado — continuou Hill. — Acabou, Capitão. A lei estará em vigor daqui a duas semanas, o que significa que já estamos atrasados. — Ela apontou para o aeroporta-aviões, com suas frias paredes cinza. — Estamos desenvolvendo uma unidade de resposta antissuper-humana aqui. Mas temos de garantir que os Vingadores estarão conosco e que *você* irá liderá-los.

— Você está me pedindo para prender pessoas que arriscam suas vidas por este país sete dias por semana?

— Não, Capitão. Estou pedindo para obedecer a vontade do povo americano.

O Capitão percebeu que mais agentes da S.H.I.E.L.D. tinham se aproximado. Homens e mulheres fortemente armados, usando coletes à prova de balas e capacetes com viseiras grossas. Eles se reuniram em volta de Hill e atrás do Capitão. Cercando-o.

— Não venha com politicagem, Hill. Os super-heróis precisam estar acima dessas coisas. Ou daqui a pouco Washington vai querer nos dizer quem são os supervilões.

— Eu acho que supervilões são *caras mascarados que se recusam a obedecer à lei*.

O movimento do dedo dela foi quase imperceptível, mas Capitão o notou. Na mesma hora, uma dúzia de agentes da S.H.I.E.L.D. preparou seus rifles, lasers e dardos tranquilizantes. Um a um, eles engatilharam suas armas: *clic-clac, clic-clac, clic-clac*.

Todos apontaram para um único homem. O homem com uma bandeira no peito.

O Capitão não se retraiu, não moveu um músculo.

— Esse é o esquadrão que você treinou para derrotar os heróis?

— Ninguém quer uma guerra, Capitão. — Hill gesticulou e tentou sorrir. — O povo só está cansado de viver no Velho Oeste.

— Heróis mascarados fazem parte da história deste país.

— A varíola também — disse o agente com feições cruéis. — Agora cresça, ok? Ninguém está dizendo que não vão poder fazer o trabalho de vocês — alertou Hill. — Só estamos querendo expandir os parâmetros, só isso.

– Já estava mais do que na hora de vocês se tornarem legítimos como o resto de nós. – Bigode segurava o seu rifle apontado, o laser vermelho dançando pela estrela no peito do Capitão. – *Soldado*.

Capitão América deu um único passo na direção de Hill. Uma dúzia de agentes reagiu dando um passo à frente.

– Conheci seu avô, Hill. Sabia disso?

Ela não disse nada.

– A unidade dele teve baixa de oitenta por cento na Batalha do Bulge. Eles recuaram pelo Canal da Mancha, isolados, sem suprimentos. O clima era cruel: tempestades violentas, nevascas em que não se conseguia ver nada à frente, temperaturas abaixo de zero. Um homem sangrou até a morte; outro morreu impedindo que uma Divisão Panzer atravessasse o rio. O Cabo Francis Hill conseguiu manter seu último companheiro vivo. Quando os encontramos, estavam famintos e sofrendo por causa da severa exposição às intempéries. Mas ele se manteve firme contra os alemães e salvou a vida de pelo menos um homem.

Hill apenas o encarava.

– Ele alguma vez lhe contou essa história, Diretora Hill?

– Um monte de vezes.

– Ele foi um dos muitos heróis verdadeiros que conheci naquela guerra. – Lentamente, o Capitão se virou e dirigiu-se ao círculo de agentes da S.H.I.E.L.D. – Abaixem as armas, rapazes.

– O Capitão América – avisou Hill, devagar –, não está no comando aqui.

Ela deu um passo à frente, dentes trincados de raiva.

– *A guerra era deles* – sussurrou ela. – Não minha.

– Abaixem as armas – repetiu Capitão. – Ou não me responsabilizo pelo que vai acontecer aqui.

– Tranquilizantes a postos. Preparem-se.

– Isso é loucura, Hill.

– Existe uma solução mais fácil.

– Maldita seja você por isso.

– Maldito seja você por me *obrigar* a fazer is...

Capitão levantou e estendeu o braço, batendo com o escudo no rifle do agente no momento em que ele puxava o gatilho. Saltou, deu uma cambalhota no ar e agarrou o pescoço do segundo homem, torcendo o suficiente para que ele apenas desmaiasse. O homem soltou um grito abafado.

– Tranquilizantes! – gritou Hill. – AGORA!

Capitão agarrou o terceiro agente pelo colete à prova de balas e o levantou no ar. O bombardeio de cápsulas tranquilizantes atingiu em cheio o agente, protegendo o Capitão num momento crucial. Em seguida, ele jogou o agente em cima de seus agressores e saiu correndo.

– Vão atrás dele! *Vão!*

Ele foi abrindo caminho pela fila de agentes, socando e batendo, derrubando suas armas e jogando-os no chão. As armaduras tinham seu lado negativo; o Capitão era mais leve e rápido do que seus inimigos. Ele lançou seu escudo impenetrável em dois atacantes, cortando a ponta de suas armas. Quando o escudo voltou, ele o pegou no ar sem nem olhar.

O agente da S.H.I.E.L.D. com traços cruéis estava parado no corredor que levava para o lado de fora, bloqueando a passagem do Capitão. Quatro homens o apoiavam, todos armados com rifles de calibres pesados. Estas não eram armas tranquilizantes. Não mais.

Capitão levantou o escudo, e seus lábios se contorceram em uma expressão de batalha.

– Nem pense nisso, rapaz.

Então, ele segurou o escudo diante da cabeça abaixada, como um aríete. Avançou sobre o agente, esmagando seu maxilar. Girou o escudo para um lado, depois para o outro, derrubando agentes como pinos de boliche.

– DIRETORA HILL PARA TODAS AS UNIDADES. – Os alto-falantes agora gritavam, numa altura quase ensurdecedora. – DETENHAM O CAPITÃO AMÉRICA. REPITO: *DETENHAM O CAPITÃO AMÉRICA!*

O Capitão se lançou pelo corredor, balas zunindo à sua volta. Cartuchos, feixes de partículas, cápsulas tranquilizantes. Parou ao lado de uma pequena janela, segurando o escudo atrás de si para bloquear o fogo.

Ele esperou, encostado na janela, por um intervalo nos tiros. O que, inevitavelmente, aconteceu.

Músculos desenvolvidos na Segunda Guerra Mundial se contraíram, e o Capitão América girou e *quebrou a janela* com seu escudo. Então, ele saltou pela janela, caindo no espaço. Uma nova saraivada de balas o seguiu; ele desviou e caiu, reduzindo as suas ações a puro instinto de sobrevivência.

O deque de pouso estava logo abaixo, mas não era uma boa ideia; se tornaria alvo fácil. Saltou sobre um suporte de armas e impulsionou o corpo para cima, na direção dos andares mais altos do aeroporta-aviões. Agarrou-se à parede externa, segurou um propulsor em desuso e voltou a subir.

Abaixo, uma tropa de agentes da S.H.I.E.L.D. apareceu na janela estilhaçada. Eles olharam em volta, o avistaram e atiraram para cima.

Isso não é bom, pensou ele. *Mais de oito quilômetros acima da terra e sem ter para onde correr.*

Foi então que ele viu: um antigo caça P-40 descia para o deque de pouso. Uma relíquia, assim como ele, que por milagre ainda estava em serviço. No bico do avião havia a pintura de uma cabeça de tubarão, símbolo dos Tigres Voadores, meticulosamente retocada no decorrer dos anos.

O P-40 devia estar se aproximando para pousar quando os tiros estouraram. Oitenta, noventa pés de altitude, e descendo. Setenta. Sessenta e cinco.

O Capitão pulou.

Aterrissou em cima da cabine do piloto, o escudo primeiro, estilhaçando o vidro. Sentiu a dor irradiar por suas pernas. O piloto hesitou, balançou a cabeça quando o vento repentino o atingiu.

– QUE PORRA É ESSA!

O Capitão agarrou o pescoço do homem.

– Continue voando, filho. E cuidado com essa boca suja.

O piloto assentiu freneticamente, puxando o manche. O deque de pouso estava cada vez mais perto, depois pareceu se achatar quando o avião arremeteu a menos de seis metros do deque. O piloto acionou as turbinas, e o avião começou a subir.

O Capitão cambaleou, quase caindo. Segurou-se firme, rangendo os dentes.

Os agentes da S.H.I.E.L.D. correram para o deque de pouso: uns vinte ou trinta. Apontaram para cima e começaram a atirar.

Mas o avião do Capitão estava se movendo rápido demais. O piloto levantou o nariz da aeronave e subiu, afastando-se cada vez mais do aeroporta-aviões. O deque passou como uma mancha e, então, eles estavam no espaço aberto.

O Capitão olhou para trás. O aeroporta-aviões ficava cada vez menor conforme se distanciava, seu formato irregular contornado pelas nuvens. Não tinha dúvidas de que Hill já estava ordenando que aviões viessem atrás deles, mas sabia que não conseguiriam alcançá-lo.

O Capitão se endireitou em cima da cabine quebrada, montando o avião como um surfista. Olhava para baixo apenas quando as nuvens se abriam... revelando as torres de Manhattan, o oceano e os rios que a cercavam. O mar ao leste, as montanhas, fazendas e cidades a oeste.

– Pa-pa-para onde nós vamos? – gritou o piloto.

O Capitão se inclinou para frente.

– Para os Estados Unidos da América – disse ele.

PARTE 2
COMEÇANDO A ACREDITAR

7

7

LUGAR: ESQUINA DA RUA 12 COM A QUINTA AVENIDA, Manhattan. Hora: 8h24 da manhã – hora do rush matinal. Robô: três metros e meio de altura, estremecendo o chão a cada passo, o rosto gigantesco, uma imagem distorcida do vilão chamado Doutor Destino.

Tony Stark freou até parar no ar, a meia quadra de distância do robô. Olhou para baixo e viu que a polícia esvaziara o quarteirão. As pessoas estavam atrás das barricadas, assistindo e gravando a cena com seus telefones celulares e câmeras digitais.

– Esta é a nossa chance – informou Tony.

Miss Marvel planava ao lado de Tony, aguardando instruções. Lá embaixo, Luke Cage e a Viúva Negra corriam pelo meio da rua vazia. Homem-Aranha vinha logo atrás deles, lançando suas teias em postes e semáforos.

Tony abriu uma linha de rádio.

– Reed, você está online?

O robô pisou com força, quebrando o asfalto. As pessoas gritaram e se encolheram mais atrás das barricadas, se pressionando contra as vitrines das lojas e padarias.

– EU SOU DESTINO! – disse o robô.

A voz de Reed Richards soou no ouvido de Tony.

– Na falta de provas conclusivas – informou ele –, eu diria que esse é o Destinobô.

Tony franziu a testa. Ele estava fazendo uma piada ou apenas afirmando o óbvio? Com Reed, era difícil dizer.

– Estamos prontos, Tony. – A voz do Homem-Aranha entrou clara na frequência de Stark. – Vingador amigão da vizinhança se apresentando.

Tony analisou sua tropa. Tigresa assentiu veementemente para ele; Cage parecia furioso, incerto. Homem-Aranha estava agarrado à parede de uma fábrica, pronto para entrar em ação. Miss Marvel pairava, aprumada e linda como sempre.

Com o pensamento, Tony ligou os amplificadores de sua armadura no volume máximo e anunciou:

– ATENÇÃO, CIDADÃOS. SOU O HOMEM DE FERRO, SUPER-HUMANO REGISTRADO; NOME REAL: ANTHONY STARK. ESTE É UM PROCEDIMENTO SUPER-HUMANO APROVADO, OPERANDO DENTRO DOS PROTOCOLOS DE SEGURANÇA DA LRS. POR FAVOR, AFASTAM-SE E PERMITAM QUE FAÇAMOS O NOSSO TRABALHO. NÃO HÁ NADA O QUE TEMER.

As pessoas trocavam olhares, inseguras.

O robô deu outro passo lento e pesado na direção da Quinta Avenida.

– EU SOU DESTINO!

O passo causou outro tremor de terra, fazendo disparar o alarme de vários carros no quarteirão.

– Reed – chamou Tony. – Um breve resumo sobre essa coisa. E rápido.

– É um protótipo das tropas de paz construído pelo Doutor Destino. Sabe quem é ele?

– Sei, Reed.

Victor Von Doom era arqui-inimigo de Reed, um cientista brilhante que usava uma armadura e governava um país chamado Latvéria com mão de ferro, literalmente. Destino tinha uma rixa com Reed desde a época em que estudaram juntos.

– Certo, então. Destino alega que sua intenção era usar o robô apenas para assuntos domésticos em Latvéria. Mas este desenvolveu algum tipo de inteligência artificial rudimentar e fugiu para os Estados Unidos.

Miss Marvel franziu a testa.

– Destino realmente *avisou* você sobre essa coisa? Por quê?

– Talvez ele esteja acompanhando os eventos políticos neste país. Desconfio que ele queira ficar do lado de Tony. Ou, talvez, ele tenha algum outro plano mais escuso – Reed hesitou. – Eu não sei.

Tony pensou: *Essas são as três palavras que menos gosto.*

– Obrigado, Reed. Stark desligando.

Tony verificou mais uma vez. Todos os Vingadores estavam na sua frequência.

– Todos sigam as minhas ordens – ordenou ele. – Este é o começo de uma nova era. É a nossa chance de mostrar como as coisas vão funcionar de agora em diante. Para reconquistarmos a confiança do povo.

– Mim gostar de confiança – disse o Homem-Aranha. – Confiança bom.

– EU SOU DESTINO!

– Primeiro, ataque aéreo. – Tony se lançou para frente. – Carol?

A Miss Marvel se posicionou atrás dele, sua longa faixa vermelha reluzindo ao sol da manhã. Juntos, eles seguiram como flecha sem direção à cabeça do robô, cortando o ar em uma formação perfeita. O robô virou seus olhos brilhantes para eles, pôs-se de lado...

... e tropeçou em um carro estacionado, esmagando o porta-malas. Uma mulher abriu a porta do motorista e saiu meio caindo, meio tropeçando, com um bebê nos braços. Ela recuou, olhando ao redor em pânico, e correu – direto para a perna do robô.

Devagar, a cabeça dele se virou, olhando para ela.

Tony girou em direção à Miss Marvel. Seus braços cobertos por luvas azuis estavam esticados para frente, começando a brilhar de energia. A fisiologia meio-alienígena de Carol permitia que ela gerasse dardos com alta carga de energia; entre os Vingadores, em uma situação de combate, ela era uma das mais poderosas.

Mas se ela disparasse no robô agora...

– Carol. – A voz amplificada de Tony era aguda, deliberadamente penetrante. – Segurança dos civis em primeiro lugar.

Miss Marvel fez uma careta, assentiu e mergulhou.

O robô estendeu um enorme braço na direção da mulher amedrontada. Ela estava imóvel, congelada, apoiada no carro, os dedos rígidos em volta do bebê. Miss Marvel passou entre eles, esticando a mão. Mas a mulher recuou ainda mais.

Ela está com tanto medo de nós quanto do Destinobô, Tony percebeu.

– Protocolos – disse ele.

Miss Marvel pareceu girar no ar, até parar bem acima do carro amassado. A cabeça do robô balançava para cima e para baixo, em um movimento confuso, olhando para ela e para a mulher alternadamente.

Tony se pegou encarando Miss Marvel. *Ela é linda. Escultural, poderosa, com a graça de uma bailarina. Um modelo para tudo que estamos tentando conseguir.*

Miss Marvel dirigiu-se à mulher, falando com um tom de voz indiferente, ensaiado.

– Eu sou Miss Marvel – apresentou-se –, super-humana registrada. Nome verdadeiro: Carol Danvers. Estou aqui para ajudá-la. Por favor, permita que eu...

Tony já estava em ação, mas meio segundo atrasado. O robô levantou o enorme braço de metal e *golpeou*, mandando Miss Marvel pelos ares.

– AVANTE VINGADORES!

Os poderosos raios propulsores de Tony explodiram na cabeça do robô. Faíscas encheram o ar. Ele recuou poucos metros e ativou um protocolo multicâmera. Ao mesmo tempo, seus monitores internos mostraram:

- Miss Marvel bateu contra um prédio, fazendo voar tijolos pela calçada. Estava claramente zonza, mas seus batimentos cardíacos estavam normais. Nenhuma lesão séria.
- A mulher saiu correndo pela rua, com o bebê no colo. Em segurança.
- O capacete que protegia o cérebro do Destinobô se abriu, expondo mecanismos e circuitos. Mas ele ainda estava de pé. Tony sentiu o formigamento de um bloqueio de radar e viu uma arma nada familiar saindo do dedo do robô.
- Balançando em suas teias, Homem-Aranha entrou na batalha. Cage e a Viúva Negra vinham correndo pela rua, logo atrás dele.

A arma do Destinobô soltou uma luz cintilante em forma de arco, cegando Tony momentaneamente. Filtros oculares foram acionados em menos de um segundo. Levou mais três para a sua visão normalizar.

O robô ainda estava em movimento, mas os Vingadores estavam em cima dele. Cage subira em suas costas, socando-o com punhos duros como aço. Viúva Negra estava agachada em cima de um poste, lançando seus ferrões. O robô balançou de um lado para o outro, quase como se pudesse sentir a dor do ataque deles.

– EU SOU... DESTINO – repetia ele, em meio a chiados.

Homem-Aranha aterrissou leve como uma pluma na rua, bem atrás do robô. Plantou o pé com firmeza, estendeu os dois braços e disparou um bombardeio de teia grudenta. Atingiu as costas do robô – elegantemente não acertando Cage, que já subia para a cabeça da criatura. O robô parou bruscamente, preso pela teia.

Cage localizou o capacete estilhaçado do cérebro do robô e abriu um sorriso malicioso. Estalou os dedos uma vez, deu um passo atrás e começou a socar os circuitos ali dentro.

– Cage – chamou Tony. – Os protocolos.

Cage o ignorou. Enfiou a mão dentro da cabeça do robô e começou a arrancar fios. Faíscas elétricas cintilavam por sua pele.

Tony se aproximou, os propulsores brilhando.

– Aguenta firme aí, Pe... é, Homem-Aranha.

– Deixa comigo, chefe.

– Pare de me chamar assim.

– Claro, chefe.

As teias formaram um grosso cabo, se estendendo dos pulsos do Homem-Aranha até o Destinobô, que se debatia. Com a facilidade conquistada pela prática, Aranha torceu as mãos e agarrou a teia, no momento em que a última saía de seus lançadores. E então, *puxou*.

O Destinobô levantou uma perna, tentou andar pra frente. Homem-Aranha segurou firme, seus músculos contraídos. O Destinobô parou, morto, imóvel no lugar.

Dentro de sua armadura, Tony sorriu de orgulho. Esses eram os novos Vingadores. Os *seus* Vingadores.

– Continue assim, Peter. Bom trabalho.

– Valeu. Ei, Tony, depois que isso tudo acabar, quero bater um papo com você.

– Só tenho uma brecha na minha agenda lá pela primavera. Melhor conversarmos agora.

Ainda segurando o cabo de teias, Homem-Aranha virou os olhos dourados para cima, onde estava Homem de Ferro, e se surpreendeu.

– Agora?

Tony abriu uma frequência particular.

– Isso se chama multitarefa.

– Uau! É como se você estivesse dentro da minha cabeça.

Então, a Miss Marvel mergulhou de novo, desta vez na frente do robô. Disparou ondas de energia das duas mãos, e a cabeça do robô afundou. Ele emitiu um estridente grito eletrônico.

– Tic tac, Peter.

– Certo. Bem, recebi meu primeiro salário que você mandou. E...

– Certifique-se de que descontaram os impostos. Senão depois vem o leão e morde você.

– Tony, é mais do que ganhei no ano passado inteiro.

Tony golpeou o robô uma, duas vezes. Ele cambaleou, a cabeça estava solta, conectada ao corpo por um cabo grosso.

– Você está fazendo por merecer, Peter. Agora mesmo.

– Bem, valeu.

Cage agora dava vários socos na barriga do robô, abrindo um buraco na armadura de metal. O robô se dobrou em dois, caindo pra frente, de joelhos.

Tony estendeu o braço e atingiu a lateral do robô. Mudando o cabo de teia para outro lado, Homem-Aranha estendeu a outra mão e lançou teia nos sensores óticos da coisa. A cabeça dele balançou com força, de um lado pro outro, presa pelo cabo.

– Peter, escute. – Tony fez um gesto para Miss Marvel, que lançou outra assustadora rajada de energia. – A Lei de Registro de Super-humanos entra em vigor à meia-noite de hoje. Eu liguei pessoalmente para o presidente para garantir que assumirei o comando de sua implementação.

– Você?

– Alguém tem que fazer isso. Ninguém quer uma administração burocrática e sem rosto fazendo isso. É melhor que seja alguém que compreenda a comunidade dos super-heróis, que seja registrado e conhecido pelo público.

– Eu... é. Isso faz sentido.

– Vou precisar de você ao meu lado.

– Por aquele salário? Quando quiser.

– Não é um assunto simples, Peter. – Tony mudou de canal por um momento. – Natasha, decepe a cabeça dessa coisa, ok?

De sua posição em cima do poste, Viúva Negra sorriu. Seus ferrões saíram e a cabeça do Destinobô se soltou. Mas o corpo continuou se mexendo, andando de um lado para o outro, perdido, perigosamente perto dos espectadores atrás das cercas de contenção.

– Peter, vou precisar da sua ajuda em algumas questões de... aplicação da lei. Detalhes estarão disponíveis em breve.

– Ok. Eu acho.

– E tem mais uma coisa. Você sabe do que estou falando.

– Tony...

– Peter, é a coisa certa a se fazer. – Tony fez uma pausa, aumentando um pouco o volume. – E a partir da meia-noite de hoje será lei.

A expressão de Homem-Aranha era indecifrável por baixo da máscara. Mas os visores de Tony mostravam níveis elevados de adrenalina dentro dele e batimentos cardíacos acelerados.

Cage agarrou a perna do Destinobô, dando um soco poderoso atrás do outro.

– Esse garoto precisa de um castigo – disse ele.

– Isso não está em negociação, Peter.

– Eu... eu preciso que você me prometa uma coisa.

– É só falar.

– Minha tia. Tia May. Não importa o que aconteça, você tem que garantir a segurança dela.

– Peter, eu juro pra você, aqui e agora: se você fizer isso, eu protegerei aquela doce senhora pessoalmente até que um de nós morra. E desconfio que ela viverá mais do que eu.

Homem-Aranha ficou tenso e resmungou.

Então, usando toda a sua força de aranha ampliada, ele puxou a teia. Cage se soltou, Viúva Negra pulou. Miss Marvel alçou voo, cheia de graça e poder.

O Destinobô se espatifou no asfalto, soltando uma chuva de faíscas. Uma perna se contorceu, chocando-se contra um bueiro. Então, ele ficou imóvel.

Tony olhou para baixo, analisando a cena. O Destinobô estava esparramado em um pedaço de asfalto rachado, no meio da rua. Os Vingadores formaram um círculo em volta dele, passando a mão em seus trajes, limpando-se. Natasha alongou um músculo dolorido.

Tony ergueu o polegar para a multidão, e a polícia começou a retirar as barricadas. As pessoas começaram a entrar com cuidado, indo para o meio da rua. Executivos, turistas, mulheres empurrando carrinhos de bebê. Fitaram o robô, amassado, por um longo momento. Sem falar, mal respirando.

Então, a multidão começou a aplaudir.

Tony estendeu o braço e pegou a mão de Miss Marvel. Juntos, como a realeza, eles desceram até a rua.

– Estão escutando? – perguntou Tony. – Esse é o som do povo voltando a acreditar nos heróis.

– Não tenho tanta certeza. – Cage se aproximou, esfregando os nós dos dedos. – Ainda *seremos* super-heróis depois disso, Tony? Não seremos apenas agentes da S.H.I.E.L.D., na folha de pagamento do governo?

– Não, Luke. Nós somos heróis. Nós lutamos contra supercrimes e salvamos a vida das pessoas. – Tony olhou para Homem-Aranha. – A única diferença é que as crianças, os amadores e os sociopatas ficarão de fora.

Viúva Negra levantou uma sobrancelha, irônica como sempre.

– Em que categoria o Capitão América se encaixa, Tony?

Tony se afastou um pouco do chão e girou. Levantou os braços poderosos para a multidão, e eles aplaudiram mais uma vez. Miss Marvel sorriu. Cage fez uma careta e desviou o olhar. Natasha assentiu.

O rosto de Homem-Aranha estava escondido, mas Tony sabia que ele estava escutando tudo. Tony voou por cima do Destinobô caído e imóvel. Estendeu um braço de metal para um casal jovem, que estava parado assistindo a tudo com olhos arregalados. O rapaz assentiu e ergueu o polegar para Tony.

– Acredite em mim, Natasha. Capitão está errado desta vez.

8

SUSAN RICHARDS ESTAVA CANSADA. Cansada da comida do hospital, do café do hospital. Cansada de conversar com seu irmão grogue, tentando mantê-lo animado. Cansada de tentar arrancar informações dos médicos sobre como havia sido a cirurgia. De tentar explicar para as enfermeiras que precisavam manter a temperatura de Johnny baixa *o tempo todo*, a não ser que quisessem acordar uma manhã e encontrar lençóis acidentalmente reduzidos a cinzas.

Em geral, ela estava apenas cansada.

– Franklin? – Ela tirou os sapatos, acendeu a luz da sala de estar. – Val, amorzinho?

Silêncio.

Pegou o telefone. A luz estava piscando: nova mensagem de texto. De Ben Grimm.

Suzie – Franklin queria assistir o novo filme da Pixar, então saí com as crianças. Achei que ia gostar de ficar um pouco sozinha.

E uma segunda mensagem:

Ok, eu que queria ver o filme da Pixar. Val insistiu pra ver um documentário, mas ainda sou maior que ela.

Sue sorriu. Em momentos como este ela via o quanto o Quarteto Fantástico era uma bênção. Não era apenas uma equipe, como os Vingadores ou os Defensores. Era um grupo de apoio mútuo, uma família. Um conforto em épocas difíceis.

Andou pelos quartos. Verificou os e-mails, ligou a televisão e deixou no mudo. Mais imagens sobre a explosão de Stamford, com a nuvem preta de fumaça subindo. Será que nunca iam parar de mostrar isso?

Quase como um ritual, Sue passou pela sala de jantar, cozinha, por todos os três banheiros. Pelo pequeno quarto de Franklin, e o menor ainda de Val. A suíte máster estava escura, vazia, a cama que a empregada-robô arrumara de manhã, imaculada.

Pare de protelar, disse para si mesma. *Você sabe onde ele está.*

O laboratório de Reed estava zunindo, figurativa e literalmente. Na última semana, ele alugara uma dúzia de novos sistemas de alta potência da Universidade de Columbia, trazendo-os de avião e ligando-os em rede com seus bancos de dados já existentes. No chão havia uma miscelânea de cabos, caixas de servidores, roteadores e tomadas.

E no meio: uma mesa hexagonal coberta de laptops, papéis e tablets. Reed estava sentado do outro lado, o pescoço esticando-se para cima e para os lados, os olhos indo de um tablet para uma pilha de papéis com selos holográficos marcados como CONFIDENCIAIS.

Deus, pensou Sue. *Eu amo esse homem.*

Ela sabia como Reed ficava quando estava mergulhado em sua pesquisa. Para despertar a atenção dele, teria de falar pelo menos umas quatro coisas absurdas e diferentes, esperando que ele soltasse um gemido depois de cada uma delas. Às vezes, era necessário dar um soco nele.

Para sua surpresa, ele olhou para ela na mesma hora e sorriu.

– Susan! – exclamou Reed. – Você não vai acreditar no que aconteceu esta manhã.

Ela sorriu e olhou para o emaranhado de fios.

– Espero que não tenha sido a conta de luz.

– Eu avisei aos Vingadores sobre um Destinobô, os ajudei a impedir o ataque dele. E... e depois, Tony veio aqui e conversamos um tempão. Ele está cheio de planos, amor. Planos muito importantes.

– Humm.

– Nunca trabalhei em nada tão grandioso. – Os olhos dele estavam brilhando; Sue nunca o vira assim. – Tony não estava brincando quando disse que revolucionaria cada meta-humano dos Estados Unidos. Não fico tão animado assim desde que descobri meu primeiro buraco negro.

– Eu também estaria animada – comentou ela –, se o plano genial de Tony não significasse cadeia para metade da nossa lista de Natal.

– Eu sei, eu sei. – Ele desviou o olhar, ativou uma tela comprida na parede. – Mas a escolha é deles. Eles podem se registrar.

– Sobre esse Registro...

– É uma obrigação, amor. Dê uma olhada nas minhas projeções.

Franzindo a testa, Sue se aproximou da tela na parede. A caligrafia de Reed a cobria, do chão ao teto: equações, anotações, círculos, linhas.

– Isso é incompreensível – ela disse.

– Não, não. – Ele se esticou atrás dela, apontando para a tela. – É a curva exponencial que o número de superseres está seguindo. Vemos mais a cada ano: mutantes, casos acidentais, humanos com poderes artificiais como Tony. Alienígenas. Até mesmo viajantes. É um enorme perigo social.

– Todos eles são pessoas – sussurrou ela.

– Vamos enfrentar um apocalipse se a atividade sem regulamentação não for controlada. – Ela sentiu a mão macia dele em seu ombro. – Isso não é política, amor. É ciência. Eu já tinha chegado a esta conclusão: o plano do Tony é o melhor, a forma mais rápida de evitar o desastre.

Ela não disse nada.

– Você deveria ter visto a equipe em ação hoje de manhã – continuou Reed. – Tony me mostrou o vídeo. Eles desempenharam seus papéis perfeitamente, e fizeram tudo de acordo com as novas diretrizes. Isso pode *dar certo*, amor. Além de ser uma oportunidade incrível para nós. – Ele gesticulava animadamente, os braços alongados clicando em *touch screens* por toda a sala. – Você precisa escutar as ideias que tivemos. Eu me sinto como uma máquina conceitual.

Reed recolhera o braço; os dedos acariciando as costas dela. Foi descendo a mão lentamente.

Sue e Reed sempre tiveram uma vida sexual ativa, mesmo depois que as crianças nasceram. Mais de uma vez, ela se pegou rindo da ideia que seus amigos tinham deles. Todo mundo via Reed como um cientista frio e obsessivo, e ela como uma alegre figura materna. Não faziam ideia.

Mas isso... alguma coisa estava profundamente errada. Involuntariamente, ela ativou seu campo de força. Reed afastou os dedos como se tivesse sido espetado.

– Desculpe – disseram ambos ao mesmo tempo.

De repente, um rangido encheu a sala. Sue se virou na direção do portal da Zona Negativa. Suas luzes piscavam; seu perímetro circular ganhando vida. Dentro do portal, apareceu uma massa de estrelas formando um redemoinho, pontilhadas de asteroides e formas humanoides distantes que se moviam rapidamente.

– Está tudo bem – garantiu Reed. – Só estou fazendo um teste.

O rangido do portal ficou mais alto, aumentando a frequência. Na parte de cima, perto do teto, uma tela se acendeu: PROJETO 42 EXERCÍCIO DO PORTÃO/BEM-SUCEDIDO.

– Projeto 42? – gritou ela. – O que é isso?

Reed inclinou a cabeça, fitou a expressão estranha dela. Hesitou. Então, uma voz metálica cortou o rangido.

– Isso é confidencial.

Enquanto Sue observava, a figura vermelha e dourada de Homem de Ferro apareceu dentro do portal. Suas botas propulsoras flamejavam, impulsionando-o para cima e para frente. Ele planou graciosamente por um minuto, depois entrou na sala.

– Olá, Susan – cumprimentou Tony.

– Tony – respondeu ela, mantendo a voz cuidadosamente neutra.

O portal girou até parar. As estrelas sumiram, e o círculo luminoso se fechou.

Reed sorriu para Tony, esticou a parte superior de seu corpo para ficar frente a frente com ele.

– Como estão as condições lá dentro?
– Interessantes. – Tony lançou um olhar para Susan, depois interrompeu Reed com um gesto de mão. – Acho que vai dar.
– Vou conferir os dados...
– Discutiremos mais tarde. Preciso ir. – Tony levantou o olhar, como se estivesse distraído por algum sinal vindo de sua armadura. – A LRS se torna lei à meia-noite. Os papéis de vocês já estão prontos, certo?

Reed franziu a testa.
– Nós já somos públicos. Nossas identidades são conhecidas.
– Mesmo assim, existem formulários. Precisamos saber o nível dos seus poderes. Fraquezas conhecidas, qualquer histórico de prisão ou incidentes em que algum membro da equipe tenha perdido o controle.
– Claro – Reed assentiu várias vezes, sua mente a mil por hora. – Também quero falar com o Dr. Pym sobre o Protocolo Niflhel que você mencionou...
– Reed – Tony se inclinou para frente, os olhos metálicos vermelhos cintilando. – *Agora não*.

Susan estreitou os olhos. Reed nunca tivera segredos com ela.
– Amor – Reed virou o pescoço, e sorriu hesitante para Susan. – Você pode cuidar dessa papelada que Tony mencionou?
– Está tudo online – informou Tony.

Tony pairava um pouco acima do solo, ela notou, o que lhe conferia além de altura, um ar adicional de autoridade. Parecia uma criatura de um filme de ficção científica dos anos 1950, um soberano alienígena que veio cheio de bondade governar a terra. A armadura do Homem de Ferro cobria cada centímetro do corpo dele, não deixando nenhum traço visível de sua humanidade.

E Reed parecia totalmente enfeitiçado por ele. Como um adolescente apaixonado.
– Claro – respondeu Sue. – Ah, e Reed?
– Sim, amor?
– Seu cunhado está melhorando. O cirurgião conseguiu tirar os fragmentos de osso do cérebro dele; deve até receber alta daqui a um ou dois dias.

– Isso é...
– Só para o caso de você se importar.
Então, ela deu as costas e saiu da sala. Sentindo os olhos de laser gelados e vermelhos de Homem de Ferro em suas costas, a cada passo que dava.

9

NA LIMUSINE DE TONY STARK havia todo tipo de refrigerante conhecido pelo homem. Cola, diet cola, de laranja, de uva; refrescos de frutas, Gatorade e oito tipos de água vitaminada. Café normal, descafeinado, e bebidas com perigosos teores de cafeína da América do Sul. Garrafas de vidro esculpido enfeitadas com letras japonesas, todas seladas com um único material. Marcas *vintage* como Jolt, Patio e New Coke, vindas de todas as partes do mundo.

As bebidas ficavam em uma cuba de vidro com gelo picado, encarando Tony como um monte de olhos de metal e vidro. E ele não queria nenhuma delas.

É melhor se distrair, pensou ele. Ligou a TV e uma mulher bem penteada apareceu sobre o logotipo de um canal de TV a cabo.

– ... *acabei de saber que Tony Stark marcou uma entrevista coletiva para amanhã* – informou ela. – *Isso, claro, para dar andamento à vigoração da Lei de Registro Super-humanos, que acontecerá daqui a poucos minutos. Como isso atinge você?*

A tela mudou para um severo rosto masculino. Sobrancelhas cabeludas, têmporas grisalhas, um bigode curto demais sobre os lábios. Camisa branca, mangas dobradas. Narinas dilatadas de excitação. Embaixo do rosto, lia-se:

J. JONAH JAMESON
EDITOR, CLARIM DIÁRIO

– *Como isso me atinge?* – repetiu Jameson. – *Isso é ótimo, Megan. Quer dizer, é apenas o primeiro passo para controlarmos nosso difícil* problema com os super-humanos. Mas à meia-noite de hoje, tudo em que meu jornal sempre acreditou *vai se tornar* lei.

Nossa, pensou Tony. *Ele é ainda mais assustador quando ri.*

– Você acha...

– *Chega de* máscaras – continuou Jameson, cortando a repórter. – *Chega de se esconder e chega de* desculpas repulsivas sobre identidades secretas! *Esses palhaços vão trabalhar para a S.H.I.E.L.D., ou seus traseiros coloridos vão acabar na cadeia. Ponto final.*

– Sr. Jameson. O senhor acha realmente que todos os super-heróis irão se registrar?

– Não. – Jameson se aproximou da câmera, e um olhar furioso surgiu em seus olhos. – *Só os* espertos.

Tony sorriu. *Foi mal, velho, mas Peter não é mais seu escravo.*

Ainda assim, era bom ter um jornal importante a favor da Lei. Mesmo que seja dirigido por um quase psicopata.

A repórter fez outra pergunta. Jameson a ignorou completamente, lançando-se em uma longa recitação das grandes batalhas por justiça que o heroico *Clarim Diário* enfrentou ao longo dos anos. Tony revirou os olhos e mudou de canal.

A espessa nuvem de fumaça novamente, saindo das ruínas da escola de Stamford. *Como se eu não visse isso em meus sonhos todas as noites.* Emudeceu a TV.

No canto da tela lia-se: 23h53.

– Estacione, Happy – mandou Tony. – Hora de fazer um brinde.

A voz de Happy saiu pelo alto-falante.

– Tem uma cerveja pra mim aí atrás, Sr. Stark?

– Você está dirigindo, Hap. – Tony olhou rapidamente para a cena de devastação que aparecia na tela. – Vamos seguir as regras esta noite.

🕷️🕷️🕷️

– Alguma notícia do Capitão América, Sr. Stark?

Tony mexia impacientemente em seu smartphone, mudando de mão toda hora. Olhou para Happy, que estava sentado à sua frente, segurando sua água com gás, o corpo pesado reclinado contra a barreira que separava o motorista.

Ele parece tão... à vontade, pensou Tony. *Será que algum dia vou me sentir assim de novo?*

– Nada do Capitão. – Tony franziu a testa. – O Gavião Arqueiro também sumiu, e não consigo localizar Cage. Acho que o Capitão está formando sua própria equipe em segredo. – Ele jogou o telefone para Happy. – Meu Deus, Happy, não consigo ver; me diga quantos heróis já se registraram.

Happy olhou para a tela.

– Parece que... 37. Espere, 38. O registro da Viúva Negra acabou de aparecer.

– Ah, a Natasha me faz suar um pouco. – Tony respirou fundo. – Trinta e oito.

– É o que o senhor esperava, não é?

– Mais ou menos. Ainda assim... Hap, os formulários do Quarteto já aparecem?

– Só um segundo... – Hap desceu a tela com seu dedo gordo. – Já, aqui estão. Os quatro.

Bem. Isso já era alguma coisa, pelo menos.

– Mais dois acabaram de se registrar. Provavelmente nem todo mundo vai conseguir fazer isso dentro do prazo. – Happy olhou para o relógio. – Falta um minuto. Quer fazer uma contagem regressiva estilo Réveillon?

– Não. – Tony recostou, fechando os olhos com força. Ficou com eles assim, bem fechados, apertando-os até aparecerem manchas. – Só espero estarmos fazendo a coisa certa...

Um bipe alto e agudo encheu o ar, ecoando pelas paredes da limusine. Tony abriu os olhos a tempo de ver um assustado Happy jogar o smartphone para cima como se fosse uma batata quente.

Tony pegou o telefone, apertou o botão para colocar no mudo.

– Alerta da S.H.I.E.L.D. – informou ele.

Quando se virou, Happy já estava segurando o capacete do Homem de Ferro.

O Centro de Comando Móvel 3A da S.H.I.E.L.D. era um *hovercraft* *high tech* planejado especificamente para operações urbanas. Tony o alcançou a alguns quarteirões ao norte de Wall Street, entre os tantos arranha-céus da parte baixa de Manhattan. Primeiro só viu uma mancha, como uma onda de calor reverberando na noite contra as janelas do prédio de cinco andares. Acionou suas botas ao máximo, corrigindo o curso usando o bom e velho método de tentativa e erro. Quando alcançou a mesma velocidade do veículo, seus sensores penetraram o campo de invisibilidade da S.H.I.E.L.D. e ele viu o Centro de Comando: um ônibus baixo e achatado com a frente pontuda, serpenteando entre os edifícios altos.

– HOMEM DE FERRO, NOME REAL TONY STARK – informou ele. – SOLICITO APROVAÇÃO PARA EMBARCAR.

O interior era escuro, apertado e cheio de telas de vigilância. Uma verdadeira sala de guerra. Quatro agentes da S.H.I.E.L.D. em terminais completamente informatizados.

– Menor sem registro – disse Maria Hill, apontando para uma tela plana. – Tentou impedir um assalto fantasiado. Violação clara da Lei.

Tony levantou o capacete e olhou para a tela. Mostrava um jovem negro mascarado, acompanhado por um de seus dossiês:

Assunto: Eli Bradley
Apelidos: Patriota
Grupo ao qual é afiliado: Jovens Vingadores (não autorizado)
Poderes: força aumentada, agilidade, arremesso de estrelas de metal
Tipo de poder: inato/artificial (híbrido)
Localização atual: Nova York, NY

Tony franziu a testa.
– Onde ele está agora?
Hill virou-se para um agente.

– Russel. O novo visor de holograma já está online?
– Sim, senhora.
– Acione.

Ela acenou para Tony se afastar. No meio da sala, uma imagem tridimensional ganhou vida: Patriota, assustado e arfando, iluminado apenas por postes esporádicos e luzes de prédios. Ele corria e pulava para salvar a própria vida, dando saltos incríveis do telhado de um prédio alto para outro.

– Esse visor é de última geração – contou Hill. – Usa câmeras comuns, mas melhora as imagens...

– Eu sei. – Tony passou a mão através da imagem; ela sequer tremia. – Eu o projetei.

– Nós o pegamos – disse o agente. – As câmeras de vigilância da Polícia de Nova York estão focalizadas em suas assinaturas de calor. Foxtrot-Quatro está se aproximando, a poucos quarteirões ao sul daqui.

Na imagem, o farol de um helicóptero apareceu no ar, logo atrás do Patriota. Ele deu meia-volta, uma expressão assustada no rosto. Então, saiu correndo ainda mais rápido.

Hill sorriu.

– Corra mesmo, sua aberração.

Tony franziu a testa. Nunca soube o que pensar sobre Hill; ela lhe parecia ser extremista, o tipo de soldado que sempre buscava a solução mais simples e violenta para um problema. A perda de Nick Fury havia deixado um vazio no topo da S.H.I.E.L.D., uma coisa perigosa em uma organização cuja missão era policiar todo o mundo. Hill viu a sua chance e a agarrou.

E ela certamente estava gostando muito.

– A Lei de Registro só entrou em vigor há 38 minutos, Comandante. A senhora não poderia dar um pouco mais de tempo pro menino?

Hill levantou uma sobrancelha.

– Antes de tudo, Stark, agora é *Diretora*.

– Diretora *em exercício*, creio eu.

Ela o fuzilou com o olhar.

– O Patriota e os Novos Vingadores, um grupo que, devo acrescentar, *você* deu permissão tática para ser formado, vem *twittando* a noite toda contra a Lei. – Ela fez um sinal para um agente que abriu uma tela cheia de frases. – Exemplos: "Prefiro morrer a tirar a máscara". "S.H.I.E.L.D. fdp". "Tony Stark: coração de pedra". – Ela sorriu.

– Essa é um tanto poética, não?

– Diretora – chamou o agente. – Sinal do Foxtrot-Quatro.

No holograma, o Patriota saltou de um prédio para outro e quase não conseguiu alcançar o telhado do outro lado, mas se agarrou e se ergueu. O helicóptero deu a volta para interceptá-lo, apontando o farol para o telhado. Tony podia ver atiradores posicionados nos dois lados, pouco acima do trem de pouso.

A voz eletrônica do piloto encheu o Centro de Comando.

– Confirmação visual. S.H.I.E.L.D.-TAC. Em posição.

Hill deu um passo à frente.

– Câmbio, Foxtrot-Quatro. Permissão para usar *tranquilizantes* e *força mínima*. – Ela se virou para Tony. – Satisfeito?

Ele não respondeu.

Uma chuva de cápsulas e balas de borracha caiu sobre o Patriota, que continuava correndo, rasgando as costas de sua jaqueta. Ele gritou, mas continuou correndo.

– Não quero feridos, S.H.I.E.L.D.-TAC.

O agente se virou para Hill, franzindo a testa.

– Esse garoto é à prova de balas agora?

– Droga de banco de dados! – disse um segundo agente. – Achei que houvesse pessoas atualizando essa coisa.

– Paciência, pessoal. – Hill sorriu de novo. – Como disse o Sr. Stark, nós estamos nesse negócio há menos de uma hora.

– Para onde ele vai? – perguntou Tony. – Está saindo da ilha.

– De acordo com o nosso serviço de inteligência, os Jovens Vingadores têm um esconderijo seguro bem...

Ainda perseguido pelo helicóptero, Patriota se lançou para a lateral de outro prédio. Mas, desta vez, ele não mirou no telhado. Se debateu no ar, e em seguida bateu direto contra uma janela de vidro, estilhaçando-a. Ele soltou um grito e entrou aos tombos no prédio.

– ... ali – terminou Hill.

– Mudar para a visão do helicóptero – informou o agente.

A tela mudou para uma imagem tremida do Patriota, parado bem na frente da janela quebrada. O lugar parecia escuro, abandonado. Tony não conseguiu ver se havia outras pessoas.

– Pessoal! – berrou o Patriota. – Temos que dar o fora daqui! Eu estava impedindo um *assalto* e agora a S.H.I.E.L.D. está na minha cola!

– Ele vai ter uma surpresa – disse Hill. – Pegamos os outros Jovens Vingadores meia hora atrás.

– Na verdade, Wiccano ainda está solto – informou um dos agentes. – Mas a polícia local já está cuidando disso.

– PESSOAL, ISSO É SÉRIO! – O Patriota perdeu um pouco do equilíbrio quando o helicóptero se aproximou do prédio. – A S.H.I.E.L.D. ... ELES NÃO ESTÃO DE BRINCADEIRA!

– Os tranquilizantes não surtiram efeito, S.H.I.E.L.D.-TAC – disse o piloto do helicóptero. – E agora eu não consigo colocá-lo na mira.

Hill virou-se para um agente.

– O prédio está vazio?

– Sim, senhora. Nenhum sinal de vida.

– Foxtrot-Quatro, tem autorização para usar força total.

Tony virou-se para ela, alerta.

– O que isso...

O agente clicou na tela, voltando para a visualização ampla. Mísseis incendiários gêmeos foram lançados do helicóptero em direção ao prédio.

O holograma mudou para a câmera do helicóptero, bem a tempo de capturar o rosto aterrorizado do Patriota. Ele olhou diretamente para a câmera, boquiaberto, enquanto os mísseis se aproximavam dele.

Em seguida, o prédio explodiu. A estrutura se despedaçou e os três andares superiores se desfizeram no ar, lançando metal e vidro para todos os lados. Uma nuvem de cinzas escuras encheu a tela, ocultando a devastação.

Tony agarrou Hill pelos ombros.

– O que você está fazendo? Está *maluca*?

Ela se debateu, tentando se soltar das mãos metálicas dele, depois puxou o braço com força, furiosa.

– Aquele garoto é praticamente indestrutível. O que você esperava?

– Eu esperava que você não destruísse propriedades arbitrariamente – ele apontou para a nuvem de poeira na tela. – A ideia por trás disso tudo é exatamente *não* causar pânico!

– Creio que nossos métodos são diferentes.

– Se aquele garoto estiver morto...

– Não está. – O agente batia em seus controles, e o holograma piscava, indo da estática às cinzas e voltando. – Não consigo uma imagem... As câmeras da Polícia de Nova York foram destruídas com a explosão. Mas Foxtrot-Quatro confirmou: eles conseguiram pegá-lo.

– Isso está errado. – Tony bateu em seu capacete e todos os seus sistemas ganharam vida. – Isso é... vou falar com o presidente sobre isso. – Ele se virou e caminhou para o convés.

– Stark.

Alguma coisa no tom de voz de Hill o fez parar.

– Estamos do mesmo lado aqui – afirmou ela.

Ele chegou ao convés e ativou a câmara de vácuo. A porta interior se abriu.

– Eu sei – respondeu ele.

E saiu voando para a noite.

10

A CASA DA TIA MAY ESTAVA MUITO QUIETA. Livros velhos, quinquilharias; *souvenirs* de viagens feitas em uma época em que viagens aéreas eram bem menos comuns. Porta-retratos em todos os lugares: de Peter, Tio Ben e dos pais de Peter, mortos há muito tempo, posando orgulhosamente com seus uniformes militares. Fotos em tom sépia do começo do século XX, talvez até mesmo do XIX. Cheiro de naftalina, de desinfetantes fabricados décadas atrás.

Peter Parker sentou-se em sua cama, passou a mão pela velha colcha xadrez. Como todo o resto no quarto, ela estava ali há décadas. Seu velho e pesado microscópio; a câmera de filme analógico com a qual tirou suas primeiras fotografias. O troféu de ciências amassado, porque Flash Thompson o jogou no chão no ensino médio.

Tudo igual. *Preservado*, pensou ele, *mas não de um jeito obsessivo. Orgulhosamente. É diferente.*

Tanto dele, Peter Parker, estava naquele quarto. Ainda assim, uma grande fatia, um grande fio da meada de sua vida, estava faltando.

Foi até o armário, puxou uma tábua solta. Tateou por um momento e fechou a mão em volta de sua primeira máscara de Homem-Aranha. Ela o encarava com enormes olhos brancos, levemente desbotada pela ação do tempo.

– Peter?

Ao som da voz da tia May, de repente se lembrou por que viera. Uma onda de pânico tomou conta dele. Amassou a máscara e a enfiou no bolso de trás.

– Aqui, tia May.

Toda vez que Peter vinha visitá-la, tia May fazia bolinhos, sendo dia ou noite. Felizmente, ele estava faminto.

– Meu Deus, Peter, você acordou cedo! O sol nem nasceu ainda.

Ela estava parada na porta. Um pouco hesitante, ele percebeu, mas sorrindo para o sobrinho. O cabelo dela estava preso em um arrumado coque; o rosto exibia novas rugas a cada ano. As mãos estavam cobertas de veias azuis, mas continuavam firmes.

Só havia uma coisa estranha: a bandeja em suas mãos carregava cookies com gotas de chocolate e não bolinhos.

– Não consegui dormir. – Peter sorriu timidamente, olhando para a bandeja. – Cookies, tia May?

Ela olhou para a bandeja, como se a visse pela primeira vez. Por um momento, pareceu confusa. Peter sentiu outra pontada de pânico, de preocupação.

Então, ela balançou a cabeça.

– Não sei, querido. Hoje me pareceu diferente.

– Não estou reclamando. – Ele pegou um e mordeu. Ainda quente. As gotas derreteram em sua língua, uma sensação prazerosa de volta ao lar.

May sorriu e colocou a bandeja em uma mesinha. Peter terminou o cookie, fitando-a em silêncio.

– Como está se sentindo, tia May?

– Estou bem, Peter. Estou sempre bem. – Ela gesticulou com a mão, como se quisesse afastar as preocupações dele. – Mas eu me preocupo com *você*.

– Comigo?

Ela se sentou na beirada da cama, acenando para que ele se sentasse ao lado dela.

– A sua sorte com as garotas... bem, não é das melhores, querido. Sinto por ter de dizer isso.

– Tia May...

– Ainda acho uma pena não ter dado certo com a sobrinha da Anna Watson. Só estou dizendo.

– Pare de mudar de assunto, belezura. Você está tomando os remédios?

– Quem está mudando de assunto agora? – Ela estendeu a mão e tocou o joelho dele. – De verdade, Peter, tem alguma coisa errada.
– Tem mesmo, tia May. Tem muita coisa errada. – Então, viu o medo estampado no rosto dela. – Ah, não, não aqui. Não com você. É que... tem muita coisa acontecendo lá fora.
Ela assentiu, séria.
– O desastre em Stamford.
– É. As pessoas estão com muito medo.
– Isso é terrível. – Ela se levantou, um olhar distante. – Eu era uma menininha quando Joseph McCarthy lançou sua grande campanha contra o Comunismo. Ele conseguiu fazer com que as pessoas acreditassem que havia comunistas em todos os lugares: no Congresso, no quintal, à espreita atrás das árvores, esperando para tomar o governo.
– Havia mesmo?
– Ah, talvez alguns. Mas a maioria deles estava ocupada demais fumando maconha para tomar alguma coisa.
Peter riu.
– Isso é um pouco diferente, tia May. As pessoas estão com medo dos super-humanos, e existem muitos deles andando por aí. E voando também.
– O que eu quero dizer, Peter, é que as pessoas tomam decisões muito ruins quando estão com medo.
Ele assentiu.
– Você está inquieto. O que é?
– É que... eu preciso lhe contar uma coisa, tia May. E é tipo, bem... delicado.
Delicado? pensou ele. *Você está subestimando o assunto. Controle-se, Parker.*
– Peter, me escute. – Ela segurou o queixo dele, forçando-o a olhar nos olhos dela. – O que quer que esteja acontecendo no mundo, é *lá fora*. Não nos atinge. Não entra dentro dessas paredes. Somos só eu e você aqui, e você pode me contar o que quiser.
– Ok, mas... isso pode ser um choque.

Ela arregalou os olhos. Levantou-se rapidamente, cambaleou e, em seguida, olhou para ele.

– Então, é verdade.

– O quê?

– Está... está tudo bem, Peter. Eu meio que desconfiei. O filho da Sra. Cardoman acabou de sair do armário, e ele está *tão* mais feliz agora. Está até falando em se casar com o... companheiro dele, acho que é assim que vocês chamam. – Ela colocou a mão no próprio queixo. – Pensando nisso, *ele* costumava namorar modelos também.

– O quê? – Peter ficou de pé em um pulo. – Tia May, eu não... espera aí, Jason Cardoman é gay? Ah, é claro que é. Mas...

– Você tem que entender, Peter. A minha geração não cresceu assim... nós simplesmente não falávamos dessas coisas. – Ela estendeu a mão e tocou o rosto dele. – Mas os tempos são outros. E você... você tem que ser você mesmo, essa pessoa única e maravilhosa.

– Tia May, eu não sou gay.

– Ah.

Por um momento, ela pareceu confusa de novo. Seus olhos vagaram pelo quarto e voltaram a pousar em Peter.

É agora, pensou ele. *Este é o momento.*

Mas eu não posso. Não consigo fazer isso.

Lentamente, ela chegou por trás dele. Os dedos finos se fecharam em um pedaço de pano vermelho que saía do bolso de trás da calça de Peter. Ela puxou e arrumou o tecido até a estampa em forma de teia aparecer. Então, com um movimento rápido, o soltou.

Eles ficaram ali parados juntos por um longo momento, ambos encarando os olhos brancos da máscara do Homem-Aranha.

Até que, para a surpresa dele, tia May sorriu. Um sorriso longo, sereno, maravilhoso.

– Peter – começou ela –, eu sei *disso* há anos.

Ele sentiu lágrimas escorrendo por seu rosto.

– Você não é tão sorrateiro quanto pensa, rapaz.

– Tia May... ah, tia May.

– Mas por que hoje, Peter? Por que agora?

– Porque...

Ele estendeu os braços e a abraçou. Enterrou a cabeça no ombro dela, como quando era um garotinho.

– ... porque uma coisa vai acontecer – sussurrou ele. – Uma coisa que vai entrar dentro dessas paredes.

Ela dava tapinhas nos ombros dele.

– Mas está tudo bem – continuou ele. – A senhora ficará segura. Já garanti isso. Não importa o que aconteça, a senhora estará segura.

– Peter – disse ela, sua voz um suave garganteio no ouvido dele. – Peter, querido. Confio em você. E independente do que acontecer, tenho muito orgulho de você.

Ele a abraçou com força, balançando-a lentamente para os lados. Lágrimas escorriam pelo seu rosto.

Por um momento, ele se sentiu totalmente em paz.

Então, o pânico voltou. Junto com o pensamento:

Essa foi a parte fácil.

11

— ÔNIBUS-UM, NÓS O PEGAMOS. O garoto bruxo já é nosso.
Ao som da voz da Diretora Hill, as mãos do Capitão América apertaram o volante. Ela perguntou calmamente:
— Localização?
— Ponte do Brooklyn.
O distintivo no uniforme roubado da S.H.I.E.L.D. que Capitão usava dizia: *Agente Lamont*. Felizmente, Maria Hill não reconheceu a sua voz.
Capitão olhou para o agente musculoso no banco do carona. Axton, esse era seu nome. Estava sentado tenso, com toda a sua armadura, sorrindo, batendo com o cassetete na mão.
— Esse é o último — disse Axton.
— Segure firme.
Capitão virou o volante o máximo que pôde. O Ônibus-Um — um camburão urbano de oito toneladas com paredes reforçadas com adamantium — chamava atenção com suas luzes e sirenes. Fez a volta em um retorno atravessando um cruzamento cheio de carros, jogando seu peso contra a inclinação do veículo, as rodas do lado do carona levantando do chão. Então, o veículo se estabilizou, fazendo um pequeno estalo ao tocar o chão, e seguiu a toda velocidade em direção ao sul, para West Street.
— S.H.I.E.L.D.-TAC, aqui é o Ônibus-Um — disse o Capitão cautelosamente. — Aproximando-se para coleta.
— Câmbio, Ônibus-Um. Está uma confusão lá, mas vou mandar a polícia local deixar o caminho livre para você.
— Ok. É disso que estou falando — Axton se inclinou para frente e solicitou um dossiê com fotos dos Jovens Vingadores na tela do

computador de bordo. – Patriota, Hulkling, Estatura, Célere. Célere? Isso lá é nome de herói?

Capitão ligou a sirene novamente. Uma minivan ultrapassou pela lateral da estrada, abrindo caminho.

– Esses garotos – continuou Axton. – Eles têm o que... dezesseis? Dezessete anos, no máximo? Estão lá fora, vestidos em seus collants, rindo das nossas caras. Está na hora de alguém dar uma lição neles.

Uma enorme placa verde apareceu, com uma grande seta branca dizendo: BROOKLYN BRIDGE. O Capitão virou com força para a esquerda, entrando com o ônibus na Chambers Street.

Bem à frente, podia ver as luzes piscando. Eco de sirenes na noite.

– A gente não está proibindo esse pessoal, cara. Ninguém está impedindo que eles façam o trabalho deles. O governo quer até *pagar* para esses palhaços se tornarem oficiais. Mas sabe de uma coisa? Eles não querem isso. Eles não *curtem* ser legalizados. O que esses malucos curtem é essa história de máscara e baboseira de "homem misterioso".

À direita, uma falange de carros de polícia acesos bloqueava a rampa que levava à Brooklyn Bridge. O Capitão diminuiu a velocidade, mas continuou em frente. Um capitão de polícia grisalho fez um sinal para seus homens e os carros saíram de suas posições, abrindo a via.

Axton ainda estava falando:

– Vai ser um balde de água fria quando essa galera vir a nova penitenciária que estão construindo para superbabacas. Frank, dos suprimentos, disse que é de virar a cabeça, está sendo feito de uma maneira que não dá nem pra *pensar* em fugir.

O ônibus pulou ao passar por um desnível entre a formação da polícia e a ponte. As duas faixas na direção do Brooklyn tinham sido esvaziadas. À frente, Capitão só conseguia ver uma pessoa deitada no meio da estrada, cercada por outros dois carros de polícia.

Wiccano. O último dos Jovens Vingadores.

– Tranquilizantes – informou Axton. – Tomara que machuque o abusadinho. A minha irmã namorou um super-herói, sabe. O nome dele era Turbo. Ele se achava o máximo.

O ônibus se aproximou de Wiccano, um adolescente inconsciente vestido de cinza. A capa rasgada em volta do pescoço. Os tiras formavam um semicírculo em volta do corpo dele, as armas apontadas.

– Mas não tinha nenhum poder de verdade. O Turbo, quero dizer. Sempre tive vontade de dar uma lição nele sem aquele supertraje. Eu ia dar a surra da vida dele. Ei, cara, você não devia ir um pouco mais devagar?

– Sabe de uma coisa, Axton?

O Capitão girou o volante todo novamente, e Axton bateu contra a porta. O Capitão destravou-a e deu um chute para o lado, mirando bem no braço de Axton. O cotovelo do agente bateu na maçaneta da porta, abrindo-a, e Axton caiu do veículo em movimento.

– Você fala demais – completou o Capitão.

Gritando, o agente da S.H.I.E.L.D. rolou no asfalto, e por pouco não bateu no corpo prostrado de Wiccano. Os tiras enfileirados recuaram, assustados.

Capitão apertou a lapela para ligar um transmissor escondido.

– Falcão – chamou ele. – Retirada. AGORA!

A resposta de Falcão foi comprometida por uma chuva de xingamentos na frequência da S.H.I.E.L.D.

– S.H.I.E.L.D.-TAC – gritava a voz de Axton. – Ônibus-Um foi sequestrado.

Devia ter acertado com mais força, pensou Capitão.

Pelo espelho retrovisor, Capitão viu um borrão vermelho e branco passar rasante sob o céu noturno. Asas de quase três metros se abriram, assustando os tiras. A polícia local até arriscou alguns tiros, mas Falcão já estava voando novamente, carregando o inconsciente Wiccano nos braços.

– Estou com ele – disse a voz de Falcão.

Capitão franziu a testa, batendo no rádio da S.H.I.E.L.D. Silêncio. Eles tinham mudado as frequências, deixando-o de fora da conversa.

A estrada à sua frente estava limpa – os tiras haviam bloqueado as duas extremidades.

– Falcão, onde você está?

– Uns quatro metros acima de você.

Capitão olhou pelo espelho retrovisor. Os tiras apontavam as armas para cima, tentando acertar Falcão, que se esquivava, subindo cada vez mais.

Em seguida, um clarão de luzes chamou sua atenção. Lá na frente, no lado Brooklyn da ponte, dois outros carros de polícia surgiram em seu campo de visão, aproximando-se rapidamente dele. Luzes e sirenes ligadas.

– Fique comigo, Falcão.

O Capitão pisou com força no acelerador, fazendo o ônibus disparar na direção dos dois recém-chegados. Tarde demais, os carros de polícia desviaram, tentando sair do caminho.

O Capitão cerrou os dentes.

O Ônibus-Um bateu de frente no primeiro carro de polícia, quebrando os faróis. Policiais saíram pelas duas portas, mergulhando no asfalto. Eles assistiram horrorizados enquanto as enormes rodas do ônibus passavam devagar por cima do capô do carro, estilhaçando o para-brisa e esmagando o motor no chão. O Ônibus saltou e achatou o outro carro de polícia.

O carro derrapou e parou. O motorista colocou o corpo para fora da janela, disparou alguns tiros, que bateram inofensivos na traseira do Ônibus.

O Capitão continuou seguindo seu caminho.

– *No sleep till Brooklyn** – cantarolou a voz de Falcão.

O Capitão franziu a testa.

– Isso é um poema?

Então, ele os viu à frente. Grandes luzes piscando, maiores do que as da polícia local. Veículos da S.H.I.E.L.D. aterrissando para interceptá-los.

---

* *No sleep till Brooklyn* é uma música da banda norte-americana Beastie Boys. (N.E.)

Olhou no espelho retrovisor de novo. Os tiras da polícia de Nova York, aqueles que capturaram Wiccano, estavam em movimento. Aproximando-se rápido.

O *novo estado de segurança*, pensou o Capitão. *Certamente, é eficiente.*

— Capitão — chamou Falcão —, polícia local atrás de você e S.H.I.E.L.D. à frente. Não sei você, mas eu só vejo duas saídas nessa ponte.

O Capitão fez uma careta, tocou a tela do computador de bordo ligando-a. Foi descendo rapidamente, passando por uma série de dossiês, então clicou em um:

Assunto: William "Billy" Kaplan
Apelidos: Wiccano
Grupo ao qual é afiliado: Jovens Vingadores (não autorizado)
Poderes: provável magia, teletransporte
Tipo de poder: inato
Localização atual: Nova York, NY

À frente, tropas da S.H.I.E.L.D. se colocavam em formação, bem no meio da estrada. Três helicópteros, outro ônibus e, isso mesmo, o próprio Centro de Comando Móvel 3A. Parado no ar, logo acima da primeira saída do Brooklyn.

A voz de Maria Hill encheu a cabine.

— Entregue-se, Capitão. Você não tem para onde fugir.

Eles não estavam nem se movendo para interceptá-lo. Não havia pressa; sabiam que tinham conseguido pegá-lo.

— Falcão — chamou o Capitão. — Esse garoto está consciente?

— Infelizmente. Acabou de acordar e começou a gritar.

— Mudança de planos. Venha se encontrar comigo... AGORA.

— Com *você*?

O Capitão olhou para a porta do lado do carona, que ainda batia aberta depois da saída pouco graciosa de Axton.

— A porta está aberta.

As tropas de solo estavam bloqueando a saída, carregando suas armas. Formaram uma fila, com os helicópteros voando logo acima. Rifles apontados das portas dos helicópteros.

Os olhos do Capitão estavam fixos à frente; desviaram para a direita; para frente de novo, então para a direita – e desta vez, ele viu o borrão branco das asas do Falcão. O forte herói resmungava no ar, esforçando-se para mudar Wiccano para seu braço direito, e estender o outro braço para agarrar a maçaneta da porta.

– Segure firme.

E então, ambos estavam dentro da cabine. Wiccano choramingava e se debatia. Falcão olhou para ele, depois esticou o braço para fechar a porta.

– Filho – disse o Capitão, vigorosamente.

Wiccano levantou o olhar para fitá-lo e calou a boca.

Falcão respirou fundo e fechou as asas graciosamente nas costas. Em seguida, fez uma careta e apontou para a estrada à frente.

– Aquilo é um exército de agentes da S.H.I.E.L.D.

– Filho – repetiu Capitão América. – Preciso de uma retirada estratégica. Sabe do que estou falando?

Wiccano apenas o fitou com olhos assustados.

– Seus colegas estão na traseira deste veículo – continuou o Capitão. – Todos eles: Patriota, Hulkling, Estatura e Célere. Não vou conseguir tirá-los, nem a nós, dessa sozinho. Preciso da sua ajuda.

O Capitão abriu um mapa de Manhattan na tela de vídeo da cabine. Clicou em um local específico e um círculo vermelho apareceu ao lado da palavra *Chelsea*.

Estavam se aproximando da linha da S.H.I.E.L.D. Uma dúzia de rifles de partículas de alta potência apontavam seus lasers diretamente para o ônibus.

– Precisamos que conjure um teletransporte – explicou o Capitão, apontando para o mapa. – E precisamos que seja agora.

Falcão puxou o garoto, encarando-o.

– *Entendeu?*

– Si-sim, senhor.

Wiccano começou a sussurrar para si mesmo, os olhos arregalados. Parecia totalmente traumatizado.

Em cima, os helicópteros da S.H.I.E.L.D. avançavam, barulhentos. O sol estava começando a nascer, os primeiros raios de luz aparecendo no horizonte.

– Tem que ser agora, filho – disse o Capitão.

O primeiro tiro saiu de um canhão de mão da S.H.I.E.L.D. Acertou bem na frente do ônibus, sacudindo o veículo, que diminuiu a velocidade só um pouco. Uma rachadura apareceu no para-brisa, da espessura de um fio de cabelo.

– Outro-lugar – sussurrava Wiccano.– Quero-estar-em-outro-lugar. Quero-estar-em-outro-lugar. Q...

– Capitão – A voz de Maria Hill estava distante, entrecortada.

Então, uma luz azul pareceu acender dentro da cabine. Capitão olhou para a direita e viu o garoto – Wiccano – brilhando de energia. Falcão se afastou, assustado. O brilho azul se expandiu, enchendo o pequeno compartimento.

– Quero estar *em outro lugar*. – A voz de Wiccano agora estava mais clara, mais alta.

O Capitão se inclinou para frente. A ponte, a estrada, os agentes da S.H.I.E.L.D. à frente... tudo pareceu brilhar, cintilar com a mesma radiação azul. Tudo piscou uma vez, e depois sumiu.

Por um longo momento, Capitão só conseguia ver essa luz azul ofuscante. Pulsando, brilhando, tão forte que fazia os olhos arderem. Repentinamente, a luz pareceu se transformar em uma dúzia de raios, todos irradiando de um núcleo central. Essa dúzia tornou-se centenas, milhares de pontinhos de luz, cada um apontando para fora em uma direção diferente no espaço.

Probabilidades, ele se deu conta.

E, então, estava caindo, se afastando do núcleo de luz, em direção a um dos raios. Um único destino, dentre milhões.

– ... outro lugar – dizia a voz fraca de Wiccano.

O ônibus sacudiu, atingiu o solo e, de repente, a aceleração fez Capitão ficar grudado no assento. Olhou em volta, alarmado. O ônibus atravessava em alta velocidade um lugar fechado, uma área industrial e vazia, do tamanho de meio campo de futebol. Em direção a um muro. A 100km/h.

– Estamos fritos, freie! – disse Falcão.

O Capitão pisou no freio, girou o volante para o lado. Os pneus cantaram, começaram a soltar fumaça. O ônibus girou, quase derrapando até parar pouco antes do muro. Quase. A parte traseira derrapou, girou e bateu de lado no muro com força. O ônibus deu uma freada brusca e quase virou. Então, endireitou-se novamente.

Wiccano ainda estava com os olhos fixos.

– Outro lugar – repetia ele, bem baixinho, quase inaudível.

Falcão sorriu, dando-lhe um tapa nas costas.

– Você conseguiu, garoto. Estamos aqui.

O Capitão abriu a porta e pulou para o chão. A porta traseira do ônibus estava amassada, mas seu mecanismo de trava ainda a mantinha fechada. Ele apontou um dispositivo manual da S.H.I.E.L.D., e ela se abriu.

– Podem sair – anunciou ele.

Hesitantes, os quatro Jovens Vingadores desceram a rampa. Estatura, a jovem loura que mudava de tamanho, saiu primeiro, seguida pelo Patriota, Hulkling e Célere. Todos estavam presos por coleiras grossas, brilhando com uma tecnologia inibitória. Os pulsos estavam algemados nas costas.

Falcão levou Wiccano para ver os amigos. Os olhos do jovem se encontraram com os de Hulkling, e ambos sorriram. Apertaram as mãos.

Capitão se dirigiu à Estatura. O traje vermelho e preto dela estava ensanguentado por causa de um corte em seu rosto; ela recuou. Ele abriu suas algemas, e ela alongou os braços, involuntariamente crescendo uns trinta centímetros.

– O que está acontecendo? – perguntou ela. – Onde estamos?

– Parabéns, garotada. – Capitão apontou para a porta do outro lado. – Vocês acabaram de se juntar à Resistência.

Um grupo diversificado se aproximou deles. Demolidor, sinistro em seu traje vermelho. Golias, quase três metros e meio de altura no momento. Gavião Arqueiro, um arco pendurado no ombro. Tigresa, a mulher felina. E Luke Cage.

Falcão sorriu. Foi até Cage e deu um tapa em seu ombro.

– Cage, meu irmão. Finalmente colocou a cabeça no lugar.

– Tudo certo – disse Cage. Mas parecia confuso.

Estatura se aproximou de Golias.

– Dr. Foster. O senhor participa disso?

Golias sorriu, estendeu os braços.

– Cresça um pouquinho para que eu possa abraçá-la.

Um a um, os Jovens Vingadores foram soltos de suas correntes.

– O que é este lugar? – questionou o Patriota.

– Fortaleza da S.H.I.E.L.D. número 23 – respondeu o Capitão. – É da época da Guerra Fria. Apenas oficiais da S.H.I.E.L.D. de nível 34 sabem de sua existência.

– Quantos oficiais desses existem?

– Agora que não temos mais Nick Fury? Zero. Ele me contou a respeito, há muito tempo.

Capitão sentiu o nível de adrenalina diminuir. Uma onda de tristeza, de perda, tomou conta dele. De repente, sentiu falta de Fury – e de Thor também. Thor teria acabado com aqueles agentes da S.H.I.E.L.D. lá na ponte com apenas um golpe de seu martelo. E depois, riria.

Mais tarde, soldado. Capitão se endireitou, tirando poeira do ombro. *Tem uma guerra acontecendo.*

Os membros da Resistência estavam dando as boas-vindas aos recém-chegados. Wiccano e Célere conversavam animadamente com Demolidor e Gavião Arqueiro. As garotas pareciam fascinadas por Tigresa, tocando com hesitação em seu pelo. Falcão contava a história do dramático resgate aéreo, fazendo gestos amplos com os braços, enquanto Golias, Cage e Patriota escutavam.

– Capitão?

Ele se virou. Wiccano estava parado na sua frente, a testa franzida, segurando a mão de Hulkling, um jovem grande e verde, que fitava Wiccano com olhar preocupado. De repente, Capitão percebeu que eles eram um casal.

– Filho – disse Capitão –, você fez um bom trabalho hoje. Salvou as nossas peles.

– Valeu. Mas... qual é o seu plano agora? Qual a sua intenção, se escondendo aqui nesta base?

Capitão se endireitou, mostrando toda a sua altura. O lugar pareceu ficar quieto; todos os olhos se viraram em sua direção.

– Nossa intenção é ajudar as pessoas – explicou ele –, como sempre fizemos. Fazer o que é certo.

Estatura franziu a testa.

– Mas como vocês... como nós podemos fazer isso? Somos fugitivos da lei agora. Criminosos procurados.

– Não vai ser fácil. – Ele respirou fundo. – Tony Stark tem todas as cartas nas mãos: a lei está do lado dele, a S.H.I.E.L.D. está no bolso dele. E ele tem mais dinheiro e tecnologia à sua disposição do que muitas nações soberanas. A Stark Enterprises vem raspando o dinheiro do Departamento de Segurança na última década. Só Deus sabe que novas armas eles têm esperando em seus laboratórios. Então, temos de ser espertos. Temos de ser sorrateiros. Temos de usar todos os recursos que tivermos à nossa disposição. Se quisermos vencer, se quisermos viver como *heróis*, livres para operar de acordo com o interesse público, então teremos que *conquistar* a nossa liberdade. Teremos que construir o país em que queremos viver, tijolo por tijolo. Assim como nossos ancestrais imigrantes fizeram.

Houve um momento de silêncio, então Falcão aclamou Capitão bem alto, e os outros começaram a aplaudir e ovacioná-lo. O enorme salão ecoava com gritos e aplausos.

Capitão virou-se de costas, se esforçando para não chorar. Mais tarde, ele iria pensar nisso como o momento em que a Resistência realmente nasceu.

Infelizmente, muito sacrifício ainda estaria por vir.

12

NO MOMENTO EM QUE TONY STARK subiu na tribuna, sentiu um frio na barriga. Olhou em volta, confuso. Já havia participado de dezenas de coletivas ali, na sala de imprensa principal da Stark Enterprises. Suas paredes brancas e sua enorme janela eram quase tão familiares para ele quanto sua casa ou laboratório. Hoje, a sala estava lotada, com cadeiras dobráveis extras nas laterais, repórteres correndo de um lado para o outro e cochichando baixinho.

De repente, ele se deu conta: É isso. A última vez que a sala de imprensa ficou tão cheia assim foi há dois anos, quando – impulsivamente e sem planejar – revelou ao mundo o segredo da sua vida: que ele era o Homem de Ferro.

Tony limpou a garganta e se aproximou do microfone.

– Já estivemos aqui antes?

Uma onda de risos encheu a sala. Tony olhou para trás, onde estava Pepper Pots, em pé, totalmente ereta logo atrás dele, a expressão profissional insondável. Happy Hogan estava ao lado dela, com o Secretário de Segurança Nacional do outro.

Pepper franziu a testa para Tony, dando-lhe uma cotovelada discreta.

Então, Tony percebeu mais uma similaridade com a outra coletiva de imprensa. Na primeira fila, com suas adoráveis pernas cruzadas, estava Christine Everhart da *Vanity Fair*. Quando os seus olhos pousaram nela, ela levantou a cabeça e lançou-lhe um olhar desafiador.

Ele abriu um sorriso rápido e baixou o olhar. Consultou rapidamente seus cartões de anotações, depois os jogou na tribuna.

– Geralmente, quando estou de pé na frente de um grupo de pessoas, começo com estas palavras: Meu nome é Tony. E eu sou alcoólatra.

A multidão riu novamente, um pouco nervosa. *Pelo menos, não são hostis.*

– Isso aqui é diferente, claro. Mas estranhamente similar. – Ele fez uma pausa de efeito, tomando um gole de sua água com gás. – Uma das primeiras coisas que se aprende durante a recuperação é que você tem de jogar limpo com as pessoas, em todos os níveis. Comecei esse processo dois anos atrás. A minha identidade como Homem de Ferro é de conhecimento público, assim como meus impostos, minha história familiar e o histórico detalhado de meus dolorosos fracassos pessoais. A minha vida não é apenas um livro aberto; é praticamente um texto eletrônico em código aberto com licença da Creative Commons.

– Mais risos. – Mas existe uma coisa que as pessoas que não têm o meu... problema... costumam não entender. Um alcoólatra não busca ajuda quando as coisas estão indo bem para ele. Alguns de nós precisam chegar ao fundo do poço. Outros chegam a um ponto em que o estilo de vida, os efeitos cumulativos sobre si mesmos e sobre outras pessoas ficam pesados demais para suportar. Ainda assim, alguns experimentam um *momento de clareza*. Um breve e vívido lampejo de seu futuro, do destino terrível que os espera se não houver mudanças.

Tony fez uma pausa e depois continuou o discurso.

– Senhoras e senhores, Stamford foi o meu momento de clareza. Tem muita coisa na minha vida das quais me envergonho, mas tenho muito orgulho da minha carreira como super-herói. Salvei milhares de vidas, coloquei centenas de criminosos perigosos atrás das grades e impedi dezenas de catástrofes antes que elas sequer pudessem acontecer. Fundei os Vingadores, a primeira equipe de super-heróis do mundo, cuja longa história de bons trabalhos fala por si.

Algumas pessoas começaram a bater palmas, entusiasmadas.

– Não, não, não aplaudam. Não quero o aplauso de vocês hoje; não é por isso que estou aqui. Porque outra lição que aprendi é que decidir não tomar o primeiro gole não é o fim da jornada de um alcoólatra em direção à luz. É apenas o primeiro passo. E para mim, para a comunidade super-humana, da qual me orgulho fazer parte, minha

decisão de ir a público, de revelar os detalhes da minha vida para vocês, foi o primeiro passo. Hoje é o próximo passo.
Ele fez uma pausa, a garganta seca. Seu olhar correu pela sala, analisando o mar de repórteres, escrevendo e digitando furiosamente em seus dispositivos eletrônicos.
– Super-humanos, meta-humanos, heróis, vilões. Como quer que vocês os chamem, eles se proliferaram enormemente na última década. Alguns nascem com habilidades físicas e mentais superiores; outros recebem seus poderes por meio de acidentes. Outros, como eu, desenvolveram meios tecnológicos de melhorar seus dons naturais. Outros, sem nenhum poder de verdade, fazem justiça com as próprias mãos, vestindo fantasias e saindo nas ruas. E outros, ainda, são seres alienígenas, total ou parcialmente humanos. Vivemos em um mundo assustador e incerto. Guerras estouram no Oriente Médio e em outros lugares; o medo do terrorismo ainda não acabou. Em todo o país, famílias enfrentam a ameaça de ruína financeira, de não realizar o Sonho Americano que sempre foi a promessa desta nação. O Sonho que tem sido tão bom pra mim, pessoalmente. Então, estou aqui hoje, um homem, para prometer a vocês: eu farei o que puder para tornar o mundo um pouco menos assustador. Não posso resolver a economia mundial, e não posso fazer muito a respeito de ataques nucleares ou biológicos. Mas eu posso, e vou, resolver o problema das armas super-humanas de destruição em massa. De hoje em diante, qualquer homem, mulher ou alienígena que for para as ruas ou para os céus tentar usar seus dons naturais ou artificiais em um cenário público, deve seguir os seguintes passos. Primeiro, deve se registrar online no Departamento de Segurança Nacional, um processo rápido e simples. Entre as informações requeridas estão: o verdadeiro nome e endereço do solicitante, informações para contato 24 horas, nível de experiência e extensão das habilidades super-humanas, se tiver. Esse formulário será rapidamente avaliado por mim e pelo Secretário de Defesa. – O secretário assentiu. – Dependendo da nossa avaliação, várias coisas podem acontecer depois. A pessoa pode ser aprovada para atividade meta-humana sob os termos da Lei de Registro de Super-humanos. Ela receberá um contrato severo,

informando sobre as diretrizes de comportamento apropriado, e um distintivo emitido pela S.H.I.E.L.D. E também receberá um salário de acordo com sua experiência e habilidade, além de plano de saúde, tudo isso supervisionado pelo governo federal e pela S.H.I.E.L.D.

Tony fez uma pausa para respirar.

– Se o solicitante não tiver muita experiência, ele receberá uma licença condicional, que o permitirá exercer suas habilidades depois, e só depois, de ter concluído um curso intensivo de oito semanas em um dos vários centros de treinamento que serão estabelecidos pela S.H.I.E.L.D. Esses locais são ultrassecretos e ficam longe de qualquer grande centro urbano, assim não haverá nenhum perigo para a população civil durante o processo de treinamento. Uma vez que o solicitante tiver concluído o curso, ele será avaliado por um conselho formado por super-heróis experientes. Se for considerado responsável e competente no uso de seus poderes, uma licença total será emitida. Caso contrário, ele terá a opção de retomar o curso de treinamento ou se aposentar. É claro que haverá aqueles solicitantes que mostrarão ser um perigo real ou potencial para o público, seja por imprudência, falta de moral ou pela natureza incontrolável de seu poder. A eles será negada a oportunidade de praticar suas habilidades. Acreditamos que isso seja justo. Um homem pode possuir o conhecimento de como construir uma bomba atômica, mas isso não lhe dá o direito de montar uma no meio da Times Square. – Tony fez uma pausa. – Acreditem em mim, descobri isso aos nove anos.

O grupo riu. *Está dando certo*, pensou Tony. *Eles estão realmente me apoiando.*

– Vou responder a algumas perguntas agora, depois tenho uma surpresa para vocês. Mas antes que façam qualquer pergunta, quero lembrar-lhes que nada disso é decisão *minha*. É a lei; foi apropriadamente votada pelo Congresso e assinada pelo presidente. Ele me pediu, pessoalmente, para supervisionar a implementação da Lei de Registro de Super-humanos, e eu aceitei. É meu privilégio e dever em vários aspectos. Sim, Gerry.

Um homem corpulento se levantou.

– Como está a situação com os supervilões, Sr. Stark?
– Bem, se eles resolverem tentar o registro, obviamente irão cair na terceira categoria, e lhes será negada a licença para operar. A não ser que eles demonstrem desejo de se recuperar e disposição para passar pelo treinamento. Acreditem ou não, entramos em contato com alguns criminosos famosos e estamos iniciando um diálogo.
– Mesmo se eles forem procurados por outros crimes?
– Existem... alguns casos... que receberão tratamento especial. Mas isso, quero ressaltar, é uma situação muito rara. Realmente esperamos que a maioria dos supervilões não consiga o registro, o que automaticamente os colocará como violadores da lei. Não posso entrar em detalhes sobre nossos planos sem dar dicas para esses mesmos criminosos. Mas posso dizer isto: estamos desenvolvendo métodos surpreendentemente eficazes e radicalmente novos de capturar vilões que se recusarem a se registrar, e de mantê-los presos. Melissa?
– E os super-heróis, não os vilões, mas aqueles que são conhecidos pelo público por terem detido criminosos perigosos, por terem salvado vidas no passado. O que acontece se *eles* não se registrarem? Parece que eles vão ser tratados da mesma forma que os vilões que você acabou de descrever. Isso é verdade?

Tony olhou para o nada, apenas por um momento.

– Sim, é verdade.

A sala explodiu em perguntas. Repórteres inclinados para frente, mãos levantadas, um tentando falar mais alto do que o outro.

Então, uma voz se sobressaiu. Christine Everhart se levantou, os olhos escuros fixos nos de Tony. Ele engoliu em seco, novamente ficando nervoso.

– Sr. Stark – disse ela devagar. – Acho que o público vai querer saber de uma coisa. Por que um pretenso super-herói deve receber um salário e benefícios do governo federal enquanto tantos americanos comuns estão sem trabalho?

Tony assentiu; ele havia se preparado para essa pergunta.

– Ótima pergunta, Chris... Srta. Everhart. Primeiramente, apenas os super-heróis que forem aprovados e concordarem com a supervisão pública receberão tais benefícios. Segundo, a senhorita deve saber que o Senado debateu exaustivamente essa questão e decidiu que a "oferta" de salário e de benefícios era a ferramenta mais eficaz para recrutar o maior número de super-heróis para o programa rapidamente. Mas, levando em consideração um aspecto mais amplo: eu não acho que o melhor para nós, americanos, seja perguntar "por que meu vizinho recebe isso?" Acho que estaríamos muito mais bem servidos se perguntássemos "como *mais* americanos podem prosperar da mesma forma que o meu vizinho?" É assim que se constrói uma sociedade melhor. Esse é o meu objetivo aqui hoje, e todos os dias quando piso na Stark Enterprises.

Aplausos. Mas Everhart permaneceu imóvel, o rosto franzido.

– Dando prosseguimento... – Ela apontou para o cartaz da STARK na parede dos fundos. – Já que você mencionou a Stark Enterprises: a nova lei não trará uma nova safra de contratos com o governo para essa empresa? Uma empresa cujo *dono* é você, uma empresa que já se beneficiou enormemente com o *boom* pós-onze-de-setembro nos gastos do departamento de defesa?

Tony podia sentir os olhos do Secretário de Defesa Nacional nas suas costas. Pepper se mexeu de leve, os saltos altos estalando no palco.

– Srta. Everhart – começou Tony. – Como sabe, a Stark Enterprises não fabrica mais munição. Essa é outra promessa que fiz para o mundo e que pretendo continuar cumprindo. Entretanto, sim, é claro que somos parceiros do governo dos Estados Unidos na guerra contra o terror, super-humano ou não. E eu seria ingênuo em negar que essa conexão, essa parceria, foi o principal motivo para o presidente ter me pedido para supervisionar o programa. A segurança do povo americano, essa é a prioridade mais alta do governo atual, da Stark Enterprises e do próprio Anthony Stark. Não vejo nenhum conflito de interesses aqui.

O secretário deu um passo à frente e aplaudiu com suas mãos gordas. Os repórteres se juntaram às palmas, desta vez mais alto do que antes.

Everhart se sentou, os olhos faiscando. *Acho que nunca mais vou dormir com ela de novo*, pensou Tony.

Mas nunca se sabe.
– Mais uma... Sim, Dan.
Um homem simpático usando um terno amassado se levantou.
– Quanto custa esse terno, Tony?
Risos. Tony sorriu, apontando para seu paletó Armani.
– Caro. – Ele fez um gesto para Pepper, que lhe entregou uma maleta. – Mas não tanto quanto este traje aqui.
Ele abriu a trava e colocou a maleta em cima da tribuna. O cintilante capacete vermelho e amarelo do Homem de Ferro apareceu, cercado pelo traje de metal organizadamente guardado. Luvas e botas impecáveis nas laterais.
– Esse é o meu trabalho – afirmou Tony. – É o que eu faço, quem eu sou. Eu construí esse traje com as minhas próprias mãos, no decorrer dos anos. É por isso que estou aqui diante de vocês hoje, por isso que concordei em administrar essa lei: para que todas as pessoas deste país tenham a mesma oportunidade, a mesma liberdade, a mesma segurança pra trabalhar duro e construir um futuro brilhante, que eu tive o privilégio de usufruir. E sobre isso, quero apresentar-lhes uma mulher muito importante. A Sra. Miriam Sharpe perdeu o filho no trágico incidente de Stamford, e foi ela quem me conscientizou da minha própria culpa, por cumplicidade, naquele evento. Eu lhe devo reparações, e ela se tornou a minha consciência nesse esforço, e porta-voz dos direitos civis neste assunto. Por favor, recebam com aplausos a Sra. Sharpe.
A Sra. Sharpe entrou, confiante e sorrindo. Ela havia passado por uma sutil transformação desde o funeral: seu terno fora feito sob medida, a maquiagem cuidadosamente aplicada. Mas ainda parecia uma dona de casa normal, a gentil mãe da casa ao lado.
Todos ficaram de pé, aplaudindo com veemência.
Quando Sharpe chegou perto de Tony, se desfez em lágrimas.
– Obrigada, Sr. Stark. Muito obrigada.
Tony a segurou pelos ombros e olhou dentro de seus olhos.
– Não, Sra. Sharpe. Eu que agradeço a *você*.
Um ruído no teto. Tony olhou para cima e rapidamente posicionou a Sra. Sharpe ao seu lado.

— E, da mesma forma... — Tony apontou para o teto — ... tenho certeza de que o *Espetacular Homem-Aranha* dispensa apresentações.

Homem-Aranha desceu graciosamente, deixando uma teia para trás, em uma aterrissagem perfeita. Estava usando seu traje antigo, aquele de tecido vermelho e azul. Tony discutira esse assunto com ele, e ambos concordaram que isso seria um fator de maior reconhecimento do público.

Tony se afastou e o Aranha pulou para frente, sendo aplaudido. No entanto, assim que ele se posicionou na tribuna, sua postura mudou. Parecia hesitante, quase tímido.

— Humm, valeu. Mesmo. — Aranha coçou o pescoço, nervoso. — Foi realmente... inspirador ouvir o Tony falar tudo aquilo e ver como foi forte a reação de vocês a tudo o que ele disse. Isso facilita muito as coisas. Bem, um pouquinho.

Risos nervosos.

— Vejam — continuou Homem-Aranha —, a Lei de Registro nos dá uma escolha. Podemos seguir o caminho defendido pelo Capitão América e deixar que as pessoas com poderes permaneçam sem nenhum controle. Ou podemos nos tornar legítimos e reconquistar a confiança do povo.

Vamos lá, Peter, pensou Tony. *Faça logo.*

— Tenho orgulho do que faço. De quem eu sou. E estou aqui para provar isso.

Homem-Aranha levantou a mão e arrancou a máscara do rosto. A multidão prendeu a respiração; câmeras dispararam seus flashes, cadeiras dobráveis caíram conforme repórteres ficavam de pé apressadamente. O homem com o traje do Homem-Aranha parecia levemente em pânico, depois sorriu timidamente.

— Meu nome é Peter Parker — apresentou-se ele. — E eu sou o Homem-Aranha desde os quinze anos.

Tony Stark deu um passo à frente. Colocou o braço em volta dos ombros de Peter e trocou um olhar longo e agradecido com o jovem.

Então, Tony virou para os repórteres.

— Alguma pergunta?

PARTE 3
MOEDAS DE PRATA

13

— MAIS CAFÉ, SR. HENDRICK?

Capitão América franziu a testa e ajeitou a gravata. O bigode de mentira lhe dava coceira.

— Sr. Hendrick?

Capitão levantou o olhar e viu uma jovem garçonete segurando uma jarra de vidro de café. Ele balançou a cabeça; ela revirou os olhos e se afastou.

Golias riu. Debruçou-se sobre a mesa, puxou o crachá da camisa de trabalho do Capitão.

— Você não tem jeito com as mulheres mesmo, *Hendrick*.

Quatro deles estavam sentados à mesa: Capitão, Golias, Demolidor e Luke Cage, todos disfarçados. Golias usava uma jaqueta de couro desgastada; Demolidor estava quase irreconhecível com uma camisa branca, colete e óculos coloridos estilosos.

O Capitão franziu a testa.

— Meu nome é Brett Hendrick — repetiu ele pela quarta vez, baixinho. — Sou supervisor de segurança em um shopping no Queens.

— Isso mesmo — disse o Demolidor. — Agora, eu me chamo Cooper Peyton e sou engenheiro eletricista em Long Island.

— Victor Tegler — anunciou Golias. — Assistente social, trabalhando no Harlem. Cara, sei lá, sou um garoto da costa oeste.

O Demolidor deu de ombros.

— Caras maiores que você começaram em associações comunitárias.

— Cage?

Luke Cage tirou os olhos de suas anotações. O corpo musculoso estava apertado dentro de um terno preto, e ele parecia visivelmente desconfortável.

– Que tipo de nome é esse, *Rockwell Dodsworth*? – questionou ele. – E, pelo amor de Deus, consultor de TI em uma grande multinacional da área financeira? Pedi algo *legal*, tipo piloto de corrida. Produtor musical, talvez.

O Demolidor franziu a testa.

– Foi o que o meu contato tinha disponível.

– Matt se arriscou nos arranjando essas novas identidades – concordou Capitão. – Ele pode ter a licença de advogado cassada por isso.

– Ah, claro – o Demolidor quase sorriu. – É exatamente com *isso* que estou preocupado.

– Além disso, as identidades não são importantes. É apenas um lugar para onde ir quando não estivermos fazendo coisas importantes.

– Estou mergulhando nessa história de nova identidade – confessou o Demolidor. – Estou experimentando comidas novas, novos filmes favoritos. Novas bandas.

Capitão analisou o aventureiro cego por um momento. Estavam na clandestinidade há duas semanas, uma época de difícil adaptação. Mas, aparentemente, a experiência dera ainda mais energia ao Demolidor. Desde que Capitão o conhecera, ele era o vigilante sério e implacável, com uma tendência niilista. Agora ele parecia alerta, decidido.

Às vezes mudança é bom.

– Ah, esquece – Cage esticou os braços e fez uma careta. – Só estou dolorido ainda da surra que demos no Sexteto Sinistro ontem.

– *Você está dolorido?* – Golias deu um tapa nas costas dele. – Cara, eu tive que crescer e ficar com cinco metros e meio de altura pra conseguir derrubar o Rino.

– Foi um ótimo trabalho – elogiou o Demolidor. – E nós só estamos começando, certo, Capitão?

– Hum? Desculpem. – Capitão América levantou o olhar. – Só estava pensando em um compromisso que tive de adiar com uma criança da Fundação Faça-Um-Desejo. Eu prometi ao garoto que jogaríamos beisebol no quintal dele hoje, mas o lugar deve estar infestado com os mata-capas do Tony.

– Que merda – reclamou Golias.

– São as pequenas coisas que roubaram de nós – comentou o Capitão – com essa baboseira de registro. As pequenas coisas que fazem de nós quem nós somos.

– Exatamente – um sorriso maroto atravessou o rosto negro de Cage. – Hendrick.

– Cala a boca, *Rockwell*.

A garçonete chegou, trazendo a comida. Os quatro homens atacaram, como se não comessem há semanas.

– Ainda não consigo acreditar no Homem-Aranha – começou Golias. – Você acha que Tony está *controlando* ele ou coisa parecida? Através daquele novo traje?

– Tony não se rebaixaria a isso. Não satisfaria o seu ego. Ele quer que todo mundo concorde com ele, que veja transparência em todos os seus atos.

– E eu conheço Peter. Ele é fácil de impressionar. – Demolidor franziu a testa. – Naquele dia em Stamford, eu percebi que ele já estava sob a influência de Tony.

– Estrategicamente, foi um golpe brilhante. Ninguém guardava tão bem a identidade secreta como o Homem-Aranha. A revelação dele foi uma mensagem poderosa para todos os heróis que ainda estão em cima do muro.

Os celulares do Capitão e de Golias começaram a tocar ao mesmo tempo. Capitão olhou para a tela e levantou rapidamente.

– O que houve? – quis saber Cage.

Golias leu em voz alta.

– Incêndio em fábrica petroquímica, perto do rio. A base diz que tem trezentas ou quatrocentas pessoas presas lá dentro.

Capitão interceptou a assustada garçonete.

– Pode ficar com o troco. E obrigado pela ótima refeição.

Ela olhou para a nota de cem dólares em sua mão.

– Uau! Obrigada, Sr. Hendrick.

– Pode me chamar de Brett.

Capitão acenou e o resto deles o seguiu para a entrada dos fundos. Teclou um número para ligação rápida em seu telefone.

– Gavião Arqueiro, qual é sua posição?
– Só estou tentando treinar essas crianças. Precisa de nós?
– Preciso sim. Venha e traga todo mundo com você. – Capitão desligou e discou outro número. – Falcão?
– A caminho. Tigresa, Manto e Adaga estão comigo.
– Câmbio.

Cage abriu a porta do restaurante que levava a uma pequena viela. Sentiu um cheiro forte de urina e lixo. As janelas das casas de trás estavam fechadas.

– Angustiantes ligações de emergência. Fugas para vielas, trocas de trajes. – Golias sorriu, tentando se livrar da jaqueta de couro. – Detesto ter que dizer, mas estou começando a gostar disso.

✪ ✪ ✪

Fumaça verde subia da fábrica petroquímica Geffen-Meyers, escura e ameaçadora na luz do crepúsculo. Capitão conseguiu sentir o cheiro a quadras de distância. O prédio da fábrica ficava de frente para a água, assim era difícil compreender os detalhes do incêndio vendo da rua. Um círculo de carros da polícia local cercava o prédio, luzes piscando.

Capitão marcou rapidamente uma reunião no estacionamento do outro lado da rua. Quando todos estavam reunidos, ele puxou Wiccano e Manto para um canto. Ambos pareciam nervosos, inseguros.

– Vocês vão ser os responsáveis pelo teletransporte – informou o Capitão. – Pode haver pessoas morrendo dentro da fábrica, e não conseguiremos atravessar aquela linha de policiais de outra forma. Acham que conseguem carregar todos nós entre vocês dois?

Wiccano franziu a testa.

– Consigo transportar a minha equipe. Talvez mais dois ou três.
– Manto?

Manto olhou em volta, assustado. Adaga, namorada dele, segurou sua mão.

– Posso fazer isso, senhor.

Capitão, Tigresa, Falcão, Wiccano e os Jovens Vingadores se materializaram dentro da fábrica primeiro. O telhado havia desmoronado, e várias explosões aparentemente haviam furado o chão. Pequenos pontos de incêndio permaneciam, água esguichava de vários canos. Paredes parcialmente derrubadas, impedindo o acesso a certas partes do complexo; um lado inteiro do prédio havia sido exposto, sendo possível ver tudo do píer, onde um deque de carregamento estava destruído, suas colunas caindo na água. Fumaça verde se espalhava pelo ar, formando camadas tóxicas em todo o lugar.

– Cara – Tigresa levou um dedo peludo até o nariz sensível. – Este lugar *fede*.

No meio do salão, uma capa preta girou transformando-se em um ser. Capitão ficou tenso – e observou Gavião Arqueiro, Demolidor, Cage, Golias e Adaga chegarem tropeçando e tremendo de frio.

– Está tudo bem – avisou Adaga. – O frio já vai passar.

Capitão balançou a cabeça. Esses dois só tinham um ao outro; Manto dependia da Adaga para sobreviver. Como alguém podia pedir para dois jovens como eles se registrarem, entregarem suas vidas ao governo?

– Todos presentes – confirmou Falcão.

Demolidor abaixou-se para pegar algo no chão. Capitão se virou para ele.

– Dólar de prata – afirmou o Demolidor.

– Tem alguma coisa errada – Capitão estreitou os olhos. – Quantos funcionários o relatório dizia?

– Trezentos ou quatrocentos – Golias franziu a testa, olhando para o dispositivo em sua mão. – Não estou recebendo nenhum sinal de rádio deste lugar...

Golias parou, olhando para o chão.

Falcão veio atrás dele, com Capitão logo em seguida.

– O que é isso?

Então, todos eles viram caída uma placa de parede com letras esculpidas que dizia:

GEFFEN-MEYERS
UMA DIVISÃO DA
STARK ENTERPRISES

– *Evacuação de emergência!* – gritou o Capitão. – É uma *armadilha*... Tarde demais. Dardos tranquilizantes voaram do céu. Tigresa desviou com um salto, Falcão alçou voo. Gavião Arqueiro encaixou uma flecha no arco mais rápido do que os olhos pudessem ver.

Mas os tranquilizantes só atingiram dois membros: Wiccano e Manto.

– *Tyrone!* – gritou Adaga, que correu até Manto, pegando seu corpo que caía.

Capitão olhou para cima. Nove metros acima, ele viu a silhueta de pelo menos seis helicópteros pesados da S.H.I.E.L.D. no céu, o ruído de seus motores abafado pela tecnologia de modo furtivo da Stark. Um dos helicópteros girou, e um homem armado apareceu em sua lateral, a luz da lua refletindo no cano da arma.

– É claro que é uma armadilha. De que outra forma iríamos reunir todos vocês em um lugar só?

Capitão se virou, levantando o escudo. A armadura brilhante do Homem de Ferro pairava sobre uma meia parede quebrada, os raios propulsores acesos mostrando todo o seu poder.

E Homem-Aranha estava atrás de Tony, saltando e disparando suas teias.

– Não faça isso, Bandeiroso.

Capitão fez uma careta, acenando para a sua equipe recuar. Todos foram para trás dele e retrocederam até a lateral aberta da fábrica, que ficava de frente para o rio.

O restante das forças de Tony Stark marchava atrás de seu líder, surgindo lentamente através da neblina verde. Miss Marvel. A musculosa Mulher-Hulk. Três membros do Quarteto Fantástico: Reed e Sue Richards e Ben Grimm, o Coisa. Viúva Negra.

Adaga levantou os olhos do corpo imóvel de Manto.

– O que vocês *fizeram* com ele?

Homem-Aranha levantou a mão.

– Só um pouquinho de tranquilizante, menina. Só pra garantir que ninguém vai se teletransportar de novo – Aranha levantou a cabeça, olhando para cima. – Pássaro Um, está em posição?

Uma voz grosseira e abafada encheu o ar.

– Com certeza. É só dar as ordens. *Por favor*, dê as ordens.

Capitão fez uma careta. Reconheceu a voz: seu antigo "parceiro" da S.H.I.E.L.D. Agente Axton.

Então, a voz de Maria Hill irrompeu.

– Sr. Stark. Estamos a postos e prontos para acabar com isso...

– Faremos isso do *meu jeito*, Comandante – informou Tony. – Ou pode abortar a missão agora mesmo.

Foi possível escutar o suspiro de Hill.

– Diretora Hill para todas as unidades aéreas. Não disparem. Repito, não disparem e esperem novas ordens.

Todos os olhos estavam no Homem de Ferro e no Capitão América agora. Capitão endireitou os ombros e, com passos firmes, caminhou diretamente até Tony Stark.

– Pegando leve, Tony?

– Não viemos aqui pra prendê-lo, Capitão. – Tony apontou para cima, para os helicópteros. – Convenci a S.H.I.E.L.D. a lhe dar uma última chance de anistia.

– Você quer dizer rendição. *Não, obrigado*.

– Deixa disso, Capitão. – Homem-Aranha saltou e aterrissou ao lado de Tony. – Quando lutamos uns contra os outros, só os maus se dão bem. Isso vai contra todos os princípios em que você sempre acreditou.

Capitão encarou o Homem-Aranha. O novo traje, com seus brilhantes olhos de metal, lhe conferiam uma aparência bem menos humana do que antes. Capitão quase conseguia visualizar o garoto se transformando por dentro, como um inseto em um casulo, em uma nova versão do Homem de Ferro.

– Não venha me falar de princípios, Homem-Aranha. Vi seu pequeno show na TV. Sua tia May ficou feliz agora que o Abutre já sabe o seu CEP?

Homem-Aranha cerrou os punhos.

– Por que você não pergunta aos pais e mães de Stamford se eles acham que o *Capitão América* ainda está do lado dos bons?

Aranha deu um passo na direção do Capitão, que ficou tenso, e os dois homens se encararam por um longo momento. Em seguida, Tony entrou no meio deles, tirando lentamente o capacete para revelar seu rosto.

Parecia muito cansado.

– Capitão, por favor. Sei que está com raiva, e sei que isso é uma tremenda mudança na forma como sempre trabalhamos. Mas não vivemos mais em 1945 – Tony apontou para trás do Capitão, para a Resistência. – O público não quer mais máscaras e identidades secretas. Eles querem se sentir *seguros* quando estivermos por perto. Nós perdemos a confiança deles, o respeito. Essa é a única forma de reconquistá-los. Você me conhece metade da minha vida adulta, Capitão. Sabe que eu não faria isso se não acreditasse de todo coração. Não quero brigar com você, nenhum de nós quer. Só peço uma coisa... deixe-me contar o meu grande plano para o século XXI.

Reed Richards alongou o pescoço, cortando o ar como uma cobra.

– É realmente extraordinário.

Capitão notou que Sue Richards estava fitando o marido. Não parecia muito feliz. Nem Ben Grimm.

– Cinco minutos. – Tony levantou a mão com luva de metal. – Só me dê isso.

Capitão virou-se para a sua tropa. Cage parecia muito sério. Os olhos de Tigresa estavam arregalados, quase selvagens. Golias crescera para dois metros e meio, mas estava encolhendo. Adaga ainda estava ajoelhada ao lado do parceiro caído, e os Jovens Vingadores estavam em volta do corpo adormecido de Wiccano.

Demolidor estava encostado na parede, sozinho. Brincando com a moeda que acabara de encontrar.

Os tenentes mais próximos do Capitão, Gavião Arqueiro e Falcão, estavam parados juntos. Ambos inclinaram a cabeça para ele: *você que sabe*.

Ele olhou para Tony de novo.
– Cinco minutos.
– Só preciso disso.
Devagar, Capitão estendeu a mão e apertou a de Tony. Ele sentiu o frio do metal da luva de Tony mesmo através de sua própria luva.
O sorriso do Homem-Aranha era quase visível através da máscara.
– Beleza! Não falei que isso ia dar certo?
Então, Tony puxou a mão e olhou para ela.
– O que diabos é isso?
Uma luz azul saiu da mão de Tony, envolvendo toda a sua armadura metálica. Seu corpo começou a ter espasmos incontroláveis e ele gritou de dor.
Capitão deu um passo atrás.
– Um antigo embaralhador eletrônico da S.H.I.E.L.D. – explicou ele, apontando para o pequeno dispositivo na luva de Tony. – Fury me deu anos atrás.
– Por... por quê?
– Para o caso de você se bandear para o lado errado.
Homem-Aranha se aproximou. Mas Tony acenou para ele voltar, fazendo uma careta de dor. Os outros super-heróis da equipe de Tony – Mulher-Hulk, o Coisa, Miss Marvel – se colocaram a postos, esperando um sinal.
A Resistência se preparou, cercando seu líder.
Homem de Ferro se contorcia no chão, lutando para recuperar o controle de sua armadura. Capitão baixou o olhar para encará-lo.
– O seu *grande plano* está me parecendo mais a Alemanha de 1940. O que você planeja fazer exatamente com quem não se registrar?
– Você não... entende – disse Tony, sem fôlego. Seu rosto ainda estava à mostra, o capacete cintilando azul em cima de sua testa. Ele se esforçava para levantar.
– Eu só entendo uma coisa. *Vocês derrubaram dois dos meus garotos.*
Capitão deu um soco no maxilar dele, um golpe poderoso. O soco que sempre quis dar em Hitler, Mussolini, Stalin. A cabeça de Tony pendeu para trás, sangue esguichando no ar.

A fábrica se tornou um campo de batalha. Miss Marvel levantou no ar, lançando poderosas rajadas; Falcão alçou voo para encontrá-la, suas asas batendo alucinadamente. Gavião Arqueiro pegou seu arco, incitando os Jovens Vingadores a atacarem – mas o Coisa e Mulher-Hulk formavam uma barricada ao estilo futebol americano, bloqueando o caminho deles. Golias cresceu quase três metros, depois quatro, levantando os braços ameaçadoramente para todos que se aproximavam. Poderosas facas de luz dispararam das mãos da Adaga, soltando faíscas ao atingir o traje de metal do Homem-Aranha.

Demolidor e Viúva Negra se cercavam, subindo e descendo as meias paredes em um ballet sombrio. Ele arremessou seu cassetete, errando a cabeça dela por pouco.

Capitão chutou a cabeça de Tony e escutou um estalo eletrônico. As lentes da armadura do Homem de Ferro cintilaram enquanto um último curto-circuito a desarmava. E então, ele ficou imóvel.

Um zunido veio de cima.

– Olhem pro céu, pessoal! – Mas quando o Capitão olhou para cima, os helicópteros da S.H.I.E.L.D. estavam subindo e se afastando.

Capitão franziu a testa, depois saltou para trás no momento em que Tigresa aterrissava na frente dele, retalhando o corpo musculoso da Mulher-Hulk. As duas mulheres lutavam violentamente. Tigresa mostrava sua velocidade e fúria, mas os golpes poderosos da Mulher-Hulk estavam fazendo estrago também. Tigresa estendeu os braços, abrindo fendas na pele verde da inimiga. Mulher-Hulk uivou, pulou em cima de Tigresa. Elas rolaram...

... e Capitão se viu frente a frente com Reed Richards.

– Capitão – Reed estendeu a mão alongada. – Por favor...

Algo chamou a atenção do Capitão. Ele estendeu a mão e tirou um pequeno transceptor da orelha de Reed, que tentou pegar o objeto de volta, mas foi muito lento.

Capitão saiu correndo para o outro extremo da fábrica, ignorando os chamados de Reed. Colocou o transceptor na orelha e escutou a voz de Maria Hill:

– ... unidades aéreas: não invadam. Repito, não invadam, a não ser que ultrapassem o perímetro. Preparem-se para ativar o protocolo Niflhel ao meu... ao comando do Homem de Ferro. Até lá, permaneçam em suas posições.

O Coisa acertou o maxilar de Hulkling com força.

– Não queria brigar com você, cara! – disse o Coisa. – Por que vocês não podem simplesmente obedecer?

O caos se generalizou. Falcão e Miss Marvel continuavam sua batalha aérea; Demolidor caiu, tropeçando depois de ser atingido pelo ferrão da Viúva Negra. Luke Cage havia se juntado à briga de Tigresa contra Mulher-Hulk.

Gavião Arqueiro estava indo atrás do Capitão, disparando flechas a cada passo.

– Estamos em maior número, Capitão – disse ele. – Mas eles têm muito mais músculos do lado deles. E helicópteros.

O Capitão assentiu, sério, seguindo em direção à parede dos fundos da fábrica de produtos químicos. Acenou para cima, para Golias, que agora estava com cinco metros. Golias assentiu e gritou:

– TODOS PRA ÁGUA!

Então, o Coisa acertou uma das pernas do Golias, enquanto Mulher-Hulk socava a outra. Quando ele atingiu o chão de concreto, todo o prédio tremeu.

Patriota saiu correndo atrás do Capitão, arremessando suas estrelas para trás, no Homem-Aranha. O lançador de teias seguia logo atrás do Patriota, mexendo rapidamente os tentáculos de metal, em um silêncio furioso e pouco característico. As estrelas ricocheteavam inofensivas em seu uniforme vermelho e dourado, produzindo sons de impacto.

Capitão levantou seu escudo – e o Homem-Aranha desapareceu.

– Pra... pra... – O Patriota virou-se para Capitão. – Pra onde ele foi?

– Homem-Aranha está usando um novo traje projetado por Stark. – Os olhos do Capitão procuraram furiosamente pelo ar. – É à prova de balas, plana e tem função furtiva...

– E você se esqueceu do botão *porrada*.

Antes que Capitão pudesse reagir, Aranha apareceu – de repente, silenciosamente, no ar, a poucos centímetros dele. Capitão desviou para o lado, evitando por pouco uma rajada de teia. Mas os tentáculos do Aranha se agitaram no ar, arrancando o escudo das mãos do Supersoldado. Homem-Aranha deu um chute forte e Capitão caiu para trás no chão acidentado.

Capitão rolou de costas e olhou para o Homem-Aranha. Mas o que viu foi apenas Falcão descendo.

– Capitão! *Cuidado!*

E, de repente, o Homem de Ferro já estava em cima dele. Capacete abaixado, olhos vermelhos brilhando com poder, cada centímetro do Vingador imbatível. Tony agarrou Capitão pelos ombros, levantando-o no ar.

– Melhorei o tempo de *reboot* da minha armadura, Capitão. Impressionado?

Tony o levantou sobre sua cabeça e o arremessou contra uma parede.

– UGGGHHHHHHH!

Brilhantes fosfenos nadaram diante dos olhos do Capitão. Ao longe, ele escutava os sons do combate à sua volta. Levantou os braços como um boxeador, protegendo o rosto ensanguentado. Mas um golpe de Homem de Ferro o atingiu no estômago, fazendo-o se dobrar de dor. Jogou-se no chão, chutando cegamente. Errou.

– Está perdendo seu tempo – continuou Tony. – Essa armadura gravou todos os golpes que você deu na vida. Ela sabe qual será o seu próximo movimento antes mesmo que *você* saiba.

Ele deu um soco no rosto do Capitão. Uma vez, duas. Capitão escutou um estalo repugnante. Sentiu gosto de sangue onde antes havia um dente.

O mundo estava se esvaindo. Uma voz... Gavião Arqueiro?... disse:

– Ele está *matando* o Capitão!

Capitão escutou um estalo estranho no ouvido, seguido por um turbilhão de vozes. Primeiro, achou que estava tendo alucinações, mas então se lembrou: *o transceptor da S.H.I.E.L.D.*

– Situação saindo do controle.
– Mais três dúzias de unidades mata-capas cercando o perímetro.
Em seguida, Maria Hill:
– Quero todos a postos. A ordem virá de Stark. Ativar Protocolo Niflhel.
Tudo que Capitão conseguia ver era o rosto cintilante do Homem de Ferro, tremulando e piscando.
– Desculpe, Capitão – disse Tony. – De verdade.
Atrás de Tony o céu parecia acender. Uma chuva de raios caía, fazendo um barulho ensurdecedor, arremessando Falcão e Miss Marvel para longe. Os raios atingiram a fábrica de produtos químicos, bem no meio, rachando o concreto, fazendo Cage e Gavião Arqueiro perderem o equilíbrio.
Capitão protegeu os olhos da luz ofuscante. Quando conseguiu ver, a visão que teve o chocou.
Uma coluna de luz se erguia do chão da fábrica, raios saindo dela em todas as direções. E no centro dos raios, com o martelo erguido, estava a forma furiosa e altiva do poderoso Thor.

14

QUANDO A BRIGA COMEÇOU, SUE RICHARDS recorreu à sua artimanha de costume. Ficou invisível.

Estava totalmente relutante em ir à fábrica de produtos químicos. Mas Reed a assegurou, várias vezes, que Tony tinha tudo planejado, que nada poderia dar errado. Ele disse que era importante que todos eles estivessem lá, para mostrar apoio, para provar ao Capitão América que a maioria dos heróis acreditava na Lei de Registro. Ele pediu que ela pensasse nos filhos deles, no tipo de mundo em que queria que Franklin e Valéria crescessem.

E então, Reed desapareceu, levado para o aeroporta-aviões da S.H.I.E.L.D. na companhia de Tony Stark. *Encontro você lá*, disse ele. E, com a mesma pressa de sempre: *Eu te amo.*

Agora Sue estava de pé, protegida atrás de uma parede de concreto quebrada, assistindo ao deus do trovão renascer e evocar raios do céu. O martelo de Thor estalava e faiscava, e começou a chover em cima da fábrica destruída. Lá em cima, os helicópteros da S.H.I.E.L.D. giravam, saindo de seu curso para evitar os raios sobrenaturais.

Sue ainda estava invisível.

A voz metálica de Tony soou no dispositivo em seu ouvido.

– Ninguém se aproxime.

Ela observou através da chuva que caía quando Mulher-Hulk, Miss Marvel e Homem-Aranha se afastaram da fonte dos raios. Não conseguia ver o Capitão América, mas alguns membros da Resistência – Luke Cage, Adaga, Patriota e Hulkling dos Jovens Vingadores – se aproximavam lentamente do deus do trovão.

Falcão desceu do céu.

– Thor? – questionou ele.

Thor virou os olhos escuros e cintilantes na direção dele. *Tem alguma coisa diferente no Thor*, pensou Sue. *Ele parece... maior do que antes. Gigantesco, cheio de poder. Malévolo.*

– Thor, o que você está fazendo? Sou eu, cara. Falcão.

Gavião Arqueiro franziu a testa, enxugando a chuva dos olhos.

– Nós todos achávamos que você estava *morto*, cara.

Thor não falou. Apenas estreitou os olhos, furioso, mostrando seu desdém divino. Uma gota de saliva surgiu no lábio dele, depois sumiu junto com a chuva.

Ele levantou o martelo novamente e o arremessou, com uma velocidade incrível, em direção aos membros da Resistência que estavam reunidos. Atingiu Falcão na barriga, fazendo-o perder o equilíbrio e cair sobre Gavião Arqueiro. Tigresa conseguiu saltar a tempo de desviar do voo dos corpos deles.

O martelo levantou voo como se nada o tivesse interrompido, esfolou o rosto de Golias, arrancando sangue. Estatura, a jovem vingadora que mudava de tamanho, encolheu bem a tempo de sair de seu caminho; mas Adaga não teve tanta sorte. O martelo a atingiu diretamente, fazendo-a voar em cima de Célere e Patriota.

Luke Cage deu um passo à frente, gritando:

– Eu pego!

Sue se lembrou de que a pele de Cage era dura como aço. Mas não dura o suficiente. Cage rangeu os dentes, estufou o peito na direção do martelo voador. Atingiu-o com uma força tremenda – e ele voou para trás, para fora da fábrica. Voou por cima da água, os braços sólidos se debatendo, e mergulhou bem longe dali.

Sue olhava à sua volta freneticamente, procurando Reed. Lá estava ele: do outro lado da fábrica, uma mancha azul se esticando. Observando cada movimento, como um biólogo assistindo ao nascimento de um novo tipo de micro-organismo.

Às vezes, Sue odiava a curiosidade científica dele.

Permitiu-se aparecer e acenou para ele. Reed a viu, tentou sorrir e acenou para que ela fosse até ele. Ela fez uma careta, assentiu e ficou invisível novamente.

Sue seguiu em direção ao marido, contornando a cena de ação, mantendo uma distância segura de Thor. O deus do trovão continuava de pé, com uma postura de desdém, os olhos embrutecidos seguindo o longo arco de seu martelo no ar.

Ao contornar a fábrica, Sue viu de relance vários pequenos dramas, todos iluminados por uma série de raios:

Flash: No limite da fábrica, Demolidor e Viúva Negra corriam um atrás do outro pelas paredes quebradas, através de janelas estilhaçadas, aparecendo e sumindo na forte chuva. No topo de um recipiente químico, Demolidor parou e olhou para trás para Viúva Negra, a decepção estampada em seu rosto.

Sue teve a impressão de ver os lábios dele formando as palavras: *Você não sabe o que é liberdade.*

Viúva mirou cuidadosamente seus ferrões, disparando vários. Demolidor tentou se esquivar, mas foi lento demais. Os disparos o atingiram; arqueou o corpo de dor, e então caiu.

Quando o alcançou, a expressão da Viúva Negra era uma mistura de desdém e arrependimento.

Flash: Um raio desceu para o canto onde Wiccano e Manto estavam deitados, inconscientes. Hulkling – o fortão dos Jovens Vingadores – ficou de pé em um salto e pegou o raio antes que atingisse Wiccano. Hulkling gritou conforme o raio atravessava seu peito. Em seguida, caiu em cima do corpo imóvel de Wiccano.

Ele tem poder de cura, lembrou-se Sue. *Eu acho.*

Flash: Adaga levantou-se do chão, fazendo uma careta de dor, seu pequeno corpo molhado.

– Ah, meu Deus! – exclamava ela, sua voz quase inaudível por causa da tempestade. – Isso está errado. Temos de sair daqui. Isso está *muito, muito errado...*

Thor levantou sua forte mão e agarrou o martelo, interrompendo seu voo. Raios emanaram dele de novo, como mais um aviso dos deuses.

A Adaga está certa, pensou Sue. Alguma coisa estava muito, muito errada. Olhou à sua volta, novamente à procura de Reed.

Quando o mundo se tornou isso?

A Resistência estava começando a se reagrupar. Patriota, Célere e Estatura estavam alinhados, protegendo os camaradas caídos. Gavião Arqueiro e Falcão trocaram palavras frenéticas, apontando para Thor. Thor apenas sibilou, levantando o martelo lentamente no ar.

Tony, pensou Sue de repente. *Onde está o todo-poderoso Tony Stark?*

Em seguida, Thor pareceu jogar seu corpo para frente, colocando todo seu peso em cima do martelo, que atingiu o chão como um bate-estacas. O chão pareceu explodir em um flash de luz que cegou a todos.

Caos. Gritos. Os membros da Resistência estavam mais perto, assim foram mais duramente atingidos; mas Sue viu o corpo encolhido de Reed se debatendo no ar. Seu campo de força foi acionado quase que por instinto, amortecendo o pior do impacto, mas ela também perdeu o equilíbrio. Bateu contra uma parede, gemendo de dor...

... e viu, a uns dois metros dali, Capitão América. Ensanguentado, surrado, o rosto contorcido de dor. No chão, encostado em uma parede, a chuva empoçada em volta de seu corpo forte, com o poderoso Homem de Ferro em pé sobre ele. Homem-Aranha estava agachado, logo atrás de Tony.

– Capitão – pediu Tony –, *por favor*, não levante. Não quero mais bater em você.

Capitão gemeu, colocou a mão nas costas em busca de apoio. Tentou levantar, e não conseguiu.

– Seu maxilar está quase pendurado – continuou Tony. – Renda-se e prometo providenciar tratamento médico para você. A S.H.I.E.L.D. tem médicos de plantão.

– S.H.I.E.L.D. – repetiu o Capitão. Soou como uma maldição.

Ele fez uma careta e ficou de pé com muita dificuldade. Levantou os olhos sujos e irados para o inimigo vermelho e dourado.

– Você realmente acha que vou me render – sussurrou ele – para um playboy mimado feito você?

Eu deveria dizer alguma coisa, pensou Sue. *Deveria impedir que continuem.* Mas ela se sentia impotente, paralisada.

Sue se deu conta do que aquilo se tornara: uma batalha irreconciliável entre Homem de Ferro e Capitão América, cada um deles absolutamente convencido de que sua causa era justa. Nada podia detê-los, nem deuses, nem vilões, nem mesmo seus amigos heróis. Essa batalha continuaria até que um dos dois estivesse morto.

Homem-Aranha tentou interceder.

– Deixa comigo, Tony. – Foi em direção ao Capitão, como um cintilante inseto recém-nascido.

Mas Tony balançou a cabeça, deu um passo atrás. Apertou um botão em sua luva.

– Homem de Ferro para todas as unidades – a voz dele soou alta no transceptor de Sue. – Ativem seus bloqueios de áudio.

Então, ele se virou para o Capitão e disse:

– Isso vai doer.

Gritos terríveis encheram o ar, parecendo esfaquear os ouvidos de Sue. Uma agonia indescritível. Ela caiu de joelhos, segurando a própria cabeça.

Sentiu o cheiro de Reed antes de vê-lo, sentiu os longos dedos dele dançando por seu rosto. Ele alcançou sua orelha e apertou um botão no transceptor. O barulho diminuiu para um gemido baixo, quase inaudível.

– Foi mal – disse ele. – Não tive tempo de lhe contar sobre essa parte do plano. Que bom que você ficou visível quando foi atingida pela frequência das ondas. – Ele sorriu um sorriso cansado. – Que bom que você está bem.

Ela o encarou por um momento. O familiar sorriso tímido, o pescoço alongado. O rosto dele tocando o seu.

Então, ela escutou os gritos. Os membros da Resistência se contorciam no chão, gemendo de agonia. Não tinham nenhuma proteção contra o ataque auditivo de Tony.

Capitão América ficou de joelhos, a boca aberta em um grito silencioso.

— Você é um velho durão — disse Tony —, devo admitir. Essa frequência trava o cérebro humano. Mas olhe pra você, ainda tentando se levantar.

Capitão baixou o olhar e cuspiu.

— Vai ser rápido — continuou Tony. — Feche seus olhos e acordará em nosso novo centro de detenção.

— Isso é horrível — murmurou Sue.

— Também não gosto disso — admitiu Reed. — Mas, pelo menos assim, não tem ossos quebrados.

Outro raio. Reed virou-se para olhar para Thor, majestoso e cruel no centro da carnificina. Chuva pingava de seus cabelos louros, mal o tocando.

— Thor — chamou Reed. — Pode parar. O esquadrão de limpeza da S.H.I.E.L.D. assume daqui.

— Peter — disse Tony. — Os prisioneiros ficam por sua conta. Precisamos fazer uma lista deles antes...

— CUIDADO!

Tony levantou a cabeça — tarde demais. Golias agigantava-se sobre eles, com pelo menos seis metros de altura — Sue nunca o tinha visto tão alto. O grito de dor de Golias enchia o ar; ele não tinha nenhuma proteção contra a frequência das ondas. Mas segurava sobre a cabeça um enorme tonel químico, pingando um líquido verde.

Com um uivo de agonia, ele jogou sua carga em cima do Homem de Ferro.

Adaga — olhos arregalados em agonia — disparou uma saraivada de raios. O tonel atingiu o Homem de Ferro; os raios atingiram o tonel, que explodiu, formando uma enorme bola de fogo.

Mulher-Hulk, que fora atingida pela bola de fogo, gritou e correu, as roupas em chamas. Viúva Negra se apressou para ajudá-la.

As chamas estavam altas, chamuscando um helicóptero da S.H.I.E.L.D. que pairava sobre a fábrica. A aeronave se inclinou, girou no céu e atingiu Miss Marvel, que estava em pleno voo. Ela berrou, assustada, e caiu no solo.

Meu Deus, pensou Sue. *Será que eles mataram Tony?*

Lentamente, a bola de fogo diminuiu. E, no seu centro, agachado e apoiado em um joelho, apareceu a silhueta do Homem de Ferro.

– Estou bem – a voz de Tony soou no transmissor de Sue. – Só um pouco queimado.

E então, ela notou: os gemidos em sua orelha cessaram.

A bola de fogo não matou Tony, mas desativou a frequência de ondas. A Resistência estava se levantando: Gavião Arqueiro, Falcão, Tigresa, Adaga e os Jovens Vingadores.

Capitão América levantou um braço e gritou:

– Atacar!

Em seguida, ele tombou pra frente e caiu no chão.

Mais uma vez, o mundo explodiu em rastros cintilantes e golpes poderosos. Homem-Aranha encarou Célere, seus tentáculos se esforçando para pegar o adolescente a toda velocidade. Falcão alçou voo, bombardeando o Coisa em um mergulho. Gavião Arqueiro tentava acertar uma flecha na Viúva Negra; ela contra-atacava lançando seus ferrões no herói, que se esquivava.

Miss Marvel levantou-se devagar do chão da fábrica, recuou ao tentar se apoiar no braço ferido. Seus olhos estavam vermelhos de fúria.

Capitão América estava deitado imóvel, de cara com o concreto. Falcão gritou para Gavião Arqueiro:

– Gavião! Pegue o Capitão. Temos que tirá-lo daqui!

Sue virou-se para Reed e implorou:

– Reed, temos que acabar com isso!

Sue teve a impressão de ver uma faísca de medo nos olhos dele.

– Eu já desativei o Thor.

– Como assim, *desativou*?

Tony Stark veio andando trôpego, sua armadura estalando. A explosão o havia danificado.

– Reagrupar – ordenou Tony. – Temos de...

Mas Golias virou o seu enorme corpo na direção dos Vingadores reunidos. Abaixou-se, agarrou o chão embaixo de seus pés e *puxou*. Eles tombaram e voaram. Rajadas de poder por todo lado; Miss Marvel se debatia no ar. Homem-Aranha lançou uma teia que agarrou-se a uma viga rachada.

Thor virou-se para assistir ao caos. Raios brilhavam.

Falcão mergulhou do céu, carregando Gavião Arqueiro, que apontou para o corpo imóvel do Capitão.

Lentamente, o deus do trovão pegou seu martelo.

Golias virou-se para ele.

– Prepare-se para o retorno mais breve da história, Thor.

Não, pensou Sue. *Oh, não...*

O martelo de Thor brilhou, com mais intensidade que nunca. Com um estrondo ensurdecedor, raios emanaram dele, avançando pelo ar... e atingiram diretamente o peito de Golias.

Havia sangue, raios e chuva, e o corpo de seis metros de altura de Golias caiu para trás no muro dos fundos da fábrica. Aterrissou quebrando plástico, metal e concreto.

Ainda invisível, Sue rastejou até ele. Não se importava com o que Reed pensava. Não se importava se a S.H.I.E.L.D. a pegasse. Não se importava se Thor lançasse mais raios, fazendo dela outra vítima.

Tocou a mão gelada de um metro de comprimento de Golias, viu fumaça saindo do buraco onde antes ficava o coração dele. Ela soube: Golias estava morto.

A chuva continuava caindo com força. Mas as batalhas haviam cessado. Miss Marvel segurava o próprio braço, estremecendo de dor. Mulher-Hulk estava caída, as queimaduras cobriam metade de seu corpo. Homem de Ferro ainda estava ajoelhado, sem equilíbrio, tentando reiniciar seus sistemas criticamente danificados.

A S.H.I.E.L.D. sobrevoava, assistindo com frios olhos mecânicos.

Todos eles permaneciam imóveis, fitando o corpo de seis metros de um herói que ousou desafiar a Lei de Registro de Super-humanos.

Sue não sentia nada. Só frio. Só conseguia pensar em uma coisa, a única que vinha à sua mente, a frase que Tony Stark pronunciara em sua famosa coletiva de imprensa: "Stamford foi meu momento de clareza".

Este, ela percebeu, é o meu.

A Resistência se arrastava, traumatizada. Falcão e Gavião Arqueiro haviam conseguido chegar ao Capitão América, e o resgataram. Os Jovens Vingadores foram se juntar a eles, com Adaga logo atrás.

– Retroceder... reagrupar – ordenou Falcão. – Temos que dar o fora daqui ou todos vamos...

Thor se virou para ele e levantou o martelo. Seus olhos se estreitaram com uma crueldade inumana e então disparou raios novamente. A mesma força que matou Golias agora era lançada contra toda a Resistência reunida.

Homem de Ferro voou para frente, sua armadura danificada balançando no ar.

– Thor! – gritou ele. – NÃO...

... Reed começou a ir em direção a eles, mas foi impedido por um golpe do deus...

... e, então, Susan Richards, a Mulher Invisível, membro e fundadora do Quarteto Fantástico, se juntou à Resistência. Trincou os dentes, levantou os braços e ergueu o maior campo de força da sua carreira.

O raio de Thor brilhou, ricocheteou no campo e parou. Os sensores e olhos do Homem de Ferro e do Homem-Aranha observando em volta, procurando algum outro inimigo. Atrás do campo de força, os membros da Resistência estavam igualmente confusos. Falcão continuava carregando o corpo imóvel do Capitão.

Sue saiu de dentro do seu próprio campo de força, encarando diretamente Thor, Homem de Ferro e Homem-Aranha. Ela manteve o campo atrás de si com força total.

E ficou visível.

Ben Grimm, o Coisa, foi em sua direção. Fitou-a surpreso.

– Suzie? Que que cê tá fazendo?

As lentes de Tony Stark iam de Reed para Sue, e então de volta para Reed.

Thor fixou um olhar mortal nela. Começou a levantar o martelo. Reed serpenteou pelo caminho até o deus do trovão, parando a cabeça na frente dele.

– Código de desligamento de emergência! – disse ele. – Autorização Richard Wagner, 1833-1883.

Os olhos do Thor ficaram sem vida; pela primeira vez sua expressão se suavizou. A energia dos raios desapareceu, e o martelo caiu dos dedos moles, estatelando-se no chão.

Sue trincou os dentes; o esforço para manter esse enorme campo de força era tremendo. Ela se virou, olhando para a Resistência.

– Saiam daqui – ordenou ela. – *Agora!*

Patriota apontou para o chão, para os corpos inertes de Wiccano, Hulkling e Manto.

– E eles? Nossos feridos? – Eles estavam deitados no chão, fora do campo de força.

– Ela está certa – disse Falcão. – É melhor irmos embora.

Sue se virou, estendeu as mãos... e a Resistência começou a desaparecer. Primeiro Gavião Arqueiro e Tigresa, depois Patriota, Estatura, Célere e Adaga. No final, só restou Falcão, carregando o corpo inconsciente do líder caído.

– Susan – falou Falcão. – Obrigado.

Em seguida, eles também desapareceram.

O poder de Sue era a invisibilidade, não o teletransporte. A Resistência teria que dar um jeito de escapar. Mas, pelo menos, ela havia lhes dado uma vantagem.

Para a surpresa de Sue, ninguém deu nenhum passo em direção aos rebeldes. Viúva Negra estava ocupada fazendo curativos na Mulher-Hulk e na Miss Marvel. A S.H.I.E.L.D. parecia confusa, em conflito; seus helicópteros iam e vinham, inspecionando a cena, mas não davam um passo sequer para ajudar. Os movimentos de Tony ainda eram descoordenados. Thor estava imóvel, uma estátua embaixo da chuva.

Ben e Reed, família e colegas de Sue, apenas a fitavam. Pareciam surpresos, chocados.

Homem-Aranha estava agachado em cima de uma parede, olhando a fumaça que saía do corpo de Golias.
Reed esticou seu braço e o serpenteou em volta da cintura de Sue.
– Querida...
Ela se esquivou.
– Não fale comigo. Nem uma única palavra.
E, então, mais uma vez, Sue Richards desapareceu.

15

DADOS INVADIAM A VIDA DE TONY STARK por todos os lados. Relatórios médicos. Checagens de rotina dos novos prisioneiros. Declarações dos congressistas. A voz áspera de Maria Hill solicitando uma reunião estratégica. Relatórios sobre o início das obras dos campos de treinamento no Arizona e outros lugares. Preparativos para funerais. Centenas de e-mails de repórteres, a maior parte perguntando o que tinha acontecido na região oeste de Manhattan.

Ao lado de Tony, no elevador, estava Reed Richards, serpenteando a cabeça para cima e para baixo, distraído, falando consigo mesmo.

Tony arrancou o capacete, cortando a enxurrada de dados.

– Reed? Você está bem?

A cabeça de Reed estava no teto. Fitava a luminária, seus lábios se moviam quase sem som.

– Reed.

– Humm? Desculpe, Tony. – A cabeça de Reed voltou para o corpo, como uma tartaruga entrando em seu casco. – Eu estava refazendo aqueles cálculos da Zona Negativa na minha cabeça.

Os olhos dele estavam arregalados, cansados.

– Ela vai voltar.

– Humm? Ah, acho que vai. Vai sim. – Reed contorceu o rosto em um tique que Tony não conhecia. – Estou mais preocupado com as providências que temos que tomar para os novos prisioneiros. Wiccano é poderoso, e Demolidor pode ser um tanto sorrateiro.

– Eu sei.

– A transferência está marcada para mais tarde, certo? Talvez eu devesse ir para o Edifício Baxter, garantir que o portal esteja pronto.

– Depois, Reed. Preciso de você aqui primeiro.

– Ah.
Tique.
Ele está apavorado, pensou Tony. *Mas não com os problemas do centro de detenção, nem por conta dos cálculos abstratos. Nem pela traição de sua esposa, embora tenha sido um golpe forte para ele.*
Não. Ele continua vendo a mesma coisa que eu, na minha cabeça: Bill Foster, o Golias, morto por um raio no peito.
As portas se abriram, diretamente no biolaboratório da Torre dos Vingadores. Tetos altos, luzes fortes, telas e monitores e tabelas médicas em todos os cantos. E super-humanos. Viúva Negra, Homem-Aranha e Miss Marvel, com o braço em uma tipoia. Ben Grimm estava no fundo, quieto, o que era raro.
No meio da sala, o corpo enorme de Thor estava deitado em uma maca. Os olhos azuis claros fixos no teto; nenhum traço de inteligência neles. O martelo inerte ao seu lado.
O Dr. Hank Pyn se debruçou sobre uma incisão na cabeça de Thor, franzindo a testa. Levantou o bisturi, sua mão tremia levemente.
– Tony? – Homem-Aranha se aproximou, com seu traje completo.
– O que aconteceu lá?
Tony fez uma careta. Simpático, ele aguardou.
– Eu achei que fôssemos fazer isso para que ninguém mais se machucasse – desabafou Homem-Aranha.
Tony levantou a mão e virou-se para Thor.
– Hank? Alguma novidade?
Hank Pym levantou o olhar. Seu jaleco branco de trabalho se contrastava com os trajes coloridos que enchiam a sala. Em seu rosto havia sinais de pranto.
– Novidades?
Hank colocou o bisturi no lugar, foi até o monitor de TV e o ligou. Uma visão aérea da fábrica química apareceu. Helicópteros apareciam e sumiam; embaixo, os vários heróis andavam de um lado para o outro como formigas. Então, inevitavelmente, Thor levantou o martelo e deixou um buraco em Golias.

– Registro da S.H.I.E.L.D. – informou Viúva Negra. – Ele está assistindo sem parar, compulsivamente.

Tony franziu a testa. O próprio Hank Pym já tinha sido um super-herói, primeiro como Homem-Formiga, depois Gigante e Jaqueta Amarela. Ele foi o primeiro dos heróis com poder de mudança de tamanho, mas, nos últimos anos, ele havia pendurado o traje, preferindo se concentrar em pesquisa científica. Incluindo o Protocolo Niflhel.

Tony se lembrou que Golias fora assistente de laboratório de Hank.

– Hank – começou Tony –, foi uma tragédia. Eu sinto muito. Sei que você e Bill eram amigos.

– Amigos. Sim – Hank virou-se para Tony, acusando-o com o olhar. – E eu acabei de assistir um super-humano que eu ajudei a *criar* abrir um buraco bem no peito do meu amigo.

Reed analisou Thor.

– Fico me perguntando por que ele... Thor, quero dizer... se comportou assim. Será que ficou faltando uma consciência humana? Que precisa de um hospedeiro humano para se fundir?

– Por quê? *Por quê?* – Hank se virou para Reed. – Talvez o problema esteja no fato de que nós não deveríamos ter criado o *clone de um deus!*

Homem-Aranha deu um pulo alto no ar.

– Clone? – pousou na parede, bem em cima do deus do trovão imóvel. – Thor é um *clone?*

Tony fez uma careta. Fitou o grupo de heróis, observando-os conforme absorviam a revelação. Miss Marvel balançou a cabeça para ele, uma rara dúvida em seu olhar. Viúva Negra parecia perturbada. Ben Grimm estava com a enorme boca de rocha aberta.

Hank Pym estremeceu, como se estivesse tentando afastar sua própria culpa.

– Tony? – continuou o Homem-Aranha. – Como você pode ter clonado um deus?

Hank se sentou, abaixou a cabeça.

– Na primeira reunião dos Vingadores, Tony armou tudo e me pediu para pegar uma mecha de cabelo do Thor. – Ele deu um sorriso sem humor. – Eu era o Homem-Formiga na época. Encolhi até ficar quase microscópico. Thor achou que estivesse com piolho.

– Então, isso... – Homem-Aranha estendeu a mão para pegar o martelo de Thor. – Esse não é o Mjolnir de verdade? É uma cópia... o Martelo do Clor.

Tony olhou para ele, confuso.

– Clor – repetiu Homem-Aranha. – Clone-Thor. Entendeu?

– Não é engraçado, Peter.

Homem-Aranha fez posição de sentido. Ainda segurando o martelo, estendeu a mão na direção de Tony, imitando uma saudação nazista.

Então, imediatamente, ele largou o martelo.

– Foi mal.

Tony analisou o grupo. Todos olhavam para ele em busca de orientação, uma garantia de que aquele era o caminho certo. Mas todos estavam em estado de choque. Até mesmo Homem-Aranha, cintilando em seu traje cinético de metal.

Este é um momento crucial, Tony se deu conta. *Todo o movimento pelo registro pode desmoronar, aqui e agora. Tudo depende do que eu farei nos próximos minutos.*

– Peter – começou Tony. – Poderia me mostrar seu rosto? É um pedido, não uma ordem.

Devagar, o Homem-Aranha tirou a máscara. Ele também parecia cansado, os olhos fundos, e um pouco envergonhado.

– Obrigado. Agora... – Tony andou pelo laboratório, parando bem na frente de Miss Marvel. – Sei que isso não é exatamente o que vocês esperavam quando aderiram ao movimento. Carol, como está o seu braço?

– Algumas pessoas estão bem piores – informou ela. – Mulher-Hulk ainda está no CTI. Mas está se recuperando.

– Que bom. Fico feliz em saber. Bem, todos nós estamos pensando na mesma coisa: Bill Foster. A morte dele foi uma tragédia, um acidente horrível. O tipo de coisa que nunca, de forma alguma, deveria ter acontecido, principalmente sob nossa vigília. Mas... todos nós sabíamos que isso não seria fácil, e sabíamos que haveria batalhas ao longo do caminho. Vou ser direto: se alguém estava esperando que não houvesse baixas aqui e ali, estava se iludindo. Estamos falando de uma mudança brutal na vida de todos os meta-humanos da Terra. E é disso que temos que lembrar. Bill Foster não devia ter morrido. Mas a morte dele é o preço do que estamos fazendo. Se esse processo significar que outros novecentos civis *não vão morrer* como efeito colateral de uma superbatalha, então... detesto dizer isso, mas... posso viver com a morte de Bill. Não vai ser fácil, não vou dormir bem esta noite. Mas posso conviver com isso.

Miss Marvel assentiu, séria. Viúva Negra levantou a sobrancelha. Ben Grimm apenas se apoiou na mesa, sua expressão ainda mais rochosa do que de costume.

Hank Pym encarava o clone-Thor, balançando a cabeça.

– A matemática – disse Reed Richards, baixinho. – A matemática funciona.

– Obrigado, Reed.

– Tony, eu... – Peter Parker olhou em volta, nervoso. – Quero acreditar em você. Sei que as suas intenções são boas. Mas é isso... – Ele apontou para a tela, que ainda exibia a imagem congelada do corpo morto de Golias. – É *isso* que vai acontecer? Toda vez que alguém não se registrar, que não seguir as regras?

– Claro que não. É para isso que servem os centros de detenção.

– Sei. Centros de detenção. – Peter assentiu, olhou diretamente nos olhos de Tony. – Posso conhecer um desses lugares, Tony?

Alguma coisa mudou no ar, no clima do ambiente. Um equilíbrio de poder, de autoridade.

– Você queria a minha mente aguçada – continuou Peter. – Certo, chefe?

Tony encarou Peter por um momento. Depois, abriu um sorriso carinhoso, paterno.

– Claro, Peter. Eu e Reed vamos pra lá agora. Quer ir junto?

Peter recolocou a máscara, as lentes vermelhas e douradas cobrindo seus olhos. E assentiu.

– Hank – começou Tony. – Já fez o suficiente por aqui. Seu registro já está arquivado... Por que não tira a semana de folga? *Clor* pode esperar até você voltar.

Reed estendeu um braço, tocou nas costas de Hank Pym, que concordou, se levantou e se arrastou para a porta. Parecia derrotado, a sombra de um homem.

– O resto de vocês pode tirar quanto tempo quiser – continuou Tony. – Mas deem notícias regularmente. As coisas vão esquentar de agora em diante, e eu vou precisar de cada um de vocês.

Todos assentiram. Por enquanto, era o suficiente.

– Certo. – Tony fechou o capacete na frente do rosto, e acenou para Reed e Peter o seguirem. – Vamos, cavalheiros. O Projeto 42 nos espera.

16

ALGO OBSCURO ESTAVA CRESCENDO dentro do Capitão América. Algo duro e furioso, bem no fundo de suas entranhas. Algo que nunca sentira antes; algo do qual não estava gostando nem um pouco.

Não era a morte de Golias... não exatamente. Capitão já havia perdido homens antes, na guerra e nas batalhas civis. Sempre doía, mas fazia parte da vida. Da vida que escolheu, décadas atrás, quando um garoto órfão e esquelético se voluntariou para o programa de guerra do Supersoldado.

Falcão estava colocando uma atadura na cabeça do Capitão.

– Fique quieto – mandou Falcão.

Não, Capitão se deu conta, não foi a morte. Foi a *forma* como Bill Foster morreu. Homens e mulheres sob o comando do Capitão morreram defendendo seu país, salvando inocentes, ou para que seus companheiros guerreiros pudessem sobreviver. De vez em quando, você também perde um homem em algum acidente trágico. Quando isso acontece, você faz um brinde triste, soca umas paredes e segue em frente.

Isso era diferente. Golias tinha morrido como resultado direto das ações de Tony. Tony Stark, o homem que Capitão chamou de amigo por tantos anos.

Capitão tossiu, depois fez uma careta. Tudo doía: seu rosto, seus braços, suas pernas. Tony realmente lhe maltratara.

Falcão terminou de colocar a atadura e deu um passo atrás.

– Você parece uma múmia que acabou de fugir da tumba – disse o homem alado. – Mas ainda lhe sobraram alguns dentes.

– E tenho a intenção de usá-los – respondeu o Capitão.

Ele puxou os eletrodos presos nas ataduras do peito. A ala médica do quartel-general da Resistência era muito bem equipada, principalmente no que se tratava de equipamentos para diagnóstico. Uma técnica usando jaleco branco estava parada na frente dos monitores; como todas as outras pessoas que contrataram, ela foi pessoalmente avaliada por pelo menos dois membros da Resistência.

Gavião Arqueiro entrou na sala, seguido por Adaga, Estatura, Célere e Patriota. Os jovens pareciam perturbados, inseguros. Gavião também.

– Como está o homem? – quis saber o Gavião Arqueiro.

– Gavião, preciso da sua ajuda. – Capitão se levantou, arrancou os eletrodos, ignorando os protestos da técnica. – Vamos ter que abandonar esse local. Tony não vai descansar até nos encontrar; até mesmo uma antiga base desconhecida da S.H.I.E.L.D. é arriscado demais.

– Pare, Capitão – pediu o Gavião Arqueiro. – Não diga mais nada.

Capitão franziu a testa. Falcão pousou atrás dele.

Gavião Arqueiro olhou para baixo, mudou sua aljava de ombro.

– Capitão, acho que devíamos pedir anistia.

– Anistia? Você está louco? – Capitão apontou para a sala, fez uma careta quando seu braço deslocou. – Acabamos de conseguir mais catorze reforços. Valquíria, Falcão Noturno, Fóton... Tony está perdendo aliados a cada minuto.

– E quantos *nós* perdemos? Hulkling, Wiccano, Demolidor, Manto... – Gavião Arqueiro virou-se para Adaga, que se encolheu ao escutar o nome do parceiro. – Foi mal, gata.

– Gavião – começou Falcão.

– Não, não, me escute. Aqueles caras estão a caminho da tal superprisão que Reed Richards está construindo.

Capitão escolheu as palavras com cuidado.

– E você está disposto a deixá-los impunes por isso?

Adaga fez uma careta.

– Eles podem fazer o que quiser agora. Thor está do lado deles.

– Aquele não era Thor – afirmou Capitão. – Era algum Frankenstein que eles construíram para o exército de super-heróis deles. Você não conhecia Thor, garota. Não pense... nem por um momento... que ele teria *assassinado* um homem bom como Bill Foster.

Adaga recuou. Estatura colocou a mão no ombro dela.

Na mesma hora, Capitão se arrependeu. *Tratando mal uma garota. O que há de errado comigo?*

– Capitão – chamou o Gavião Arqueiro. – Eu já fui um fora da lei. Por muito tempo. É horrível. Você me ajudou a sair daquela vida... Que inferno. Por um tempo, eu e você praticamente *fomos* os Vingadores. E uma vez você me disse: quando o outro lado tem mais homens do que nós, mais armas do que nós, numa proporção de vinte pra um, é hora de parar de lutar.

– É verdade, quando você está errado – Capitão o encarou. – Quando você está certo, finca o pé no chão e *não tira o time de campo*.

– Eu sinto muito por Bill Foster. Mas ele morreu no momento em que achou que era maior do que a lei.

– Gavião Arqueiro.

– Pare, Capitão. Estou indo embora. Então, o que quer que você faça, *não* me conte para onde você está planejando mudar a base.

– Eu não lhe diria nem as horas.

– Bom. Porque você tem que pensar em uma outra coisa. Quanto mais pessoas se juntarem ao seu grupo secreto, maior a possibilidade de haver um espião no grupo.

Capitão não disse nada. A ideia já lhe ocorrera. Tony havia conseguido atraí-los para a fábrica de produtos químicos muito facilmente.

Gavião Arqueiro deu as costas e começou a sair.

– O que você vai fazer, Clint? – Os punhos do Falcão estavam cerrados em fúria. – Calçar aqueles coturnos e pisar em quem quer que eles mandem?

– Não. – A voz do Gavião Arqueiro era suave. – Vou ser o mocinho.

Todo mundo permaneceu quieto. Patriota lançou um olhar questionador para Célere, que abriu um sorriso nervoso e deu de ombros. Célere olhou para Estatura, que desviou o olhar.

Então, Estatura virou-se e foi atrás do Gavião Arqueiro.

O Patriota estendeu a mão e segurou o braço dela.

– Cassie?

– Desculpe, Eli. Mas não quero acabar em alguma superprisão, como Wiccano e Hulkling. Eu entrei nessa vida para combater supervilões, não policiais ou outros super-heróis.

Célere girou em volta dela, tocou-lhe o ombro.

– Qual é, Cass...

– Tommy, você sabe como isso vai acabar. – Estatura olhou rapidamente para Capitão. – Ele é só um velho com medo do futuro.

– Vá. – A voz do Capitão era apenas um murmúrio rouco. – Se a sua liberdade significa tão pouco pra você.

Estatura fez uma careta, abraçou rapidamente seus colegas. Depois, correu para alcançar o Gavião Arqueiro.

– Eli, Tommy? E vocês?

Patriota olhou para seus colegas; Célere sorriu.

– Estamos dentro.

– Adaga?

As mãos de Adaga faiscavam, facas de luz flamejando no ar. Os olhos dela brilhavam com uma luz interna, com determinação.

– Quero meu parceiro de volta – afirmou ela.

Capitão assentiu, aprovando.

– Bom.

Todos se reuniram em volta dele: Falcão, Patriota, Célere e Adaga. Todos olhando para ele, esperando orientação, liderança. Por um momento, a coisa obscura nas entranhas do Capitão relaxou, amenizou.

Esperava ser digno deles.

– Temos muito trabalho a fazer, Falc, notifique todas as tropas: vamos abandonar esse esconderijo. Acho que Cage tem um esconderijo seguro no Harlem que podemos usar por um tempo. Adaga, descubra se alguém sabe de alguma coisa sobre os sistemas de segurança da Stark Enterprises. Patriota, Célere, falem com os novos recrutas. Façam uma lista dos superpoderes deles.

Conforme eles se espalhavam, Capitão deu um passo. Sua perna explodiu de dor, quase caiu.

– E alguém me dê um analgésico.

17

DOZE DIAS SE PASSARAM desde a coletiva de imprensa. Doze dias que tinham virado a vida de Peter Parker de cabeça para baixo.

Tia May estava sendo perseguida por repórteres e foi forçada a se esconder dentro de casa. Pessoas gritavam "traidor" para Peter nas ruas. O *Clarim Diário* entrou na justiça contra ele, alegando violação e quebra de contrato, citando o quanto pagaram por fotos do Homem-Aranha no decorrer dos anos.

Uma visita à antiga escola de Peter se transformou em um pesadelo quando o Doutor Octopus acabou com a sua palestra sobre física. Felizmente, nenhum aluno ou funcionário se machucou. Mas o Diretor Dillon deixou bem claro que mais nenhuma palestra de ex-alunos seria bem-vinda.

Desde então, não conseguia mais dormir com facilidade. Peter acordava várias vezes por noite, com um zumbido baixinho na cabeça. Nunca havia tido enxaqueca antes, mas se perguntava se isso não seria o primeiro sintoma.

Depois, veio Golias. E aquele terrível momento, que as lentes do novo traje de Peter o permitiram assistir em HD, e que ele não conseguia tirar da cabeça.

Então, Homem-Aranha foi praticamente um sonâmbulo durante a viagem com Tony e Reed. A S.H.I.E.L.D. tinha cercado com caminhões e carros de polícia vários quarteirões no centro da cidade, isolando o Edifício Baxton. Quando o Aranha perguntou a Tony o porquê, o bilionário respondeu:

– Transferência de prisioneiros.

Homem-Aranha lançou suas teias nos prédios e seguiu pelas ruas vazias até aterrissar ao lado do Edifício Baxter. Tony e Reed estavam parados na porta da frente, desativando os sistemas de defesa. Quatro ou cinco helicópteros rondavam a área, além do posto de comando voador usado por Maria Hill.

E a seguinte pergunta surgiu na cabeça do Homem-Aranha: *quantos agentes a S.H.I.E.L.D. tem?*

– Acho que conseguimos, Sr. Stark.

Homem-Aranha franziu a testa. Gostava de Tony, era genuinamente grato a ele; e acreditava na causa de Tony, na necessidade de proteger as pessoas inocentes contra os poderosos meta-humanos. As batalhas super-humanas tinham se tornado mais letais, mais violentas com o passar dos anos, com um aumento correspondente nas mortes civis. Se Tony conseguisse diminuir essa tendência, Aranha o seguiria para qualquer lugar.

Mas Tony não lhe contara tudo. Como o fato de que havia cientistas ocupados clonando um deus morto. Será que Tony tem mechas de cabelo de *todo mundo* guardadas em alguma geladeira, caso precise?

As coisas estavam acontecendo rápido demais. Homem-Aranha mal tinha tempo de processar um choque antes que outro batesse em sua porta.

E caísse aos seus pés.

Como Golias.

– Peter – chamou Tony. – Você vem ou não?

※ ※ ※

O portal da Zona Negativa ganhou vida, luzes dançando ao longo de seu contorno metálico. Dentro, uma névoa sobrenatural resplandecia, cercada por todos os lados por estrelas e asteroides. Uma tela exibia as palavras: PORTAL DO PROJETO 42/ATIVO.

– O seu traje vai protegê-lo – informou Tony. – Só coloque essa mochila gravitacional para manobras.

Homem-Aranha não se importou muito com a mochila metálica. O portal estava surpreendentemente claro. Ele apontou para a entrada.

– A prisão fica lá?
– Centro de Detenção – corrigiu Tony. – Reed, o código de acesso, por favor.

Nenhuma resposta. Aranha olhou para Reed, viu-o encostado em um painel de controle, olhando para o nada. Um braço alongado para trás, mexendo distraidamente em um controle.

– Reed?
– Humm? – Reed levantou o olhar perdido. – Ah, sim, claro. – Ele digitou rapidamente, estendendo e retraindo os dedos para alcançar as teclas. – Enviando o código para sua armadura, Tony.

– Recebi. Você sabe o que fazer quando a S.H.I.E.L.D. chegar, né?

Sem resposta, de novo.

Reed esteve muito quieto durante todo o caminho. *Problemas conjugais*, pensou Homem-Aranha. *Acho que deve ser isso.*

– A fabulosa Zona Negativa – disse o Homem-Aranha. – Nós só... atravessamos?

– É só me seguir.

As botas a jato de Tony acenderam. Ele levantou voo, colocou o corpo na posição horizontal e voou diretamente para o portal.

Homem-Aranha observou, deu de ombros e saltou.

Atravessar o portal era diferente de tudo o que já havia sentido. Primeiro os braços, depois a cabeça, então o torso e as pernas – de alguma forma, tudo parecia *invertido*. O processo não era doloroso, mas achou perturbador.

Então estava dentro, e o portal desapareceu. Tudo à sua volta era uma expansão da Zona Negativa, vasta e brilhante, cheia de objetos de todos os tamanhos e formatos – estrelas, asteroides, planetas distantes. Parecia o espaço sideral, como se alguém o tivesse enchido de matéria e arrumado uma coluna de espelhos escondidos para distorcer as distâncias envolvidas.

– Estranho, né? – Tony planava logo a frente. – Mas você se acostuma.

– Era como se eu estivesse sendo... virado do avesso – comentou o Homem-Aranha.

– É mais ou menos o que acontece mesmo.
– Como pode ser? Como isso não *mata a gente*?
– Uma vez eu perguntei isso ao Reed – respondeu Tony. – Ele mergulhou em uma elaborada explicação de física quântica que eu não consegui acompanhar. Então, ele parou no meio da frase com aquele sorrisinho engraçado no rosto.
– Ele também não sabia.
– Não, não sabia.
Tony apontou para os asteroides e acelerou em direção a eles. Homem-Aranha o seguiu, ativando a mochila gravitacional pelos controles mentais de seu traje.
– A S.H.I.E.L.D. está providenciando a transferência dos prisioneiros – disse Aranha. – Acho que se referindo aos caras que capturamos na fábrica.
– Correto.
– Então, é assim que vai ser? Qualquer um que não se registrar vai ser levado para o Edifício Baxter e trazido pra cá?
– Só temporariamente. Foi Reed Richards quem descobriu a Zona Negativa; no momento, o único portal na terra é este que acabamos de atravessar, no laboratório dele. Mas a Stark Enterprises já está construindo portais em várias prisões importantes por todo o país. Quando esses portais estiverem funcionando, aqueles que violarem a Lei de Registro de Super-humanos serão tratados como qualquer outro criminoso: processados pelas autoridades competentes, depois transferidos pra cá.
Homem-Aranha franziu a testa.
– Você se esqueceu do julgamento justo.
– A LRS não prevê julgamento, Peter.
– Como assim?
– Você não dá um julgamento justo a uma bomba atômica. Nem a um inimigo combatente no campo de batalha. – Tony apontou para frente. – Alterando curso. Siga-me.
Um asteroide estava se aproximando, uma rocha irregular como tantas outras. A superfície dos prédios brilhava, refletindo a luz do

corpo celeste. Homem-Aranha o fitou por um instante e começou a se sentir enjoado.

– Peter, me siga. E não desvie do plano de voo... Peter?

As estruturas na superfície do asteroide estavam claramente visíveis agora, projetando-se como blocos feitos pelo homem, mas havia algo de antigo neles. A configuração parecia mudar, piscando de modo assustador cada vez que mudava de forma. Homem-Aranha observava-os e sentia uma pontada de pânico cada vez que mudavam de forma. As suas entranhas e seu metencéfalo gritavam: essa arquitetura não é humana. Retorcida, assustadora. *Errada.*

A voz de Tony pareceu distante em seu ouvido.

– ... desculpe. Configure as suas lentes para Filtro 18, um nível de força abaixo do máximo.

Aranha mal conseguia processar as palavras. Ele fitava, com olhos arregalados, se contorcendo.

– O quê?

– Deixa pra lá, eu mesmo faço.

A visão do Homem-Aranha embaçou, tudo ficou branco por um segundo. Ele piscou, desorientado, depois a cena clareou novamente.

Os prédios pararam de mudar de forma. Eles se erguiam como uma cidade futurista, brilhando majestosamente contra a rocha bruta do asteroide. Bem abaixo, guardas totalmente equipados patrulhavam o perímetro do terreno e voavam em torno dos pináculos das torres mais altas.

– Protocolo de segurança criado pelo Reed – explicou Tony. – Usa uma configuração arquitetônica especialmente projetada, junto com a única propriedade da Zona Negativa, para criar um ambiente virtualmente à prova de fuga.

Homem-Aranha planou, olhando os pináculos abaixo. Lembrou-se do efeito que criaram nele, apenas segundos antes, e estremeceu.

– *Rogue Moon*[*] – sussurrou ele.

---

[*] *Rogue Moon* é um livro de ficção científica escrito por Algis Budrys, lançado em 1960. (N.T.)

– Um dos livros de ficção científica preferidos do Reed. Acho que foi a inspiração dele.

– Os guardas estão protegidos?

– Na verdade, a maioria deles é robô.

Tony o levou para uma área de pouso, onde o metal cintilante do complexo se escasseava, dando lugar a rochas brutas. Três guardas robôs se aproximaram, rifles saindo de seus braços.

– GUARDA BRAVO RECONHECENDO ANTHONY STARK. IDENTIFIQUE O SEGUNDO HUMANOIDE.

– Homem-Aranha, nome verdadeiro Peter Parker – informou Tony. – Convidado de Anthony Stark.

– CONFIRMADO. REGISTRO ARQUIVADO. – O rosto do guarda era vazio, luzes piscando por trás de um vidro preto e plano. – APRESENTE CÓDIGO DE ACESSO, POR FAVOR.

– Tango Sierra Lloyd Bridges.

– CÓDIGO DE ACESSO CONFIRMADO.

Os guardas se afastaram. Tony acompanhou Homem-Aranha, a pé, em direção a um muro prateado aparentemente indistinto. Uma porta, com uns seis metros de altura e quase o mesmo tamanho de largura, se abriu.

– Lloyd Bridges?

– Um aplicativo personalizado gera novas senhas aleatoriamente a cada meia hora. O aplicativo tem um carinho especial e inesperado por atores da década de 1960... ontem era Charlie Foxtrot Adam West. – Tony riu. – Quando chegar em Sebastian Cabot, eu desligo.

Atravessaram um corredor comprido, que levava a um quintal onde mudas de plantas germinavam do solo transplantado da Terra. Homem-Aranha levantou o pescoço, olhando para todos os estranhos arranha-céus à sua volta. O escopo do lugar era incrível; tetos, prédios, tudo parecia maior do que na vida real. E muito novo, muito metálico, muito antisséptico.

– Você disse que a maioria dos guardas são robôs?

– Tem alguns médicos e administradores humanos, para garantir que nada dê errado. Mas eu e Reed discutimos muito o assunto.

Decidimos que quanto mais minimizássemos a possibilidade de erro humano, melhor esse lugar funcionaria.

Tony o levou para um corredor menor e mais apertado. Levantou a mão enluvada de metal e uma pesada porta se abriu.

– Aqui ficam os apartamentos.

– Você quer dizer celas?

– Questão de semântica.

O corredor era alinhado com portas de metal grossas, com uma pequena abertura na altura dos olhos e um vidro que só possibilitava a visão por um lado. O Homem-Aranha pulou na parede, rastejou até a primeira porta. Levantou a mão para tirar a máscara.

– Cuidado – alertou Tony. – Se você tirar as suas lentes, vai ficar desorientado de novo. Funciona em todos os lugares dentro da prisão, exceto dentro das próprias celas.

– Te peguei. – Aranha olhou novamente para a cela, se debruçou para ver através do vidro.

O interior parecia a sala de estar de um apartamento qualquer, em um lugar qualquer. Sofá, TV de tela plana, escrivaninha com um monitor de computador embutido. Um beliche montado em uma parede, e o Homem-Aranha conseguiu ver o pedacinho de uma cozinha ao fundo. A única excentricidade: uma poltrona grande com cintos para prender os pulsos e um capacete pendurado acima dela.

– Tenho que admitir, é bem mais legal do que meu primeiro apartamento em Manhattan. Maior também. – Aranha deu de ombros. – O que é aquela poltrona esquisita?

– Sistema de realidade virtual. Permite que eles tirem pequenas férias mentais, mesmo estando presos aqui. Mas teremos de fazer modificações, claro, para vilões com habilidades de manipulação tecnológica.

– Não estou vendo ninguém dentro.

– O lugar começou a funcionar agora. Muito poucas celas estão ocupadas. – Tony levantou a cabeça, consultando algum arquivo de dados interno. – Ah. Veja esta aqui.

Homem-Aranha desceu e foi até a próxima cela. Olhou pelo vidro.

Uma cascata de areia caiu diante de seus olhos, formando um monte em cima de uma pilha de roupas no chão da cela. A areia se juntou, começou a ganhar forma e se erguer do chão. Encheu uma camiseta e uma calça jeans, tomando a forma inconfundível do antigo inimigo do Homem-Aranha: Homem-Areia.

– Nós o capturamos há duas semanas – comentou Aranha. – Com o Sexteto Sinistro.

– *Você* o pegou – respondeu Tony. – Foi um ótimo trabalho.

Dentro da cela, Homem-Areia folheou uma revista, franzindo a testa. Pegou o controle remoto e se jogou no sofá, jogando grãos de areia pra todo lado.

– Ele parece meio triste – disse Homem-Aranha.

– Triste? Ele está na prisão. – Tony virou-se para Aranha. – Pessoas como Homem-Areia são perigosos demais para terem permissão de andar por aí. Você sabe disso.

– Não estou questionando, mas... vários amigos meus, amigos nossos, vão acabar aqui também. Ficarão trancados, como ele.

– Todas as necessidades deles serão atendidas. Ficarão confortáveis.

– Mas não vão poder sair.

– Claro que vão. No momento que eles concordarem em se registrar, em revelar suas identidades para o público e em seguir as leis dos Estados Unidos da América. Em seguir o exemplo corajoso que *você* deu na coletiva de imprensa.

Mais uma vez, Homem-Aranha sentiu um zumbido na cabeça. O som que o manteve acordado nas últimas noites.

– Vamos – chamou Tony. – O transporte da S.H.I.E.L.D. já deve estar chegando.

Aranha o seguiu pelos corredores, pelo pátio e pelas enormes portas de metal. Sua cabeça estava flutuando. Aqueles prédios tinham cem, talvez cento e cinquenta andares. Quantas pessoas esse lugar era capaz de hospedar? Por quanto tempo poderiam ficar ali? Quanto custou para *construir*?

Do lado de fora, o transporte da S.H.I.E.L.D. estava pousando. Parecia uma versão aérea do Ônibus-Um, pesado e compacto com canhões de mísseis nos quatro cantos de sua lataria.

Um alçapão se abriu. Dois agentes da S.H.I.E.L.D. saíram, com coletes à prova de balas e óculos protetores. O guarda robô os interceptou.

– APRESENTE CÓDIGO DE ACESSO, POR FAVOR.

– Echo Delta Julie Newmar – disse o agente.

– CÓDIGO DE ACESSO CONFIRMADO.

Tony se virou para Homem-Aranha.

– Os códigos estão cada vez melhores.

O agente da S.H.I.E.L.D. apontou para dentro do veículo. Dois outros agentes conduziam Manto para a área de pouso. O jovem estava vestido com seu traje completo, mas com correntes nos pulsos e tornozelos. Um capacete pesado estava enfiado em sua cabeça com um visor negro puxado para baixo a fim de cobrir seus olhos.

– Amortecedor de poder – explicou Tony. – Também os protege do efeito de distorção.

Wiccano e Hulkling vieram logo atrás, com capacetes similares tampando seus olhos.

– Eles vão ficar em um apartamento duplo, juntos. – Tony fez um gesto para o Homem-Aranha. – Não queremos punir ninguém, Peter. Isso é detenção.

Um agente alto e encorpado surgiu da traseira do veículo escoltando Demolidor, com seu traje vermelho; ele caminhava com facilidade e confiança, apesar das correntes. Quando chegou perto de Tony e Peter, parou e virou-se diretamente para eles, apesar do capacete cobrindo seus olhos.

O radar dele, pensou o Homem-Aranha. *O amortecedor não deve estar bloqueando completamente.*

– Tony Stark em pessoa – disse Demolidor. – Está aqui para admirar sua criação?

Tony não disse nada.

– Impressionante. – Demolidor apontou para as torres espiraladas. – A Stark Enterprises construiu, certo? O governo está realmente distribuindo contratos sem licitação. Quantos milhões você ganhou este mês?

Homem-Aranha virou-se para Tony.

– Milhões?

Tony hesitou. Surpreso, Aranha se deu conta: *muito mais que milhões.*

Bilhões, talvez.

O agente da S.H.I.E.L.D. empurrou Demolidor para que ele seguisse em frente. Mas Tony levantou a mão.

– Tudo bem, agente. Eu gostaria de conversar com o Demolidor enquanto você o acompanha.

Demolidor ficou cego, escondeu os olhos para Tony e Homem-Aranha. Então, foi na direção da porta. Tony foi ao lado dele, e o aracnídeo o seguiu.

– Demolidor... Matt, não é? Tanto faz – Tony levantou a mão e abriu a porta. – Quero que você entenda por que estamos fazendo isso. Posso garantir que não tenho nenhuma satisfação em caçar os meus amigos.

Demolidor torceu os lábios mostrando desdém.

– Eu estava em Washington, no Capitólio – continuou ele –, e eu os assisti debater todos os aspectos dessa questão. No final, tudo se resumiu a duas opções. Registro ou a proibição total de qualquer atividade de super-herói. Acho que você concordaria: nenhum de nós quer isso. Ouviu falar da Iniciativa dos Cinquenta Estados? – Tony continuou. – É real. Está acontecendo. Vai haver cinquenta superequipes, uma em cada estado. Todos os membros serão treinados, licenciados e pagarão impostos. É o próximo passo da evolução super-humana. Já estamos treinando novos super-heróis e trabalhando para encontrar um lugar para todos que queiram se juntar a nós. Demolidor: se você estiver interessado... se quiser ficar limpo e ir à público agora... você encabeçaria a minha lista. Você poderia até ter a sua própria equipe, ficar no comando. O que me diz?

Eles chegaram às celas. O agente da S.H.I.E.L.D. pegou um cartão de acesso e disse algumas palavras na porta da cela. Ela se abriu.

Homem-Aranha percebeu que era idêntica à do Homem-Areia, só um pouco mais arrumada.

– Senão – continuou Tony –, esta é a alternativa. E ninguém quer isso também.

O Demolidor ficou parado na porta, sério e em silêncio. Finalmente, ele se virou para o grande agente da S.H.I.E.L.D.

– Agente Chiang – começou o Demolidor. – Poderia entregar aquilo para ele, por favor?

Tony virou-se para o agente.

– Entregar para mim?

– Isso mesmo. – O agente Chiang colocou a mão em um compartimento em forma de bolso e pegou um pequeno disco. – Quando nós o revistamos, encontramos isso embaixo da língua dele. Testamos, é inofensivo. Mas ele disse que estava guardando para o senhor.

Tony pegou o objeto. Homem-Aranha espreitou e viu o que era: uma moeda de prata de dólar comum.

– Eu... eu não estou entendendo – disse Tony.

O Demolidor virou-se um pouco para ele.

– Agora você tem trinta e *uma* moedas de prata, Judas.

Então, ele se virou para a cela e entrou. A porta se fechou atrás dele.

O agente trancou a porta e voltou para o corredor.

– Vamos – chamou Tony.

Homem-Aranha se demorou mais um pouco, fitando a cela que prendia seu amigo de longa data. O zumbido na sua cabeça parecia mais alto agora, pulsando, enchendo sua mente.

Ele se virou para seguir Tony pela prisão. Passaram por filas de celas que logo seriam ocupadas, salas de exercícios e pátios esperando para serem usados. Tony parecia não ter mais o que falar; estava quieto, pensativo.

E, lentamente, Homem-Aranha percebeu o que era a dor na sua cabeça. *Sentido-aranha.* Não aquele que ele já conhecia, um choque agudo que lhe avisava do perigo iminente. Este era mais baixo, mais firme, mais constante. Um tipo de alarme totalmente diferente.

Seguiu Tony Stark para fora da superfície do asteroide, para longe da prisão chamada Projeto 42. Mas não conseguia fugir do zumbido na sua cabeça. A sensação incômoda de que as coisas estavam muito erradas e que estavam prestes a piorar.

18

MEU QUERIDO REED,

Antes de tudo, quero lhe informar que Johnny está melhor. Os pontos foram tirados ontem, e ele está feliz da vida se recuperando na cobertura de uma pessoa chamada "Marika".

O mesmo John de sempre. Sei que eu deveria estar feliz. Mas não estou.

Estou com tanta vergonha de você, Reed. E estou com vergonha de mim mesma por ter concordado e apoiado passivamente seus planos fascistas.

É por isso que estou indo embora.

A mala estava sobre a cama, meio pronta. Era pequena, uma mala de mão com rodinhas: mal tinha espaço para uma muda de roupas, artigos de higiene pessoal e um traje azul gasto de super-herói. Por incrível que pareça, o traje ainda servia, mesmo depois de dois filhos e dezenas de batalhas com supervilões.

Sue sorriu. *Devem ser as moléculas instáveis.*

Ela tivera que entrar sorrateiramente na própria casa e passar por um bloqueio da S.H.I.E.L.D. Se Reed checasse as entradas, veria que ela digitou sua senha – e, claro, as câmeras gravariam a porta da frente abrindo um pouco, e depois fechando. Não mostraria ninguém entrando, óbvio, porque ninguém entrara. Pelo menos, ninguém visível.

Mas Reed estava distraído. Muito, muito distraído, ainda mais do que de costume. Neste momento, no andar de cima, ele e Tony Stark estavam supervisionando a transferência dos membros da "Resistência" capturados para aquele show de horrores que eles construíram na Zona Negativa.

Uma vez dentro do prédio, Sue não viu necessidade de ficar invisível. Reed não a notaria. Atualmente, ele não tinha tempo para ninguém, exceto Tony.

Sue abriu a gaveta de cima da cômoda, procurou seu antigo comunicador. Encontrou-o: um dispositivo *walkie-talkie* com um "4" gravado nele. Jogou-o em cima da cama, ao lado da mala – e, então, seus olhos pousaram em outra coisa, atrás da gaveta. Tirou-a dali e levou até a luz.

Um modelo de foguete espacial. Não de qualquer foguete espacial: uma réplica daquele construído secretamente, que Ben Grimm pilotou para fora do deserto naquela noite fatídica. A noite em que Sue, Reed, Ben e Johnny enfrentaram um cinturão de raios cósmicos na atmosfera da terra e foram transformados no Quarteto Fantástico.

Quase se esquecera desse modelo. Reed construíra para ela no primeiro aniversário de casamento deles. A pintura era meticulosa, até os detalhes prateados que enfeitavam os canos do antigo foguete. A cabine do piloto escurecida mostrava quatro pequeninas silhuetas dentro.

Ela se lembrou de ter achado que aquele era possivelmente o pior presente de aniversário de casamento da história. E isso fez com que amasse Reed ainda mais.

Enxugou uma lágrima. Virou-se para a babá eletrônica na mesa de cabeceira e ligou. Escutou, apenas por um minuto, as vozes de Franklin e Valéria discutindo com HERBIE, o robô babá, sobre quem escolheria o DVD que iriam assistir.

Então, ela escutou um barulho passar pela porta. Desligou o monitor e ficou invisível – depois pensou melhor e voltou a aparecer. Era inútil se esconder. Se Reed já não soubesse que ela estava lá, a mala quase pronta a denunciaria.

– Suzie?

A pessoa que entrou pela porta era maior e mais forte do que Reed. O corpo de pedra de Ben Grimm estava parado, curvado na porta, quase em posição de defesa. Sue soltou a respiração, aliviada – que parou na garganta quando viu o que ele estava segurando.

Outra mala. Cheia.

Por favor, entenda, querido: não estou querendo chamar atenção. Não estou tentando distraí-lo do seu importante trabalho.

Estou fazendo isso porque as suas mãos, as nossas mãos, estão sujas com o sangue de Bill Foster. E você está tão cego com os seus gráficos e projeções e cenários do juízo final que não consegue sequer ver.

Hoje eu violei a lei. Ajudei um grupo de criminosos procurados pela justiça a fugir. Acontece que esses criminosos são alguns dos nossos amigos mais próximos, que só caíram nas garras dessa justiça por causa do desejo de ajudar pessoas inocentes. Mas isso não parece importar.

Tony e seu pelotão estúpido estão ocupados demais agora, lambendo as feridas, trancando prisioneiros e preparando seu pelotão de treinamento de super-heróis por todo o país. Se lhes restar um pingo de decência, espero que eles providenciem um funeral para o pobre Bill Foster.

Mais cedo ou mais tarde, porém, eles virão atrás de mim pelo que fiz. Provavelmente, me oferecerão anistia, por causa da sua importância nos planos de Tony. Não quero colocá-lo nessa posição – mas, mais importante ainda, eu não quero essa anistia.

Quero fazer o que é certo.

Eles ficaram um pouco sem jeito por um momento. Um encarando o outro.

– Está indo embora? – quis saber Sue.

Ben apontou para a mala dela.

– Você está indo embora?

– Preciso, Ben. Depois de hoje. – Ela fez uma careta, sentiu as lágrimas encherem seus olhos novamente. – Mas e você? Eu não... você também vai se juntar ao grupo do Capitão América?

– Não. – Ele deixou a mala cair. Bateu no chão fazendo um estrondo. *O que ele carrega ali dentro? Pedras extras?* Sue se perguntou.

— Suzie, eu dei uma boa olhada em volta depois que a batalha acabou. Naquela fábrica. Tinha uma gosma tóxica no chão todo, cacos de vidro, pedaços de metal, não restava uma parede de pé. Tudo bem que Tony já tinha feito um belo estrago antes, como parte da armadilha. Mas eu vi o que nós fizemos, todos nós, lutando como ratos famintos naquele espaço apertado. Não pude deixar de pensar: e se tivesse pessoas em volta? E se um único civil tivesse passado pelas barricadas, um repórter talvez, e se ele ficasse esmagado entre mim e Luke Cage? Ou embaixo daquele tanque de ácido que Falcão virou?

— Eu sei — Sue passou por ele. — Escuta. Tenho um encontro marcado para...

— Não, não, não. Não quero saber. Não vou escolher nenhum lado. Na minha opinião, o Capitão é tão culpado nisso quanto Tony Stark.

Sue franziu a testa.

— O que você está dizendo?

— Estou dizendo que a Lei de Registro está errada, e que não posso apoiar uma lei na qual não acredito.

— É isso que eu estou...

— Mas ainda sou patriota, Suzie. Amo meu país. Não vou lutar contra o governo, ou deixar que o governo me rotule de criminoso. Então, só vejo uma escolha. Vou deixar o país.

Ela parou, deu um passo atrás.

— Oh.

— França, acho. Pelo menos, até isso acabar. — Ele olhou para a mesa de cabeceira e seus grandes olhos azuis ficaram embaçados. — Ei, olha aquilo.

Sue seguiu o olhar dele até o modelo do foguete. Ela o pegou e entregou para ele. Eles permaneceram imóveis por um minuto, olhando para a réplica.

— Nós fomos os primeiros — ela sussurrou.

— É. — Ele se virou para ela, um olhar estranho no rosto. — Você se arrepende, Suzie?

— De quê?

— De tudo. Do voo no foguete, dos poderes. De seguir o cabeção elástico por toda a criação: para o espaço, para outras dimensões, pra maldita Zona Negativa. As lutas, os dramas... Tinham outros caras interessados em você.

Ela franziu a testa.

— Ben...

— Você se arrependeu de ter se casado com ele? De ter se acomodado?

Ela abriu um sorriso triste.

— Não sei se eu chamaria isso de "se acomodar".

— Isso não é resposta.

Um zumbido saiu do comunicador, largado em cima da cama. Sue o pegou rapidamente.

Ben levantou uma sobrancelha.

— Não vou ver um desses por um bom tempo.

Ela levantou o dedo, dizendo para ele ficar em silêncio.

— Johnny?

A voz do irmão dela soou através da estática.

— *Está aí, mana?*

— Só um minuto, Johnny — ela virou para trás. — Ben...

— Tenho que ir, Suzie. Boa sorte.

— Você... ah, pra você também, seu bobão.

— Só me faça um favor, ok? — A expressão de Ben era muito séria.

— Fique longe de Atlântida.

— *Mana? Não estou conseguindo te ouvir.*

— Johnny, só um minuto...

Mas quando ela se virou para a porta, Ben já tinha ido embora.

Você não terá notícias de Johnny também, Reed. Eu cuidarei dele, como sempre cuidei.

Mas para onde vamos, eu não posso levar Franklin e Valéria. Então, estou deixando-os aos seus cuidados. E eu lhe imploro, amor: por favor, dê mais atenção a eles, a atenção que você tanto negou no passado.

Eu também não queria que a última imagem que você tivesse de mim fosse manchada por todas as brigas que tivemos nas últimas semanas. Que bom que fizemos amor ontem à noite, e quero que saiba que foi maravilhoso. Sempre é maravilhoso. Fantástico, até.

– Mana, não usamos esses comunicadores há anos. Onde estavam?
– Não podia arriscar telefones celulares, Johnny. Tony Stark consegue saber de tudo através de satélites, hoje em dia. – Ela fez uma careta. – Mas acho que ninguém mais usa essa frequência.
– Você sempre foi o cérebro da família. Bem, da nossa família. – A estática aumentou, depois diminuiu. – ... próximo passo?
– Cadê você? Na casa da Marika ainda?
– Martika. Sim, isso é...
– Martika. Não, não me fale. Vamos nos encontrar daqui a meia hora... digamos, na frente do Blazer Club. Ninguém espera nos ver lá novamente.
– Na cena do crime. Gosto disso.
– Seja discreto. Mas nada de disfarces ridículos. Deixe o nariz postiço e os óculos em casa.
– Que pena, mana. As garotas adoram.
– Tenho que ir, Johnny. Até já. Eu te amo.
– Você é o máximo.

O comunicador ficou mudo.

Ela olhou de novo para o monitor da babá eletrônica. *Eu deveria ir ver as crianças*, pensou ela. *Uma última vez. Isso vai ser duro para eles.*

Mas ela sabia: *se fizesse isso, não iria embora.*

Pegou a réplica do foguete, ergueu-o na mão. Segurou-o sobre a mala, então se virou e o guardou, cuidadosamente, dentro da gaveta.

Eu vou voltar, pensou. *Espero.*

Então, ela fechou a mala e ficou invisível.

Espero não parecer uma covarde por partir assim. Espero que não me ache uma péssima esposa ou, pior ainda, uma péssima mãe.

Estou fazendo isso pelo melhor dos motivos. A cruzada de Tony Stark nasceu com a melhor das intenções, sei disso. Mas também sei, no fundo do meu coração, que ela não nos levará a nada bom.

Você é a pessoa mais inteligente que conheço, Reed. E eu espero, eu rezo, que a sua genialidade consiga resolver essa situação antes que um dos lados acabe massacrando o outro.

Eu te amo, amor. Mais do que tudo.

Conserte isso.

Susan.

19

—PETER, ESTOU DIZENDO, EU ESTOU BEM. Ninguém me ameaçou, ninguém... Peter, *onde estamos indo?*

Peter Parker olhou para o mapa no seu celular, depois se debruçou no banco da frente.

— Vire à direita — pediu ao motorista de táxi.

— Não que eu adore o fato de ter policiais na frente da minha casa o tempo todo — continuou tia May. — Mas eles têm sido muito gentis.

— Eles não são policiais, tia May. São agentes da S.H.I.E.L.D.

— De qualquer forma, Sr. Espertinho. Isso não explica por que tive de arrumar as minhas coisas e sair sem que eles vissem. — Ela olhou pela janela, fazendo uma careta de quem não estava gostando. — E o que estamos fazendo no *Brooklyn*?

O motorista se virou para eles.

— Neste quarteirão, senhor?

— Acho que sim. Vá mais devagar.

Como muitos outros bairros de Nova York, Fort Greene mudara muito na última década. A fileira de antigos prédios de tijolo tinha sido limpa e restaurada, mostrando todo o esplendor do século XIX.

— Peter...

— Só um minuto, tia May. Por favor — ele franziu a testa, olhou pela janela. — Deve ser a próxima no... pare.

O táxi freou.

— Aqui estamos — disse o motorista.

Tia May apertou o ombro de Peter, com medo. Ele virou sorrindo, e gentilmente tirou os dedos dela. Em seguida, abriu a porta e olhou à sua volta.

A maior parte do quarteirão tinha calçadas de concreto e grades de metal. Mas na frente de um prédio em particular, a calçada fora substituída por elegantes lajotas antigas. Plantas cresciam em todos os lugares: dentro da cerca, contornando a calçada, alinhando os degraus que levavam à entrada principal. Uma acerácea jovem florescia de um corte quadrado no concreto, a terra amontoada ainda em torno de sua base.

Ele franziu a testa, verificou de novo o endereço. Estava certo.

– Peter – Tia May esforçou-se para segurar a mala. – Eu não lhe ensinei a ajudar uma dama a carregar a sua mala?

Ele levantou a mala com facilidade, pagou o motorista do táxi e acompanhou tia May até os degraus – tudo isso um pouco atordoado. Seu coração estava palpitando. Aquilo não seria fácil, e a aparência da casa fez com que tivesse a impressão de que estava entrando em uma realidade alternativa.

Talvez ela não esteja em casa, pensou ele. Em seguida: *Não. Tem que estar.*

Ela atendeu à porta vestindo uma calça jeans com manchas de terra e grama, uma camisa amarrada em sua linda cintura. O cabelo ruivo estava despenteado, grudado na testa pelo suor. Segurava uma pá na mão.

Ela arregalou os olhos, chocada.

– Ah, meu Deus!

– Mary Jane – disse Peter.

Eles ficaram parados por um momento constrangedor, encarando um ao outro. Passou pela mente de Peter: *Será que ela vai me bater com a pá?*

Então, tia May o empurrou e passou à sua frente, os braços abertos.

– Querida! – exclamou ela. – Quanto tempo.

Ainda surpresa, Mary Jane estendeu os braços e abraçou a senhora. Mas seu olhar permaneceu em Peter.

– Que bom vê-la, tia May – disse MJ devagar. – Por que a senhora não se senta e toma um chá? Acho que eu e seu sobrinho precisamos conversar.

✵ ✵ ✵

O quintal de MJ era ainda mais impressionante do que a frente. Era amplo, coberto de verde: moitas, tomateiros, filas ordenadas de flores. Uma cocheira ficava atrás, com uma cobertura de vidro, que ela havia transformado em estufa.

Peter olhou em volta, impressionado.

– Este lugar é... bacana, MJ.

Ela se abaixou, fechando com pressa um buraco que estava cavando.

– E é em grande parte autossustentável, Tigre. As paredes são revestidas de brim reciclado, no telhado há painéis solares. O telhado do jardim ajuda a manter o lugar aquecido no inverno e previne que água tóxica escoe. Estou pensando em perfurar um poço geotérmico, mas precisa de um monte de permissões.

– Não me leve a mal, MJ. Mas não parece você falando.

– Um amigo ator fez algo parecido em Clinton Hill e me contou os detalhes. Mas acho que o que eu realmente precisava era de um projeto. Alguma coisa que fosse minha. Depois...

Ela gaguejou.

– Depois que eu deixei você no altar – terminou ele.

– Você quer dizer, que o Homem-Aranha deixou. – Ela deu um sorriso triste. – Acho que não preciso mais manter esse segredo.

– Eu teria me casado com você – afirmou ele, a voz fraca. – Quero dizer, aquele brutamontes me deixou inconsciente na hora em que nosso casamento estava *marcado*. Mas depois. Qualquer dia. A qualquer hora.

Depois do desastre do casamento, ela fugiu da cidade e se recusou a falar com ele por duas semanas. Ele tentou de tudo para consertar as coisas: flores, presentes, bilhetes escritos à mão, vídeos com desculpas cheias de lágrimas. Quando MJ finalmente concordou em conversar, ele supôs que ela finalmente o havia perdoado. Mas a resposta dela foi clara e definitiva: nunca se casaria com o Homem-Aranha.

E Peter percebeu que não podia abrir mão do Homem-Aranha.

Ela acenou para ele, o velho sorrisinho aparecendo em seu rosto. Cruzou o quintal até um longo banco feito de um único tronco e sentou ali, esticando suas longas pernas. A camisa subiu um pouco, revelando aquele abdômen incrível. Não era de se admirar que ela ainda fizesse trabalhos para a Vogue e para o canal VH1.

Ela está linda, pensou ele. Parece que está ficando *mais nova*!

– Então, Tigre. Não podia ligar antes? Ocupado demais aparecendo nas manchetes?

Ele sentou, um pouco desajeitado, na beirada do banco.

– No momento, não confio muito em telefones.

– Parece que está ficando paranoico. – Então, ela se inclinou para frente, ficando séria de repente. – Espere. Com toda essa publicidade... alguém ameaçou tia May? Foi por isso que a trouxe para cá?

– Não. Ainda não.

– Eu vi a história do Dr. Octopus no jornal. Tigre, você não pensou nessas coisas antes de revelar a sua identidade em rede nacional?

– Claro que pensei! Mesmo – ele deu as costas. – E alguém me prometeu que a protegeria sempre. Mas...

– Mas?

Mas não tenho mais certeza se confio nessa pessoa.

– Não somos mais crianças. Pare com esses joguinhos de adivinhação.

– Tony. Tony Stark.

– Tony Stark. – Ela colocou a mão nos lindos lábios. – O homem mais rico que conhecemos, o cara que agora basicamente está no controle de toda a atividade de super-heróis no país. Você acha que ele não consegue proteger a sua tia?

– Não é uma questão de *conseguir*. É só que... – Ele parou, começou a andar de um lado para o outro.

– Olhe aqueles gerânios – disse MJ. – Estão começando a florescer.

– Tem muita coisa estranha acontecendo, MJ. Você ficou sabendo do herói que morreu ontem? Bill Foster?

– Golias, certo? – Ela franziu a testa. – Apareceu no jornal, mas não deram muitos detalhes.

– Isso porque o Tony não quer contar pras pessoas o que aconteceu. Que Bill foi atingido por um raio lançado pelo clone defeituoso do Thor que o pessoal do Tony criou como parte da nova equipe de heróis.

MJ o encarou.

– Estou chocada! – exclamou ela.

– Ainda vejo a cena – continuou Peter. – Sangue jorrando pelas costas de Bill, o enorme corpo dele tombando como um carvalho. E isso não é tudo. É só o começo. Tony também construiu uma prisão para meta-humanos... uma fortaleza estranha e antisséptica controlada por robôs. Não fica nem na Terra, fica em uma dimensão esquisita chamada Zona Negativa.

Ele parou para tomar fôlego. Podia sentir que estava começando a desmoronar, a resistência caindo. Alguma coisa neste lugar, em ver MJ de novo. Nunca fora tão próximo de uma pessoa como fora dela, e agora que ela estava com ele de novo, achou que não conseguiria parar de falar.

– Supostamente devem existir... Tony quer cinquenta superequipes, uma para cada estado. No momento, tudo isso é confidencial, mas vi alguns dos nomes que ele está tentando recrutar. Não dá para preencher todas as equipes sem inscrever pessoas um tanto instáveis.

– Peter...

– E o Capitão América! Não existe homem melhor no mundo, e eu fiquei lá vendo o Tony acabar com ele. Não sou sensível MJ, você sabe disso, já vi muitas coisas. Mas isso está *errado*. Foi... ah, merda...

Ele enxugou uma lágrima e tentou sorrir.

– Pólen estúpido. Você tem plantas demais aqui, sabia?

E então, ela estava ali, bem na sua frente, os lindos olhos escuros encarando os seus. Desafiando-o, assim como fazia quando eram crianças. Ela cheirava a pele, terra e perfume de morango. Os lábios dela estavam levemente abertos.

Ele se moveu para beijá-la, motivado por uma necessidade intensa e inconsciente. Mas ela levantou a mão, empurrando-o.

– O que você vai fazer? – ela quis saber.

Peter baixou o olhar, constrangido.

– Tony é um homem bom. Ele fez muito por mim, por muita gente.

– Mas você acha que ele foi longe demais.

– Eu vou conversar com ele. Só nós dois, pensamos parecido. Ele disse isso.

– Você não parece muito certo.

– Não tenho mais certeza de nada. Bem, de uma coisa. Só de uma.

Ele a puxou para perto, abraçou-a como a uma irmã. Apoiou a cabeça no ombro dela.

– Você é a única pessoa – ele sentiu as lágrimas vindo de novo. – A única pessoa no mundo em quem realmente confio.

Ela não disse nada. Levantou as mãos ágeis e pousou sobre os ombros dele, abraçando-o forte.

– Preciso que você leve a minha tia daqui – disse ele. – Para que fique segura.

– Segura de quê?

– De... de nada, espero. Mas se as coisas não correrem do jeito que eu espero... se *ele* não vir...

– Droga. Droga, Peter! – MJ se afastou, foi andando até um vaso de girassóis. – Você espera que eu abra mão da minha vida e...

– Eu sei. Eu sei, mas é...

– ... e abandone a minha *casa*, que eu *finalmente* deixei do jeito que queria depois de *tudo* que...

Ela repousou a cabeça entre as mãos e começou a chorar.

Peter se levantou, sem saber o que fazer.

– Não posso deixar que ela seja ferida – sussurrou ele. – Não por causa do...

MJ virou-se duramente para ele, olhos molhados de lágrimas.

– Por causa do Homem-Aranha.

Ele assentiu.

– Está tudo bem aqui? – Tia May enfiou a cabeça pela porta dos fundos e fez uma careta. – Ah, entendo. Mais do velho drama. Bem, não liguem para mim. Ah, minha querida, Mary Jane. Que lindas flores você tem.

✺✺✺

Tia May esbravejou e protestou. Apontou o dedo na cara de Peter várias vezes, e, em um terrível momento, ele achou que ela explodiria em um ataque de raiva, do tipo que ela não se permitia desde a morte do Tio Ben. Mas no final ela assentiu, fechou a boca e permitiu que Mary Jane a levasse para o carro.

Afinal, como ela disse, confiava nele.

Peter ficou parado na calçada, observando o Mini Cooper de Mary Jane descer a rua. MJ mal lhe dirigira a palavra enquanto arrumava as malas. Mas sabia que ela também compreendia.

Ele soltou um longo suspiro, se jogando para trás na jovem acerácea. Fechou os olhos, inalou o pesado cheiro de natureza. Pensou nas duas mulheres que mais amava no mundo, apertadas, juntas em um carro minúsculo, indo para um destino desconhecido. *Não me diga pra onde vocês estão indo*, ele implorara para Mary Jane. É melhor assim.

Ficou se perguntando quando as veria de novo.

PARTE 4
OS DECISORES

PARTE 4

20

SERÁ QUE ESTAVA TUDO INDO POR ÁGUA ABAIXO? Tony Stark não sabia dizer. De alguma forma, a opinião pública se voltara contra o Registro depois do desastre na fábrica de produtos químicos; as últimas pesquisas mostravam que as opiniões estavam bem divididas. A deserção de Sue Richards também era um problema, e logo teria de lidar com ele.

E a comunidade internacional não estava feliz. Os líderes da União Europeia estavam fazendo um discurso após o outro contra a nova política, felizes por ter um assunto para desviar a atenção de suas economias em crise. Wakanda, a nação africana que fornecia para a Stark Enterprises o valioso elemento Vibranium, estava considerando cortar todas as relações diplomáticas com os Estados Unidos.

A nação submersa de Atlântida era outro problema em potencial, já que um dos membros mortos dos Novos Guerreiros era filha da família real. O Príncipe Namor, governante de Atlântida, certa vez encenou uma invasão em larga escala ao mundo da superfície. Nos últimos anos, não se teve muitas notícias de Namor, ou do enigmático povo de pele azul de Atlântida. Tony tinha esperanças de que o lendário gênio de Namor tivesse amansado com o tempo.

Os X-Men tinham praticamente se trancado atrás dos muros de sua escola. Maria Hill estava pronta para invadir o lugar com tropas de choque da S.H.I.E.L.D., prender e deter todo mundo que estivesse lá dentro. Tony a convencera a adiar a ação. O relacionamento dos X-Men com a comunidade dos super-heróis nunca fora muito tranquila; eles não se entregariam fácil no caso de uma invasão. O resultado seria um banho de sangue.

Mas Hill estava certa sobre uma coisa: cada herói que demorava a aderir aumentava o problema. Para o Registro dar certo, um número crítico de heróis precisava concordar. Do contrário, o processo inteiro daria errado. Em vez de mostrarem controle sobre o problema, Tony e a S.H.I.E.L.D. pareceriam impotentes, ineficazes – e *isso* abriria caminho para mais forças hostis e repressivas se intrometerem.

No lado positivo, os campos de treinamento estavam realmente se concretizando. Informações continuavam vindo de dentro da Resistência do Capitão América. O projeto Thunderbolt entrara na fase de teste alfa. Devagar e sempre, os heróis *estavam* se registrando. Esta manhã mesmo, o Doutor Samson e o Sentinela aderiram.

O Registro é a lei, lembrou-se Tony. *Com o tempo, todos vão entrar na linha.*

– Logo depois dessa colina, Happy. – Tony se enfiou mais embaixo do grande guarda-chuva de Happy Hogan, pisando com cuidado entre as poças de lama. A chuva caía com toda força, pintando o cemitério de cinza e marrom.

– Uau! – exclamou Happy.

O buraco tinha três metros de largura, nove de comprimento e, pelo menos, seis de profundidade. Seis grandes guindastes industriais trabalhavam ruidosamente, descendo lentamente o corpo enfaixado e acorrentado de Golias em direção ao solo.

As pessoas assistiam, pouco à vontade, em grupos de dois ou três. Miss Marvel e Viúva Negra estavam juntas; Carol parecia alta e elegante em um terno cinza, enquanto Natasha usava um sobretudo preto. Reed Richards vestia um paletó de veludo e gravata, mas seus braços estavam esticados de forma protetora em volta de Franklin e Valéria, seus dois filhos. Eles pareciam confusos e desconfortáveis em roupas formais.

– Reed trouxe as crianças? – indagou Happy.

– Ele não quis deixá-las com os robôs o dia todo. – Tony suspirou. – E não sobrou mais ninguém do Edifício Baxter.

Um casal negro mais velho se abraçava. A mulher fixou o olhar no de Tony por um momento. Ele desviou.

– Os pais de Bill – informou Tony.

— Deve estar sendo duro pra eles — comentou Happy. — Principalmente porque você não conseguiu encolher o corpo ao tamanho normal.

— Hank Pym está de licença. Mas eu liguei pra ele e ele me disse que não era possível. Alguma coisa sobre atividade cerebral elétrica e decomposição orgânica de tecidos.

— Quanto será que a família precisou desembolsar? Por trinta e oito jazigos?

— Nada. Arquei com as despesas. Era o mínimo que eu podia fazer.

Um guindaste tombou um pouco. O corpo de Golias escorregou, e um dos braços bateu na parede do buraco. Tony fez uma careta.

— Meu Deus, Happy. Isso tudo vale a pena? Eu tenho o... o direito de fazer isso?

Happy não disse nada. Ficou ali parado, segurando o guarda-chuva, protegendo Tony do dilúvio.

— Stark?

A voz de Maria Hill, em seu fone de ouvido acionado por Bluetooth, fez Tony dar um pulo. Ele se afastou do túmulo e clicou.

— O quê?

— Tem algumas pessoas que quero que você encontre.

— Droga, Maria! Estou enterrando Bill Foster.

Ele desligou antes que ela pudesse falar de novo. Essa mulher estava realmente se tornando um problema. Por ela, todos os super-heróis ficariam presos para sempre.

Tony olhou em volta.

— Onde será que está Peter Parker?

Reed se aproximou, trazendo as crianças junto dele. Parecia ter sido atropelado por um caminhão.

— Tony.

— Reed. Obrigado por vir. Oi, Franklin, Valéria.

Happy agachou e tentou bagunçar o cabelo de Franklin. O garoto se afastou, se escondendo atrás da perna do pai.

Reed segurava um pedaço de papel molhado, apertando-o e soltando dentro do punho fechado.

– O que é isso? – quis saber Tony.
– Nada – respondeu Reed, logo enfiando o papel no bolso. Mas Tony conseguiu ver a assinatura embaixo: *Susan*.
– Reed – Tony estendeu a mão e apertou o ombro dele. – Sei que está sendo difícil. Mas vamos superar. Estamos fazendo a coisa certa.
– Pai – chamou Val. – Meus sapatos estão ficando ensopados.
Reed deu um tapinha nas costas dela e se virou. As crianças seguiram-no.
– Hoje à noite, nos veremos no Edifício Baxter – disse Tony. – A S.H.I.E.L.D. tem mais um grupo de prisioneiros.
– Claro – concordou Reed. Ele soou velho, derrotado.
Fazendo um ruído chato e mecânico, os guindastes soltaram seu fardo. O enorme corpo de Golias foi deixado para descansar no profundo túmulo enlameado.
Um alto-falante começou a tocar, e a música "Hey, Hey, I Saved the World Today", da dupla Eurythmics, encheu o ambiente. Soou triste, como um canto fúnebre. Uma lembrança de infância surgiu na cabeça de Tony: um videoclipe de Annie Lennox, com um terno masculino amarrotado, as mãos acenando e conjurando sobre um globo da Terra. Ela parecia uma máquina, poderosa e sensual, brincando com o mundo como se fosse seu brinquedo particular.
– Tony?
Tony levantou o olhar. Os guindastes tinham se afastado. Pás úmidas rangiam e gemiam, jogando terra molhada para dentro do túmulo. As pessoas se afastavam, lentamente indo embora.
Miss Marvel e Viúva Negra se aproximaram. Natasha tinha um brilho estranho no olhar.
– Está todo mundo feliz agora – disse ela –, o vilão se foi pra sempre.
– O que você quer dizer com isso? – indagou Tony.
Ela fez um gesto com a mão e lançou seu olhar "americano estúpido".
– A música – disse ela.
– Sr. Stark?

Tony se virou. Miriam Sharpe, a mulher de Stamford, estava ali parada embaixo de um pequeno guarda-chuva. Happy ficou tenso ao vê-la, mas Tony levantou a mão.

– Sra. Sharpe, me desculpe por não ter tido tempo para...

– Não, não se preocupe com isso. Eu só vim porque sei que vocês perderam muito apoio na comunidade de super-heróis depois... – Ela apontou para o túmulo.

Tony franziu a testa. Atrás dele, Miss Marvel e Viúva Negra escutavam também.

– Vim dar a minha opinião – continuou Sharpe. – Golias sabia o que estava fazendo, e o que ele estava fazendo era infringindo uma lei feita para salvar vidas. Se ele tivesse se registrado, ainda estaria vivo.

– Ela sorriu para Tony, uma lágrima começando a se formar em seu olho. – A culpa não é sua. Assim como não podemos culpar um policial por atirar em um criminoso que aponta uma arma para ele.

– Sra. Sharpe...

– Shh. Eu também queria lhe dar isso – ela procurou na bolsa. – Era o brinquedo preferido do meu filho Damien desde que ele tinha três anos.

Ele pegou o brinquedo e fitou-o através da chuva. Um boneco do Homem de Ferro de quinze centímetros, as juntas duras, a pintura vermelha e dourada gasta pelo tempo. Ele rodou o boneco entre os dedos. Empurrou o braço: ele girou no ar.

Ainda funciona.

Tony levantou o olhar, totalmente sem palavras.

– Só pra lembrar-lhe por que está fazendo isso – disse ela.

Ele tocou o ombro dela, um agradecimento sem palavras. Então, ele se virou, ainda segurando o boneco. Era bom tê-lo nas mãos.

Tony colocou um dedo em seu fone de ouvido.

– Maria. Fale comigo.

Uma breve pausa.

– Já estava na hora, Stark. Encontre-me na entrada oeste. Mas se prepare... seu pequeno funeral agitou alguns nativos.

A noite estava começando a cair quando Tony abaixou a cabeça e atravessou o portão do cemitério, passando por duas filas de manifestantes. Da sua direita, ecoou um coro de vaias e gritos, pontuadas por xingamentos: "Fascista" e "Mata-capa!". Da sua esquerda, soavam saudações mais baixas. "Continue brigando pela nossa segurança!", gritou alguém.

Tony analisou os dois grupos. Ambos os lados eram uma mistura de universitários vestindo capas de chuva, trabalhadores comuns e algumas mulheres de luto que ele reconheceu de Stamford. *Se alguém escolhesse uma pessoa aleatória do protesto*, percebeu Tony, *eu não identificaria de que lado estava. Um lado me odeia porque sou um super-herói. O outro lado me saúda porque sou uma autoridade.*

Soldados de cavalaria tinham erguido barreiras para afastar os dois grupos. Mas os policiais pareciam nervosos. Tony parou para perguntar a um soldado:

– Vocês têm homens suficientes aqui?

– A Guarda Nacional está a caminho. – O soldado fez uma careta. – Conseguimos segurar as pontas até eles chegarem.

– Stark – a voz de Maria Hill soou no ouvido de Tony novamente.

O Centro de Comando Móvel da S.H.I.E.L.D. estava parado na rua, sobressaindo-se à primeira fila do trânsito. Uma linha de guardas o cercava, abrindo-se rapidamente quando Tony e Happy se aproximaram.

Dentro da Sala de Guerra, dois recém-chegados aguardavam. Gavião Arqueiro estava parado com a cara feia, com seu traje roxo completo, o arco em cima de uma mesa próxima. Com ele, estava uma loura alta vestida de vermelho e preto, usando uma máscara que cobria os olhos. Tony franziu a testa, por um momento não a reconheceu.

– Estatura – esclareceu Maria Hill. – Ex-integrante dos Jovens Vingadores.

– Claro. – Tony estendeu a mão. – E Gavião Arqueiro. Bom tê-lo de volta, Clint. Sei que não deve ter sido uma decisão fácil.

Gavião Arqueiro coçou o pescoço.

– A mais difícil que já tomei, Tony.

– Eu sei. A cabeça sabe o que é certo fazer, mas o coração insiste em querer que as coisas continuem do jeito que sempre foram.

– É, mas... estamos vivendo em um mundo diferente agora. Acho que Golias precisou morrer pra eu perceber isso.

Tony analisou o arqueiro por um minuto, depois se virou para encarar Estatura.

– E você... Cassie, certo? Está dando um passo muito importante.

– Sei disso. – Ela olhou-o diretamente nos olhos. – Meus colegas de equipe não entendem.

– Mas você entende.

– O povo quer que a gente seja bem treinado, senhor. Não estamos mais na década de 1940.

– Isso é verdade – concordou Happy.

– Só quero fazer meu trabalho, usar minhas habilidades da melhor forma possível.

Tony assentiu, devagar. Isso era uma boa notícia; mais dois recrutas. Ainda assim, estava com uma pulga atrás da orelha. Tinha alguma coisa errada ali.

Hill deu um passo à frente.

– Temos muita coisa para resolver, Stark. Começando com o Projeto Thunder...

Tony levantou a mão e fez um movimento para contê-la. Hill acompanhou o olhar dele até o Gavião Arqueiro, depois assentiu.

Gavião sorriu.

– Não confia em mim, Tony?

– Pra ser sincero, Gavião. Tem partes desta operação que eu não conto nem pra *mim mesmo*.

Os olhos de Estatura acompanhavam os dois, como num jogo de pingue-pongue.

Hill apontou para dois agentes.

– Stathis, Roeberg. Levem os dois recrutas de volta para a cidade na limusine. Aproveitem e coloquem-nos a par de todos os procedimentos.

– Entendido.

Gavião Arqueiro pendurou o arco no ombro e seguiu o agente até a porta. Ele parou e lançou um último olhar para Tony.

Será que ele está puto comigo? Tony se perguntou. *Ou está tentando me enganar e imaginando se eu percebi?*

Hill se aproximou dele.

— Você acha que o Capitão está tentando infiltrar um espião na sua operação?

— Nós temos um do lado dele, não temos? E Gavião Arqueiro deve muito ao Capitão América. — Tony franziu a testa de repente. — Alguma notícia do Homem-Aranha hoje?

Hill olhou para o agente da S.H.I.E.L.D. que restava.

— Ellis, faça um Protocolo de Busca de Herói. Assunto: Peter Parker.

As mãos do agente voaram em cima dos controles. Um número surpreendente de imagens de câmeras de vigilância piscou nas telas, terminando em uma montagem colorida do super-herói. A tela parou em uma imagem aérea do Homem-Aranha, com seu traje vermelho e dourado, lançando suas teias nos prédios do centro da cidade.

— Última vez que foi visto, ontem às 18:34. Do lado de fora do Edifício Baxter.

— 18:34. Foi logo depois que eu o vi. — Tony franziu a testa. — Nada depois disso?

— Não com o traje, senhor. As sub-rotinas com identidade civil ainda não estão funcionando.

Tony virou-se para Happy.

— Hap, você está com o meu traje, certo?

Happy ergueu a pasta de Tony.

— Bom. Maria, espero que não se importe de eu me trocar na sua frente.

— Já vi isso antes.

O Agente Ellis levantou a cabeça, surpreso.

— Volte ao trabalho, rapaz — ordenou Hill.

— O que houve, Sr. Stark?

— Acho que tenho um problemão, Hap. — Tony abriu a pasta, fitou o traje do Homem de Ferro. — E está na hora de eu cuidar disso.

21

— ENTENDI. OK, OBRIGADA. Esteja lá em meia hora.

Sue Richards colocou o fone no gancho do orelhão e virou para o irmão. Johnny estava usando calça jeans e jaqueta. Um enorme curativo saía de baixo do seu boné de beisebol, mas ele parecia muito mais saudável do que da última vez que ela o vira.

– Falcão me deu o endereço – disse ela. – Fica no Harlem.

Chamas começaram a sair da cabeça e dos ombros de Johnny.

– Podemos ir voando...

– Apague isso! A S.H.I.E.L.D. tem olhos em todos os lugares. – Ela olhou em volta, subitamente paranoica. – Vamos andando.

– Sim, irmã mais velha. Pelo menos a chuva parou.

Sue começou a subir a 11ª Avenida. Ela e Johnny tinham ido diretamente para o antigo quartel-general da Resistência, só para encontrá-lo fechado e abandonado. Por um momento terrível, Sue pensou: *Será que Tony prendeu todos eles?* Mas, não... eles tinham apenas se realocado.

Caminharam em silêncio por um momento, passando por postos de gasolina, boates e lojas de autopeças fechadas. Ali, no extremo oeste da cidade, coisas novas se misturavam com as antigas. Um restaurante da moda podia abrir ao lado de um armazém velho, e fechar novamente numa noite, sem deixar rastros.

– Como está o Reed? – perguntou Johnny.

Sue hesitou.

– Sabe aquela coisa que ele faz quando está totalmente envolvido em um projeto?

– Não faço a menor ideia do que você está falando.

Ela riu.

– Ele está dez vezes pior. Ele e Tony Stark estão... eles parecem crianças em uma loja de doces. Não, mais que isso, duas crianças construindo sua própria loja de doces gigante. Com todos os tipos de doces do mundo sob o controle absoluto deles.

– Ainda estamos falando de doces? Porque tá me deixando com fome.

Ela parou sob um poste, virou-se para fitar Johnny. Desde que tinha quinze anos, Sue cuidava dele. Agora, ele era um jovem e bonito adulto, vivendo sua própria vida. Ainda assim...

– Johnny, eu preciso fazer isso. Eu fiz a minha escolha quando ajudei a Resistência a fugir dos capangas de Tony. Mas...

– Não, mana.

– ... mas você não precisa. Você ainda pode voltar. – Ela esfregou as duas mãos nos ombros largos dele. – Vá se entregar.

Johnny apontou para uma grande fábrica. Ela o seguiu para dentro da alcova escura ao lado do portão. Quando não podiam ser vistos da rua, ele estendeu um dedo em chamas e traçou a letra "A" no ar, deixando um rastro da imagem na frente dos olhos de Sue.

– A – começou ele –. Até agora, o registro só me rendeu um rasgo na cabeça. B, Tony Stark é um rico babaca.

Sue riu.

– Bem, continue. O que é o C?

– C? – devagar, ele traçou a letra com chamas no ar. – C é que eu e minha irmã sempre enfrentamos as situações difíceis juntos, e eu nunca a abandonaria. Nunca.

Ela sentiu as lágrimas encherem seus olhos. E o abraçou forte.

Então, eles escutaram um grito.

– Você...

– Escutei – respondeu ele. – Dentro do prédio.

Ele acendeu a mão com fogo e iluminou a parede como uma lanterna. As janelas estavam lacradas, os tijolos lascados pelo tempo e pela negligência. Mas a porta...

Johnny empurrou a porta de leve. Ela rangeu e abriu para dentro. Um cadeado com corrente estava jogado no chão.

Então, eles escutaram de novo. Um distante pedido de ajuda.

– Apague a sua luz – sussurrou Sue. Então, ela estendeu a mão, deixando ambos invisíveis. Passou por ele e entrou, mantendo a mão levantada para gerar um campo de força protetor na frente deles.

Atravessaram então um corredor escuro e empoeirado. Não havia nenhuma luz acesa, nem mesmo de emergência. Mais duas vezes, porém, eles escutaram os gritos fracos: "Socorro!" e o "O que você está *fazendo*?".

O corredor se abria para uma doca de carga abandonada. Tetos altos, cheiro de pólvora e jornal velho. Uma única luz brilhava de uma lanterna elétrica portátil, colocada bem no centro do lugar.

Numa grande viga que subia do chão até o teto, um homem tinha sido amarrado com cordas grossas. A lanterna iluminava-o de baixo, projetando sombras gigantes no teto. Ele lutava em pânico e gritava:

– O que você *quer*?

A pasta do homem estava aberta no chão, papéis espalhados formando um leque. Havia também um tablet, com a tela rachada.

A alguns metros dele, o carrasco estava agachado, limpando uma faca. Braços musculosos, pernas grossas, cenho sério. Um desenho de caveira na blusa.

– Aquele é o Justiceiro – sussurrou Johnny.

– Eu sei – respondeu Sue.

– *Ele* é registrado?

– Eu duvido muito.

Justiceiro levantou a cabeça. Por um momento, fitou diretamente a porta. Sue estremeceu; os olhos frios dele pareceram pousar nela.

Ainda mais baixo, Johnny disse:

– Ainda estamos invisíveis, certo?

Sue assentiu bruscamente, e colocou um dedo sobre os lábios.

Justiceiro franziu a testa, passou os olhos por todo o lugar. Então, voltou para o seu trabalho, tirou uma pedra de amolar de dentro da bolsa.

Sue acenou para que Johnny andasse, e eles se moveram silenciosamente pelo local. Justiceiro era um vigilante, um assassino conhecido por constantemente eliminar chefes da máfia. Depois que sua família foi assassinada em um ataque de mafiosos, ele jurou vingança contra todo o crime organizado.

O homem preso à viga estava chorando. Lutando para se soltar.

Sue analisou-o: usava camisa de botão branca, calças impecáveis e gravata frouxa. Os sapatos, que balançavam, pareciam engraxados e caros.

Esse cara não era um chefe da máfia, nem mesmo um que se tornara legal. Ele era um executivo.

Justiceiro levantou a faca, analisou a lâmina iluminada pela luz da lanterna. Sem encarar a vítima, ele disse:

– Wilton Bainbridge Junior. Conhecido como "Wilt", não é isso?

– I-isso.

– Wilt – Justiceiro se virou para ele, levantou a lâmina. – Precisamos ter uma conversa.

– Uma conversa? Oh. S-sim. Eu... eu não vou a lugar nenhum.

Justiceiro sorriu, um sorriso indiferente.

– Você é banqueiro, certo, Wilt?

– S-sim.

– E você participa de vários conselhos administrativos também.

– Creio que sim.

– Como o da Roxxon International.

O homem assentiu. Ainda estava frenético, mas agora parecia curioso também. Esperando uma brecha.

– A Roxxon está desenvolvendo muitas tecnologias para o governo atualmente – continuou Justiceiro. – Claro, não tanto quanto a Stark. Mas existem muitos contratos rolando. E alguns deles envolvem tecnologias que poderiam interferir no meu trabalho.

– No seu trabalho?

– Isso mesmo. – Justiceiro colocou a faca a poucos centímetros do homem que se contorcia, passando-a no ar do estômago até a virilha dele. – Então, eu preciso que você me conte tudo que sabe sobre o protocolo Busca-Capa.

– O Busca-Capa... ah, sim. Claro! – Wilt fitou a faca. – Isso é fácil. É um software de reconhecimento padrão, usado para fazer a verificação cruzada de milhares de fontes com objetivo de localizar qualquer super-herói, ou, ou, ou vilão, no mundo. Não é realmente novo, é uma adaptação do software do Departamento de Segurança Nacional, usado em aeroportos. A única diferença é que também detecta poderes meta-humanos. Você sabe, tipo, tipo, raios congelantes ou radiação gama.

– Poderes meta-humanos. – Justiceiro virou de costas, assentindo. – Obrigado, Wilt.

– Isso é estranho – sussurrou Johnny. – Justiceiro não sequestra civis. Nunca fiquei sabendo que ele tentou extorquir informações deles.

Sue assentiu, e fez um sinal para que ele ficasse quieto.

– E o Projeto Thunderbolt? – perguntou Justiceiro.

– O... o quê?

– Primeiro, eu achei que fosse um nome codificado para aquele monstro do deus do trovão que perdeu o controle ontem. Mas as minhas fontes me disseram que é algo diferente, algo muito perigoso. O que é o Projeto Thunderbolt, Wilt?

– Eu, eu não sei.

Justiceiro se virou com olhos assassinos em sua direção. Levantou a faca e espetou o próprio dedo. Ele nem piscou quando o sangue começou a sair do pequeno corte.

– Eu não sei! – Wilt se agitou, se debatendo contra as amarras. – Já escutei o nome, mas nós não temos nada a ver com isso. É ultrassecreto, desenvolvido pela S.H.I.E.L.D. apenas em parceria com a Stark Enterprises.

– Você não sabe de nada?

– Não! Eu juro!

Justiceiro voltou para sua bolsa. Procurou lá dentro e tirou um rifle de alta potência.

– Acho, então, que você não serve mais pra nada, Wilt.

Johnny apertou o ombro de Sue com mais força.

Mas Wilt balançou a cabeça, juntando toda a sua coragem.

– Então, você vai me matar?

Justiceiro não respondeu. Abriu uma caixa de munição e esvaziou-a em sua mão.

– Eu acho que você não vai me matar – Sue percebeu que Wilt estava suando, mas ele parecia mais confiante agora. – Eu conheço você, conheço a sua reputação. Você não mata pessoas comuns a sangue frio. Você mata *criminosos*, ponto final.

Meticulosamente, Justiceiro carregou o rifle com a munição.

– Isso mesmo. Eu mato criminosos. Permita-me deixar as coisas claras aqui, Wilt – Justiceiro virou-se para ele. – Oito anos atrás, enquanto trabalhava na Terriman Gaston and Associates, você vendia hipotecas para o Chase, para o Bank of America e vários outros grandes bancos nacionais.

– Isso. E daí?

– Em centenas de casos, você vendeu a *mesma* hipoteca pra três ou mais bancos. Muito, muito lucrativo.

– Você vai me matar por *isso*? – Wilt encarou-o, incrédulo. – Todo mundo estava fazendo a mesma coisa.

– Entre as hipotecas que você vendeu pra três bancos diferentes, havia a de um conjunto de casas de um condomínio em Hialeah, na Flórida. Perto de Miami. Lembra?

Wilt balançou a cabeça. O medo estava de volta aos seus olhos.

Justiceiro fitou todo o rifle, franziu a testa. Pegou um pano e começou a limpar o cano da arma.

– Dois bancos diferentes executaram a hipoteca daquelas casas. Os moradores eram imigrantes de Cuba, de primeira ou segunda geração, que vieram para começar uma nova vida. De repente, homens brancos vestindo ternos bateram em suas portas, tomando posse das casas que adquiriram legalmente, com apoio policial. Os cubanos não puderam discutir. Desesperados, sem teto e morrendo de fome, esses imigrantes se juntaram e começaram a vender heroína. No começo, enfrentaram uma competição acirrada, mas logo aprenderam a ser cruéis e estabeleceram uma base na área de Miami – Justiceiro virou-se de novo para seu prisioneiro. – Você sabe o que estava fazendo na época, Wilt?"

– Eu... eu não me lembro.

– Vou refrescar a sua memória. Você gastou boa parte de seus lucros recém-adquiridos numa coisa chamada Cruzeiro Afrodite, uma orgia em alto-mar em que prostitutas de classe prestavam serviços a executivos ricos tendo como cenário a arquitetura decadente da Grécia. Divertido pra quem pode, não é? Enquanto isso... enquanto você cheirava cocaína diretamente da barriga de uma *stripper* chamada Mnemosyne, nossos amigos cubanos começaram a vender constantemente para um cliente chamado Enrique. Esse hábito de Enrique o tornava instável e pouco confiável, o que fez com que perdesse o emprego. Quando o dinheiro dele acabou, os cubanos cortaram o fornecimento de heroína. Então, Enrique decidiu assaltar uma loja do Taco Bell. O gerente bancou o herói e abateu Enrique com uma calibre .30-06. Mas não antes de ele atirar em três clientes. Um desses clientes era um empreiteiro afro-americano chamado James Victor Johnson.

Wilt o fitava, incrédulo.

– Do que você está falando?

– James Victor Johnson morreu três horas depois do assalto. A irmã dele me procurou. Contou a história toda – Justiceiro fez uma pausa. – Bem, mais ou menos. Precisei pesquisar um pouco para chegar até você.

– E... foi *por isso* que você me pegou?

– Isso mesmo.

– E aquele outro papo todo? Sobre a S.H.I.E.L.D. e a tecnologia para localizar super-heróis?

Justiceiro deu de ombros.

– Você é uma fonte, Wilt.

– E você é louco. Você é *totalmente louco!* – Wilt se debatia ferozmente, puxando com força as cordas. – Você me culpa pela morte desse cara? Não foi culpa minha.

Justiceiro armou o rifle, fazendo ecoar um estalo no lugar vazio.

– Oh, não – sussurrou Sue.

– Você não está atrás de mim. – Wilt tremia. – Você devia ir atrás de quem atirou no cara. Ou dos traficantes. Dos bandidos subversivos que fazem esse tipo de coisa!

– Oh, eu vou – Justiceiro apontou o rifle para sua vítima e mirou. – Mas eu gosto de começar por cima.

Sue sentiu uma onda de calor. Um boné de beisebol queimado caiu em cima dela, pequenas chamas ainda dançando sobre sua superfície. Ela hesitou, jogou-o no chão e olhou para cima... e viu Johnny Storm, o Tocha Humana, se lançando no ar na direção do Justiceiro. Fogo ardia de cada centímetro do corpo de Johnny; destruíra sua roupa, incinerando-a em um único e repentino ataque de raiva.

Justiceiro olhou para cima. Mas não a tempo.

Uma bola de fogo saiu das mãos de Johnny, atingindo o rifle dele. Justiceiro xingou, sacudindo a mão dolorida, e a arma caiu no chão.

Johnny deu a volta e pousou entre Justiceiro e sua vítima. Deixou seu fogo se apagar, revelando seu uniforme do Quarteto Fantástico.

Justiceiro se agachou e fitou Johnny com desdém.

– Tocha Humana. Estou vendo que está trabalhando pro Stark agora.

Johnny franziu a testa.

– O quê?

– Você não vai me prender.

– Não estou aqui pra... Estou *aqui* pra não deixar que você mate pessoas!

– Ele é louco – gritou Wilt. – Você tem que prendê-lo!

– Johnny! – chamou Sue. – Não baixe sua guarda...

Mas o aviso chegou tarde demais. Justiceiro enfiou a mão na bota, puxou uma segunda faca e atirou-a em Johnny a queima-roupa. A faca atingiu seu rosto, arrancando sangue. Johnny gritou e caiu para trás, instintivamente em chamas.

Então, com uma rapidez incrível, a bota do Justiceiro estava em seu pescoço, prendendo-o ao chão. Chamas levantavam do corpo de Johnny que se debatia, atingindo a roupa do Justiceiro sem causar nenhum dano.

– Kevlar à prova de fogo – murmurou o vigilante. – Apague o fogo, garoto. *Agora*.

Johnny soltou um ruído abafado. As chamas se apagaram.

Sue fez uma careta. Ainda sem ser vista, ela começou a rastejar para frente.

– Sua irmã invisível também está aqui, não está? – Justiceiro olhou à sua volta. – Trabalhando pra S.H.I.E.L.D.? Eles estão longe daqui?

Um estrondo enorme soou. Sue olhou para cima e viu fragmentos enormes do teto caindo na direção deles. Poeira, barulho e luzes bem acima de sua cabeça. Instintivamente, ela ativou seu campo de força. Wilt, amarrado mais alto do que os outros, gritou. Um enorme pedaço de granito atingiu o topo da viga de suporte em que ele estava amarrado, soltando-a do teto. Wilt caiu, berrando, ainda amarrado à viga, indo na direção de Johnny e do Justiceiro.

Sue estendeu o braço, aumentando seu campo de força para proteger o irmão. Wilt quicou de leve no campo, se contorcendo para soltar as amarras, e então, caiu no chão. Sue desativou o campo por uma fração de segundo para permitir que ele entrasse, depois o ativou novamente sobre todos os quatro.

Madeira e gesso caíam ao redor, formando uma nuvem no ar. Justiceiro não se moveu nem um centímetro, ainda estava de pé com a bota no pescoço de Johnny. Devagar, ele se virou para Sue, e ela se deu conta de que, na confusão, tornou-se visível.

Justiceiro mostrou os dentes.

Wilt se livrou das amarras e começou a rodar pelo interior do campo de força, tentando sair, mas ricocheteou em suas paredes e gritou de dor.

Em seguida, os raios de um enorme holofote atravessaram o buraco no teto. Sue recuou.

– RESULTADOS DE BUSCA DE CAPAS: FRANCIS CASTLE, O JUSTICEIRO – a voz era ensurdecedora. – JONATHAN STORM, O TOCHA HUMANA.

Bem em cima, quatro helicópteros da S.H.I.E.L.D. pairavam e zuniam no ar empoeirado.

– SUSAN RICHARDS, A MULHER INVISÍVEL.

Justiceiro se inclinou para frente para falar com Johnny, que ainda estava se contorcendo no chão.

– Vocês *não* estão com eles? – ele indagou.

– Não!

– AQUI É A EQUIPE QUATRO DA S.H.I.E.L.D. RENDAM-SE, E PREPAREM-SE PARA SEREM PRESOS.

Justiceiro virou-se para Sue.

– Inimigo do inimigo?
– O quê? – questionou ela.
– Trégua temporária.
– *Isso!* – gritou Johnny.

Justiceiro tirou o pé do pescoço de Johnny, que tossiu, com a mão na garganta. Justiceiro estendeu a mão para ele e ajudou-o a ficar de pé.

– AVISO FINAL. LARGUEM TODAS AS ARMAS, NÃO USEM SEUS PODERES NÃO AUTORIZADOS.

Sue correu até Johnny, certificando-se de que o campo de força permanecesse intacto. Wilt se encolheu no canto da barreira de energia invisível, que tinha a forma de domo.

Justiceiro acenou com o rifle para mostrar os helicópteros que sobrevoavam o teto derrubado.

– Eles não vão embora – afirmou.

Sue assentiu, séria. Tirou suas roupas comuns, revelando seu uniforme do Quarteto Fantástico. Então, de uma só vez, ela abaixou seu campo de força.

– Tire-nos daqui – ordenou ela.

Johnny assentiu e queimou em chamas. Pegou-a por baixo dos braços, em seu uniforme à prova de fogo, e decolou para o céu.

Um som estridente fez Sue olhar para baixo. Wilt estava correndo para a porta, para longe do Justiceiro – que estava se protegendo, atirando com dois rifles automáticos ao mesmo tempo. Nas paredes, não nos helicópteros; aleatoriamente, levantando poeira para encobrir sua fuga.

Ele deve ter uma bolsa de armas e tanto, pensou ela.

– META-HUMANOS TENTANDO FUGIR. FIREFOX-DEZ E DOZE, MOVAM-SE PARA INTERCEPTAR.

Sue e Johnny subiram cortando o ar, indo diretamente para um dos helicópteros. Uma violenta barreira antiaeronaves se abriu na sua lateral, girando e apontando para eles.

– Johnny! – gritou ela.
– Segure firme, mana.

Ele ziguezagueou pelo ar, passando pela abertura no teto e assumindo uma posição quase horizontal, voando por baixo do helicóptero principal e passando pelos outros dois. Balas foram disparadas na direção deles, enchendo o ar; Sue levantou os pés, desviando. Ela se esforçava para manter o campo de força, mas era quase impossível se concentrar nessas circunstâncias.

Então, Johnny fez uma volta de 180 graus a uma velocidade estonteante, indo em direção ao fogo inimigo. Ele estendeu a mão, derretendo as balas no ar.

Sue mal podia olhar.

Johnny virou, ainda segurando-a e levantou voo. Os helicópteros se agitaram atrás, virando e subindo para segui-los.

– TODAS AS UNIDADES CONTINUEM A PERSEGUIÇÃO. META-HUMANOS SEGUINDO PARA O CENTRO DA CIDADE, EM DIREÇÃO ÀS EQUIPES NOVE E ONZE.

Sue olhou para frente. Viu os arranha-céus de Nova York, o tapete verde do Central Park, avistou um segundo grupo de helicópteros se aproximando.

Somos como patinhos no lago aqui, pensou ela. *Como um cometa, cortando a noite...*

– Sue – falou Johnny. – Deixe a gente invisível. *Agora*.

Ela assentiu, fechou os olhos apertando-os. *Confie nele*, pensou. *Confie no seu irmão*. Devagar, seu poder de invisibilidade foi acionado. As chamas de Johnny deixaram de ser vistas. Ela fez um sinal para ele para indicar que estavam invisíveis, e ele começou a descer em direção à rua abaixo.

– EQUIPE NOVE, AQUI É A EQUIPE QUATRO. PERDEMOS CONTATO VISUAL COM OS META-HUMANOS. VOCÊS AINDA CONSEGUEM VÊ-LOS?

– NEGATIVO, EQUIPE QUATRO.

– ATIVAR SENSORES DE PODER...

As vozes amplificadas foram sumindo conforme a rua chegava ao encontro deles. Gradualmente, Johnny apagou suas chamas, e eles aterrissaram suavemente em uma esquina tranquila do Central Park. Ele respirou fundo, tossiu e encostou-se a um poste, inspirando.

Duas pessoas passaram fazendo exercício, indiferentes à dupla invisível. Uma delas levantou a cabeça ao escutar a respiração pesada, deu de ombros e continuou.

Sue examinou o corte no rosto de Johnny e o hematoma na garganta.

– Você está bem?

– Tô sim.

– O ferimento na sua cabeça está sangrando de novo. Um médico tem que examinar isso.

– Ótimo.

Ela olhou para o céu. Os helicópteros estavam mudando de direção, seguindo para o sul. Eles tinham conseguido – enganaram a S.H.I.E.L.D., pelo menos por enquanto.

– Melhor a gente não... usar os poderes de novo – Johnny disse – Acho que foi assim que rastrearam a gente.

– Vamos. – Sue pegou o irmão pelo braço, acompanhando-o pelo parque arborizado e pouco iluminado. Quando estavam fora de visão, ela desativou a barreira de invisibilidade. – Vamos pra Resistência. Eles vão te ajudar.

– Maldito Justiceiro. – Johnny tossiu de novo. – Será que conseguiram pegá-lo?

– Duvido. Mas isso não é problema nosso.

Eles desceram um caminho pavimentado, os sons do trânsito diminuindo conforme se distanciavam. O parque estava tranquilo; apenas algumas poucas pessoas conversando baixinho e rindo.

– Não foi uma noite tão ruim – comentou Sue. – Evitamos que um homem fosse morto.

– Talvez ele merecesse.

– Talvez. – Ela sorriu para ele, e respirou fundo o ar noturno. – Mas isso não cabe a nós decidir, não é mesmo?

22

TONY, PRECISO QUE VOCÊ ENTENDA. *Não sei se eu consigo...*
Homem-Aranha balançou a cabeça. *Não. Não é forte o suficiente.*
Ele estava sentado como um louva-a-deus na oficina de Tony Stark, na ponta da bancada do computador principal. Na sua frente uma série de telas piscava, com um fluxo constante de informações, incluindo atualizações da S.H.I.E.L.D., relatórios de super-humanos, projeções populacionais e status de raças alienígenas conhecidas. No chão, estavam espalhados projetos inacabados de Tony: minirreatores, motores, suprimentos de combustível, algo que parecia um carro voador e protótipos da armadura do Homem de Ferro de todas as cores e formas possíveis – luvas, botas, até uma unidade para a parte inferior do corpo com rodas de tanque.

Sei que está atolado, Tony. Aliás, você está sempre atolado. Talvez isso seja parte do...

Os computadores já estavam ligados quando Homem-Aranha chegou; na pressa, Tony nem ativara a senha para bloqueá-los. Aranha esticou um tentáculo metálico e clicou em um ícone na tela.

Em cima dele, no ar, uma imagem holográfica tremeu e ganhou vida. Tony, com uma das primeiras armaduras do Homem de Ferro, amarela, maciça e pesada, parado numa rua da cidade. Um Hank Pym de três metros de altura movia-se desajeitadamente juntando-se a ele. *Hank foi o primeiro Golias*, lembrou Aranha. *Ou ele era o Homem-Gigante?*

Um flash vermelho e preto e Vespa – Janet Van Dyne, futura esposa de Hank – apareceu na cena, com não mais que trinta centímetros de altura, seus fones de ouvido apontados para cima como um ferrão. E então: Thor. Ele caiu das nuvens, o martelo girando, um sorriso que dizia: *Que coisa fantástica estar aqui hoje, junto com os mortais. É que está tudo acontecendo rápido demais. Tony, será que você pode me escutar só...*

Homem-Aranha fitou o holograma. Esses foram os primeiros Vingadores, recém-formados; o Capitão América nem havia sido encontrado ainda, flutuando em uma animação suspensa. Os Vingadores no holograma se espalharam, virando-se para encarar o inimigo que apareceu do nada. Um homem com traje roxo, com cabelo em forma do chifre do diabo e um olhar assassino.

Homem-Aranha franziu a testa, clicou no monitor para pausar e voltar. Clicou duas vezes em cima do homem de roxo e apareceu uma etiqueta: FANTASMA DO ESPAÇO.

O Fantasma do Espaço.

As coisas eram tão mais simples, não?

O arquivo que ele acessou parecia ser um registro cronológico dos casos dos Vingadores. Ao lado, na tela, um segundo ícone dizia: P PARKER. Ele esticou um dedo e clicou.

A cena dos Vingadores desapareceu, sendo substituída por uma imagem da última coletiva de imprensa. Homem-Aranha observou enquanto sua própria imagem tirava a máscara, piscando por causa das centenas de flashes. O holograma de Tony colocava um braço protetor sobre os ombros do holograma de Peter, e assentia carinhosamente para ele.

Aranha voltou o arquivo. E, de repente, viu que estava assistindo a um registro de sua própria carreira, em ordem inversa. Sua chegada ao desastre em Stamford, usando seu novo traje. Tony pedindo que ele se juntasse aos Vingadores. Justificando-se, muito tempo atrás, para o Departamento de Polícia de Nova York. Confrontando J. Jonah Jameson, no escritório dele, acerca dos editoriais difamatórios. Lutando com Venom, Cabeça de Martelo, Cabelo de Prata, Kraven, o Caçador.

Os arquivos de Tony eram incrivelmente completos. Aranha sentiu uma pontada no estômago; ficou lisonjeado, mas de alguma forma também se sentia violado.

Havia uma última imagem no arquivo. Uma fotografia bidimensional desbotada. Um garotinho usando óculos grossos sorria enquanto um homem colocava uma medalha em seu pescoço. Na medalha estava escrito: PEQUENO GÊNIO DA FEIRA DE CIÊNCIAS – PRIMEIRO LUGAR. O homem tinha cabelo grisalho, usava um terno de alfaiataria meticulosa sobre o corpo forte, e tinha um olhar sério.

Homem-Aranha se aproximou, franzindo a testa. O garoto era ele, com uns seis anos. Mas o homem... Clicou duas vezes em cima dele.

HOWARD ANTHONY WALTER STARK.

Por trás das lentes, Homem-Aranha arregalou os olhos. *O pai de Tony.*

Homem-Aranha não se lembrava desse prêmio, o primeiro que ganhara em ciências. E certamente havia se esquecido de quem lhe entregara.

Mas Tony não.

– Peter? Seu tentáculo está batendo e fazendo um buraco na minha cadeira.

Homem-Aranha deu um pulo, assustado. Estendeu o braço e tocou na tela do computador. O holograma desapareceu.

Tony estava parado, com a armadura do Homem de Ferro completa, na entrada da oficina. Uma rampa curva dava acesso ao lugar, permitindo que ele entrasse e saísse voando rapidamente.

– Não vi que estava aí, chefe.

Homem de Ferro deu dois passos cautelosos, quase mecânicos, para dentro da oficina.

– Não me lembro de convidá-lo para minha oficina, Peter.

– Foi mal, mas eu tinha que falar com você.

Homem de Ferro parou, abriu os braços.

– Aqui estou eu.

O reator no peito do Homem de Ferro brilhava, mostrando seu poder.

Homem-Aranha se aproximou dele, levantou a mão.

– Olha...

– Por que você não se senta e diz a que veio. – Isso não foi uma pergunta.

Aranha sentiu uma pontada de fúria. *Ele está fazendo aquela coisa com a voz. O volume é aumentado, e a frequência atinge o seu cérebro. Faz com que você queira obedecê-lo.*

– Não vou tomar muito o seu tempo – começou ele. – Só queria avisar que estou saindo dos Vingadores.

Os olhos de Tony cintilaram, vermelhos.

– Sei.

– Sou realmente grato a você por... por tudo. Mas trancafiar heróis na Zona Negativa? Matar Bill Foster?

– Thor reagiu como um policial, Peter. Foi ameaçado e reagiu com força mortal. Mas Bill Foster também era meu amigo... você realmente acha que vou deixar que aconteça alguma outra coisa parecida?

– Não! Não se você puder evitar. Mas você está perdendo o controle da situação, Tony.

– O que você sugere que façamos com as superpessoas que não se registraram? Colocá-los em prisões comuns? Eles sairiam em quinze minutos.

– Não, claro que não. Mas... eles precisam mesmo ser presos?

– Você tem que entender uma coisa, Peter – Homem de Ferro rodeou-o, os punhos fechados. – Existem forças dentro da S.H.I.E.L.D., e mais importantes ainda, dentro do governo federal, que querem acabar com os super-humanos. Total e completamente.

– Sai...

– Nós nos comprometemos a regulamentar o nosso comportamento. Voluntariamente, e de acordo com um plano que *eu* administraria. Porque não tem como voltar aos velhos tempos, Peter. Isso nunca esteve em jogo.

– Saia da minha frente, Tony.

– O que você planeja fazer, Peter? – Tony agora estava na frente dele, alto e imponente, todos os sistemas bélicos cintilando. – Ir pra TV de novo, retirar o seu apoio ao Registro? Quem sabe se juntar ao bando de traidores do Capitão América?

– Ainda não sei.
– Seu idiota! – Apesar da armadura, Peter conseguia ver que a voz de Tony estava alterada. – Você realmente acha que pode desistir de tudo isso e voltar pra sua vidinha de antes? Todo mundo sabe quem você é agora. Como você vai ganhar dinheiro? E sua *tia May*?

Fúria fervilhou dentro de Peter Parker. Ele *deu um soco* com toda a sua força em Tony, um golpe super-humano que amassou o peitoral da armadura blindada. Tony voou, quebrando o console de um computador, e bateu na parede.

– Tia May – rosnou o Homem-Aranha – está longe, muito longe de você.

Tony levantou a mão e acionou um raio repulsor. O sentido-aranha lançou um alerta no cérebro de Peter, mas tarde demais. O raio o atingiu, derrubando-o e tirando seu fôlego.

– Eu confiei em você, Peter – a voz de Tony estava mais controlada. – Eu coloquei você debaixo da minha asa. Eu dei tudo pra você. É assim que você me paga?

Ele disparou um segundo raio repulsor, depois um terceiro. Mas Homem-Aranha já estava de pé, saltando e desviando, girando os braços para trás para subir e descer pelas paredes.

– Não – respondeu ele. – É *assim*.

Homem-Aranha saltou na direção de Tony...

– Senha de emergência: DELTA DELTA EPSILON – disse Tony.

... e o Homem-Aranha congelou no ar. Todas as suas juntas, de repente, pareciam paralisadas, não respondendo ao seu comando. Ele caiu dolorosamente no chão, com força e por cima de um ombro.

Olhou em volta, atordoado. Aterrissara no meio de uma vitrine de capacetes do Homem de Ferro: vermelho, dourado, branco, alguns com barbatanas, outros com armas extras. Quando levantou o olhar, Tony vinha em sua direção como um Zeus, olhando para ele do Olimpo.

– Peter – disse ele. – Que tipo de engenheiro eu seria se eu lhe desse um traje tão poderoso quanto o seu sem construir uma proteção? Para garantir que não fosse usado contra *mim*, seu criador?

Aranha se esforçava para respirar.

– Escute – continuou Tony. – Você não precisa fazer isso. Não precisa fugir. Você já é registrado; a parte mais difícil já foi feita. Estou disposto a esquecer desse pequeno ataque de raiva.

Homem-Aranha respirou, depois falou cinco palavras. Mas ele as disse baixo demais para serem ouvidas.

– O que foi?

– Eu disse... Senha: TUDO QUE UMA ARANHA PODE.

Homem-Aranha saltou para o lado dele, quase rápido demais para ser visto. Levantou um braço e disparou teia no rosto de Tony, bloqueando suas lentes.

– Que tipo de *gênio da ciência* eu seria se não percebesse isso e anulasse a sua senha... *chefe*?

Mais uma vez, Aranha usou os dois punhos para socar um Tony surpreso. Um golpe mortal, do tipo que nunca usaria em um adversário comum. *Mas este*, percebeu ele com raiva, é um dos homens mais poderosos da Terra. Em vários aspectos.

Tony caiu para trás, tentando arrancar a teia de seu capacete. Estendeu os braços e acionou os dois repulsores, que dispararam. Homem-Aranha lançou sua teia e desviou, escapou pela parede, passando por uma prateleira de equipamentos sobressalentes, indo em direção à rampa que levava à saída de emergência.

Então, a porta interna se abriu com uma explosão. Homem-Aranha virou-se para olhar, momentaneamente surpreso.

Um pelotão de tropas de choque da S.H.I.E.L.D., com armaduras que cobriam o corpo inteiro, invadiu a oficina, seus rostos escondidos atrás de visores opacos à prova de balas. O líder virou a cabeça para Tony, que lutava para se levantar, lentamente queimando a teia em seu rosto com um raio repulsor de baixa capacidade.

Homem-Aranha saltou para a rampa que o levaria para a liberdade. O líder do pelotão da S.H.I.E.L.D. apontou para ele e gritou:

– Abaixe, Sr. Stark! Nós o pegamos!

Vários disparos abafaram a resposta de Tony. Homem-Aranha não teve tempo de desviar; as balas atingiram-no. Seu traje impedia que alcançassem a sua pele, mas os projéteis ricocheteavam em seus braços, pernas e torso, deixando-o sem fôlego. Deu um salto no ar, girou e disparou teias das duas mãos aleatoriamente.

Então, Aranha correu pela rampa, saltando e quicando pelas paredes do corredor. As balas continuavam a atingir suas costas e suas pernas, fazendo com que perdesse o equilíbrio, abrindo pequenos buracos em seu traje. Cada junta, cada músculo, cada milímetro de sua pele latejava. Ele tropeçou uma vez e bateu dolorosamente com o ombro na parede.

Mas continuou se movendo. Era a única maneira de sobreviver.

Lentamente, sua consciência recuou, deixando apenas o instinto. Ele escutou a voz metálica de Tony Stark gritar como se estivesse muito distante:

– Parem! *Cessar fogo!*

Em seguida, ele chegou a um enorme alçapão que Tony havia deixado entreaberto quando chegou. Homem-Aranha empurrou a porta para abri-la e lançou-se para fora. O ar gelado da noite soprou sobre ele, acordando-o com o choque. Planou no ar por um instante, depois grudou na parede externa do prédio. Respirou fundo, deixando os sons da cidade tomarem conta dele.

Lá dentro, passos ecoavam na rampa. Aranha fechou o alçapão e o selou com suas teias. Depois, começou a descer pela lateral do edifício, em direção à distante cidade abaixo.

Encontre algum bueiro, disse para si mesmo. *Fique consciente até lá. Se conseguir chegar aos canos de esgoto, estará a salvo.*

Mas ele sabia, bem no fundo, que estava se enganando.

Peter nunca mais estaria seguro.

23

TONY STARK LEVANTOU AS DUAS MÃOS e disparou raios repulsores no alçapão para abri-lo. Parafusos racharam e teias de aranha voaram pelos ares. A porta explodiu e abriu, ficando pendurada por apenas uma dobradiça.

Tony colocou a cabeça para fora, olhou para baixo. Alguma coisa parecia estar se movendo parede abaixo, ziguezagueando de um lado para o outro em fuga, aproximando-se da calçada. As luzes dos postes refletiram na metálica forma inumana. Só então Tony reconheceu que era Peter.

O que eu fiz com ele? Tony se perguntou. *O que eu fiz com todos eles?*

Acionou um comando mental: AUMENTAR IMAGEM. A armadura dele hesitou – não mais do que um microssegundo, mas o suficiente para deixá-lo inquieto. Então o zoom de sua visão se centralizou automaticamente no Homem-Aranha. A máscara do escalador de paredes estava rasgada, seu traje de malha de metal, amassado; sangue pingava de seu queixo. Ele pulou no chão sem equilíbrio, abaixou-se e correu até um bueiro.

Tony se preparou para saltar, acionou um comando de aquecimento para suas botas. Uma dúzia de alertas piscou na frente de seus olhos: EFICIÊNCIA DAS BOTAS: 56%. INTEGRIDADE DA ARMADURA COMPROMETIDA. SISTEMA DE VISÃO 72%. SISTEMAS MOTORES/ARTICULARES COMPROMETIDOS POR LÍQUIDO ESTRANHO.

A teia do Homem-Aranha. Ela havia se espalhado por toda a armadura, grudando em todos os sistemas mecânicos. Tony xingou baixinho. *Eu devia ter reprojetado a maldita teia quando construí o resto do traje.*

Teria que trocar de armadura antes de ir atrás de Peter. Se ainda houvesse alguma intacta na oficina.

Ele se virou e se arrastou rampa abaixo. Havia poeira para todo lado e o cheiro de pólvora das balas disparadas era mais forte do que o odor das peças eletrônicas queimadas.

A oficina estava um desastre. Computadores estilhaçados, armaduras do Homem de Ferro quebradas, bancadas de trabalho e fontes de força rachadas e amassadas. *Centenas de milhares de dólares de prejuízo*, pensou Tony. *Talvez milhões.*

Maria Hill estava falando com o líder do pelotão da S.H.I.E.L.D. Estava vestida com um macacão preto e justo, armadura e óculos escuros, mas nenhum capacete. Ela se virou para Tony, a boca mostrando desdém.

– Então. Seu inseto de estimação abandonou a colmeia.

– Aracnídeo – corrigiu Tony.

– O quê?

– Ele não é um inseto, e sim um aracnídeo. Nada... Deixa pra lá. – Tony foi até um armário cheio de buracos de bala. – Eu vou atrás dele. Supondo que seus homens não destruíram todo o meu equipamento.

– Perdão por tentar salvar sua vida.

Ele se abaixou para colocar a mão no cadeado de um armário e cambaleou. Quase caiu.

– Acho que você não vai a lugar nenhum – declarou Hill. – Sargento?

Um agente musculoso da S.H.I.E.L.D. abaixou-se para segurá-lo. Tony o empurrou, furioso.

– Eu estou bem.

– Acho que seu joelho está quebrado. Ou coisa pior.

Ela estava certa e ele sabia. A armadura o mantinha de pé, evitando que ele se desse conta da extensão dos danos. Homem-Aranha tinha a reputação de ser um dos super-humanos mais poderosos da Terra; foi um dos motivos que levou Tony a recrutá-lo. Agora ele tinha a prova em primeira mão.

Hill tocou em um botão de comunicação em seu ombro.

– Diretora Hill, autorização alfa – disse ela. – Ativar Projeto Thunderbolt.

– Não – contrapôs Tony.

– Operativos Quatro e Seis. Enviando coordenadas agora. Alvo: Homem-Aranha.

– Não! Isso está... – Ele cambaleou e se jogou em uma cadeira.

– Com todo o respeito, Stark: isso *não* está sob o seu controle. – Hill se aproximou dele, o lábio curvado com desprezo. – E você não comanda a S.H.I.E.L.D. Isso é decisão minha.

Tony desmoronou, derrotado. Levantou o capacete, fitou-a com os olhos descobertos.

– Não machuque o Homem-Aranha.

– Não se preocupe, não vou colocar outra morte na sua consciência sensível. Se eu puder evitar.

– Você não vai colocar outra morte na *nossa* consciência. – Ele ficou de pé e a encarou. – O movimento pró-Registro não precisa desse tipo de publicidade.

– Sinto muito se o seu pequeno *aracnídeo* o decepcionou, Stark. É uma merda tentar ser mentor de alguém.

Ela estalou os dedos. Um agente da S.H.I.E.L.D. apareceu do seu lado, trazendo um dispositivo de comunicação com um fio USB pendurado.

– Agora. Vamos assistir ao show? Ainda deve haver uma tela de vídeo funcionando nessa bagunça.

🕷🕷🕷

Cinco minutos depois, a poeira tinha se assentado e os escombros de uma parte da oficina haviam sido retirados. Os projetores de hologramas estavam destruídos, mas um agente da S.H.I.E.L.D. continuava tentando sintonizar uma imagem embaçada em uma tela plana. Outro agente havia colocado cadeiras dobráveis em volta da tela. Tony estava sentado, usando bermuda e camiseta enquanto um médico da S.H.I.E.L.D. enfaixava seu joelho.

O agente levantou o olhar da tela plana.

– Conseguimos.

Hill tocou no comunicador em seu ombro.

– Esse é um teste de apenas sessenta minutos – informou ela. – Modo invisível essencial. Operação Thunderbolt ainda é confidencial. Todas as nano sanções estão em vigor?

– Estão sim, Diretora.

– Sinal de localização ativo.

Na tela, um mapa apareceu, mostrando o labirinto sinuoso que era o sistema de esgoto subterrâneo de Manhattan. Dois sinais com um 4 e um 6 em cima se moviam rapidamente pelos túneis.

– Os T-bolts estão desorientados – informou o agente –, o Homem-Aranha desativou o rastreador GPS do traje dele – disse, arriscando um palpite. Um sinal vermelho e dourado começou a piscar, mostrando a localização aproximada do Homem-Aranha, a muitas curvas e voltas à frente dos outros sinais.

Hill sorriu.

– Eu sabia que não podíamos confiar naquele cara.

– Não precisa ficar tão feliz. – Tony fitou-a, furioso. – Não preciso lembrá-la o que são os Thunderbolts, Hill. Supervilões.

– Ex-supervilões. Que foram devidamente registrados junto ao governo e treinados em um curso intensivo. Eles receberam chips, etiquetas e injeções com nanomáquinas que nos permitem controlar totalmente seu comportamento.

Tony franziu a testa.

– Como cachorros.

– Cachorros *selvagens*. – Ela apontou para a tela, para o ponto que se movia indicando a posição do Homem-Aranha. – E não vejo muita diferença entre eles e ele.

Não, pensou Tony. *Você não faria isso.*

A tela mudou para uma imagem de vídeo trêmula do interior do cano de esgoto.

Iluminação artificial e velhas lâmpadas incandescentes tinham sido colocadas em cada metro das paredes. Paredes acentuadamente curvas passavam conforme a câmera se movia; água respingava do chão.

– Ambos os operativos têm câmeras em seus uniformes – explicou Hill. – Esta é a câmera do Operativo Seis. Agente, nos forneça o dossiê sobre ele.

Uma imagem parada apareceu no canto da tela: uma figura assustadora usando uma malha de metal e elástico, com uma cabeça de abóbora em chamas e um sorriso amedrontador. Escrito embaixo:

Assunto: Steven Mark Levins
Apelidos: Halloween
Grupos aos quais é afiliado: nenhum
Poderes: armadura, visão 360 graus, dispara granadas do pulso
Tipo de poder: artificial
Localização atual: Nova York, NY

No vídeo principal, o cano de esgoto se abria em um túnel longo e reto. Bem à frente e distante, algo fazia a água respingar.
– Operativo Seis? – chamou Hill.
– Na escuta, gostosa. – A voz de Halloween era baixa, cruel e nada ofegante depois de sua longa jornada pelo esgoto. – Acho que conseguimos pegar ele.
– Câmbio, Thunderbolts. Você está liberado para agir.
Tony ficou tenso. Inclinou-se para frente, fitando a tela.
A câmera virou para a direita, e uma segunda pessoa apareceu. Um homem magro usando botas roxas e um gorro pontudo, com máscara azul e dentes afiados e pontiagudos.
– Operativo Quatro – Hill sinalizou para o agente, e outro perfil apareceu no canto da tela.

Assunto: Jody Putt
Apelidos: Polichinelo
Grupos aos quais é afiliado: nenhum
Poderes: vários brinquedos e dispositivos de "brincadeira" (potencialmente letais)
Tipo de poder: artificial
Localização atual: Nova York, NY

Polichinelo virou para a câmera e sorriu.
– Olhem o que eu tenho – dentro de uma bolsa, ele pegou uma pequena boneca de plástico com uma expressão comicamente furiosa no rosto. Girou sua manivela uma, duas, três vezes e colocou-a na água.

O brinquedo disparou pelo túnel em pequenos foguetes, deslizando pela água do esgoto.

— Mudar para câmera do Polichinelo — ordenou Hill.

A imagem mudou para o ponto de vista de Halloween, agachado e perigoso em cima de um disco voador, flutuando pouco acima da água. Ele esticou a mão e agarrou Polichinelo, fazendo-o embarcar no disco, e juntos aceleraram pelo túnel de esgoto atrás da boneca de corda.

A câmera do Polichinelo seguiu em frente. A imagem do Homem-Aranha entrou em seu campo de visão, freneticamente abrindo caminho e fazendo respingar água suja enquanto tentava se afastar deles. Seu traje estava rasgado, os tentáculos pendiam inúteis. Parte do rosto estava exposta através dos rasgos do que restava de sua máscara.

O brinquedo apareceu, indo em direção ao Homem-Aranha. Ele se virou, assustado.

— Que...

Então o brinquedo explodiu. Uma grande bola de fogo encheu a tela.

Tony virou-se para Hill.

— Você disse que eles não iam matá-lo!

— Você acha que isso conseguiria matá-lo? — Ela revirou os olhos.

— De volta ao Operativo Seis.

Na tela, a poeira baixou lentamente. Homem-Aranha estava sentado na água imunda, tossindo. Em cima dele, o corpo alto do Polichinelo o encarava fixamente.

— Bem, se não é o pequeno Peter Homem-Aranha! — Polichinelo riu. — Como é estar do outro lado da lei, *Parker*? Está gostando de ver o *Polichinelo* com o distintivo de xerife?

A imagem tremia conforme Halloween rodeava o Homem-Aranha de cima.

— Precisa ver com quem a gente tá andando agora, Peter. Com o Mercenário, Venom, Lady Letal... eu e o Polichinelo finalmente entramos no grupo dos maiores vilões.

— E somos registrados também.

Homem-Aranha balançou a cabeça, se esforçando para focar nos vilões que o cercavam.

– Oh, baby. – Polichinelo pegou um ioiô e arremessou no Homem-Aranha. – Isso é terrível demais pra colocar em palavras.

O ioiô bateu no peito do Homem-Aranha, explodindo como uma pequena granada. Ele gritou, caiu para trás direto na água.

Halloween se moveu rapidamente. Suas mãos entraram na imagem agarrando o Homem-Aranha, jogando-o na parede do túnel.

– Sabe – murmurou ele –, essa história de trabalhar pra S.H.I.E.L.D. no começo pareceu uma tremenda furada... aí, então, vieram ordens de cima pra acabar com o Homem-Aranha – ele esticou o braço e bateu com força na cabeça de Peter. – O que fazer, né?

– Só estamos cumprindo ordens – completou Polichinelo.

Polichinelo esticou a mão e arrancou mais um pedaço da máscara do Homem-Aranha. Foi possível ver um dos olhos claramente, roxo e inchado, quase fechado. A cabeça do Homem-Aranha pendeu para o lado, imóvel.

– Hill – disse Tony.

Ela franziu a testa e tocou no comunicador em seu ombro.

– Ele já foi abatido, Thunderbolts. Deixem-no aí e esperem o pessoal da limpeza.

– Ah, S.H.I.E.L.D....

– Encoste um dedo nele, Halloween, e eu disparo cinco mil volts em você. Você sabe que não estou blefando.

Na tela, os dedos do Halloween soltaram o pescoço do Homem-Aranha, que caiu no chão do túnel, respingando água para todos os lados.

– A equipe de apoio da S.H.I.E.L.D. está a caminho. Algemem-no e esperem quietinhos.

Tony inspirou aliviado.

A tela mudou para a câmera do Polichinelo. Ele se virou para Halloween, cuja cabeça de abóbora em chamas enchia a tela.

– Estraga-prazeres – reclamou.

Então, a cabeça do Halloween explodiu, estilhaçando-se em pedacinhos de cérebro e abóbora. O grito mortal do vilão ressoou, agudo e filtrado pelo sistema de comunicação.

— Mas que diabo! — gritou Polichinelo. A câmera dele virava para todos os lados, procurando pelas paredes do túnel. — S.H.I.E.L.D.? S.H.I.E.L.D.? Está escutando? *Tem mais alguém aqui...*

Outro tiro ensurdecedor ecoou no espaço fechado. A câmera do Polichinelo balançou, oscilou e caiu virada para cima, mostrando o teto do túnel. A imagem tremeu um pouco, depois ficou imóvel.

— Ele foi abatido também. — O agente da S.H.I.E.L.D. trabalhava freneticamente em seu laptop. — A câmera do Halloween não está mais transmitindo. Ainda temos a do Polichinelo...

Na tela, apareceu uma pesada bota preta, obscurecendo o teto do túnel. Fez uma parada quase dramática, depois pisou com força.

A tela ficou estática.

Hill ficou de pé em um pulo.

— Consigam uma imagem. Qualquer imagem!

O agente digitava em seu teclado, soltando o ar entre os dentes cerrados. Olhou para ela e abriu os braços, impotente.

Hill deu um soco na mesa.

— Que diabos aconteceu aqui?

— A transmissão foi cortada, Diretora. Estamos surdos e cegos.

— Droga! — Ela tocou novamente no comunicador de ombro. — Todas as unidades S.H.I.E.L.D. nos arredores da Fourth Street com Broadway. Desçam imediatamente para o subsolo, para os canos de esgoto na coordenada 24-J. Patrulhem todas as ruas em um raio de cinco quadras; reportem qualquer coisa ou qualquer pessoa tentando sair por algum bueiro ou outra saída do subsolo. É possível que uma operação da Resistência esteja em andamento ou...

— Diretora em Exercício Hill.

Contorcido de dor, Tony se moveu para entrar na frente. Ela franziu a testa, mas parou.

— Não estou nem um pouco impressionado com seus métodos — afirmou ele. — Você fracassou em capturar sua presa e perdeu dois agentes de seu programa piloto na primeira missão deles.

Ela franziu a testa.

— Como se fosse uma grande perda.

– Entretanto, eu pedi que me deixasse lidar com a situação e você negou.

– Você mal consegue andar. E você foi o principal causador desse problema. Quem mandou convidar o Homem-Aranha, famoso por ser um solitário com tendências antiautoritaristas, para o seu círculo de amizades?

Tony ficou parado por um momento, fervilhando por dentro. Olhou em volta para as ruínas do seu trabalho, para os equipamentos destruídos. Para os vários capacetes do Homem de Ferro, amassados e furados por balas da S.H.I.E.L.D.

– Saia da minha propriedade – ordenou ele.

Ela o fitou com raiva, depois sinalizou para os agentes da S.H.I.E.L.D. Eles começaram a guardar suas armas, equipamentos e fechar suas mochilas.

Eficientes como sempre, pensou Tony. *Militares até o fim.*

– Rápido, pessoal. Temos que pegar uma aranha!

– Vocês não vão conseguir pegá-lo – avisou Tony.

– Pensamento positivo, Stark? – Hill virou-se e lançou-lhe um último olhar cheio de fúria. – Nós *vamos* pegá-lo.

Então, a S.H.I.E.L.D. foi embora.

Tony ficou ali, parado, por um bom tempo. Testou seu joelho, tentou colocar o peso sobre ele. Sentiu uma pontada, mas conseguiu andar. Isso era o suficiente.

Precisou experimentar três celulares até encontrar um que funcionasse.

– Pepper, preciso de uma equipe de limpeza. – Olhou em volta para a destruição. – E veja se consegue colocar o presidente dos Estados Unidos na linha, por favor.

24

UM CHEIRO DE TINTA FRESCA subiu da carteira de motorista novinha em folha. Capitão América entregou-a para Sue Richards.

– Bárbara Landau – informou ele.

– Ryan Landau – Johnny Storm estava olhando para sua carteira de motorista. – Nós seremos *casados*?

Capitão América ergueu o olhar da mesa de reunião cheia de papéis. Luzes fluorescentes piscavam, pintando o grupo com tonalidades desbotadas e desfavoráveis.

– Estamos com poucas identidades falsas para disfarce – explicou ele. – Com o Demolidor preso, nossa fonte secou.

– Casados. – Sue olhou para o irmão. – Acho que essa é a coisa mais nojenta que já fizemos.

– Como acha que estou me sentindo, mana? Você parece a avó da minha última namorada.

Capitão suspirou. A mudança para o novo quartel-general tinha sido difícil; transportar os equipamentos médicos e de monitoramento de um lado da cidade ao outro parecia impossível, até Sue aparecer. A invisibilidade dela os salvou da prisão diversas vezes.

Mas Capitão sabia que a Resistência ainda não estava segura. Não conseguia se esquecer do aviso de despedida do Gavião Arqueiro, sobre um traidor no grupo. E ele próprio ainda estava letárgico por causa de seus ferimentos. Seu braço esquerdo repousava sobre uma tipoia; sentia uma pontada toda vez que o levantava.

Vá com calma, dizia para si mesmo. *Lembre-se do que fala para os outros: um passo de cada vez. Um tijolo de cada vez.*

Tigresa entrou, franzindo a testa.

– Nada de identidade falsa pra mim?

– Já discutimos isso, Tigresa. – Ele apontou para o corpo dela coberto dos pés à cabeça por pelos laranja e exibindo apenas um biquíni.
– Você não é exatamente discreta.
– Oh, sim – Johnny sorriu. – Deve ser duro ser gostosa que nem você.
Tigresa ronronou e roçou as costas no ombro de Johnny. Virou-se e lançou-lhe um sorriso provocante.
Sue revirou os olhos.
– Foi mal, Sra. Landau – desculpou-se Johnny.
– Eu costumava passar por uma pessoa normal o tempo todo – contou Tigresa. – Só precisava de um indutor de imagem.
– Que é uma tecnologia da Stark Enterprises – explicou Capitão.
– E não podemos ter nada disso aqui; Tony provavelmente mandou colocar rastreadores em tudo que fabricou nos últimos dez anos. – Voltou sua atenção para Sue e Johnny. – Quanto a vocês dois, o mais importante: essas identidades permitem que saiam em público de novo. Assim podem ajudar as pessoas. Que é o nosso objetivo, certo?
Tigresa sorriu de novo e virou para Johnny.
– Ele é sempre tão certinho – comentou ela, apontando para Capitão. – Não tem a menor graça discutir com ele.
Luke Cage entrou com passos largos.
– E aí, Capitão. Gostou do novo ninho?
– Vai servir. Simples, mas isso é uma vantagem – Capitão se levantou e abraçou Cage com um braço só. – O que era esse lugar mesmo?
– Corporação de Especialistas em Emprego para Afro-Americanos. Ajudava trabalhadores negros a competir em um mundo de brancos. Foi vítima da economia e o prédio está vazio há mais de um ano.
– Nada de ajuda para os operários negros, comentou Falcão.
Cage assentiu.
– Mmmm-hm.
Um a um, eles foram chegando e se sentando em volta da grande mesa. Cage, Falcão, Tigresa. Adaga, Fóton, Arraia em seu brilhante traje vermelho e branco. Sue e Johnny, Patriota e Célere.
A Resistência.

– Ok, vamos ao que interessa. – Capitão olhou para sua agenda escrita à mão. – Alguém foi capturado?

Fóton chegara há pouco tempo, uma mulher afro-americana com poderes baseados na luz.

– Falcão Noturno e Valquíria – informou ela –, capturados no Queens. O que reduz nossa força aérea ao Falcão e eu.

Arraia abriu as asas.

– Esqueceram de mim – disse ele.

Falcão franziu a testa.

– Planar não é voar, cara. Não precisa se preocupar, Capitão. A gente consegue.

– Malditas unidades da S.H.I.E.L.D. – Capitão fechou a mão ferida e sentiu uma pontada no braço. – Pra cada homem que ganhamos nos últimos dias, perdemos um.

– E todos eles estão naquela prisão.

– Talvez possamos fazer alguma coisa a respeito – avaliou Capitão.

– Alguém sabe como andam os planos de transferência de prisioneiros para eles?

Sue limpou a garganta.

– Tony e Reed estão ativando portais pra Zona Negativa nas principais penitenciárias do país, incluindo a Rykers. Mas nenhum deles está funcionando ainda. Até agora, todos estão sendo transferidos através do Edifício Baxter.

– Edifício Baxter. – Capitão levantou uma sobrancelha. – Sue, consegue nos colocar lá dentro?

– Normalmente sim. Mas... tenho certeza de que Reed já mudou os códigos de segurança. Talvez eu até atrapalhe... os computadores vão detectar a minha presença imediatamente.

– Tudo bem. Tenho outra missão urgente pra você.

Capitão virou-se para Johnny, que balançou a cabeça.

– Nem olhe pra mim. Se Suzie não consegue entrar, muito menos eu. Reed vem tentando descobrir como anular os meus poderes desde... desde antes de eu ter poderes.

– Droga. Temos uma oportunidade aqui – Capitão passou os olhos pelo grupo. – Se conseguirmos fechar o portal do Edifício Baxter, eles não terão pra onde mandar nossos companheiros. Daqui a uma semana, isso não será mais problema pra eles. Temos que atacar logo.

– Corte a corda – opinou Cage –, e os planos vão começar a se desenrolar.

– Se tivermos sorte.

– O que a gente precisa é *recuperar* nossos homens – afirmou Falcão. – Pra essa luta ficar justa de novo.

– Como eles chamam o lugar? – quis saber Patriota. – Número 42?

– Ninguém sabe por quê.

– Conhecendo Tony Stark, provavelmente tem a ver com o pai dele...

Todos escutaram ao mesmo tempo: passos pesados no corredor externo. Todos os onze membros da Resistência ficaram de pé imediatamente, se viraram para a porta... e viram o Justiceiro, iluminado de preto e branco pelas luzes. Água imunda pingava dele; cheirava a lixo. Nos braços, carregava um corpo lânguido e ensanguentado, o traje rasgado em uns cem lugares.

Homem-Aranha.

– Preciso de um médico – gritou Justiceiro. – AGORA!

● ● ●

A enfermaria tinha sido adaptada apressadamente em uma área de escritórios, macas e aparelhos de diagnósticos comprimidos onde antes havia cubículos. Dois médicos colocaram o Homem-Aranha em uma cama, lançando olhares desconfiados para o Justiceiro.

– Não é muito pesado – comentou o primeiro médico.

– Tente carregá-lo por cinco quilômetros – reclamou Justiceiro.

Capitão e os outros permaneceram afastados, deixando espaço livre para os médicos trabalharem. Os olhos do Capitão grudados no Justiceiro.

– O que aconteceu? – perguntou Capitão.

– Múltiplas fraturas e grave hemorragia – respondeu Justiceiro.
– Quero dizer...
– Tony Stark e seus comparsas. Acho que tinha algum tipo de alucinógeno na bomba que usaram para atacá-lo.
– E você o salvou – Capitão cruzou a sala até o Justiceiro, confrontando-o diretamente. – O que aconteceu com os agressores?
O Justiceiro deu de ombros.
Os médicos levantaram o olhar do corpo lânguido do Homem-Aranha.
– Esse traje está grudado à pele dele em alguns lugares.
– Tirem cada centímetro e queimem – ordenou Capitão. – Foi feito pelo Stark. Pode estar sendo rastreado neste momento.
– Sabem – começou Tigresa. – Isso pode ser uma armadilha.
Justiceiro riu.
– Você acha que *eu* estou trabalhando pro Tony Stark?
– Não estou entendendo nada. – Célere balançou a cabeça. – Todos vocês viram a coletiva de imprensa. Homem-Aranha parecia ser o maior puxa-saco do Homem de Ferro.
– Talvez ele fosse, garoto – opinou Justiceiro. – Mas está do nosso lado agora.
– *Nosso* lado?
– Falc...
– Não, não, Capitão, me dê um minuto. – Falcão passou pelo Capitão América, apontando o dedo para o emblema de caveira no peito do Justiceiro. – Você é um assassino procurado, Justiceiro. Você matou mais gente do que a maioria dos vilões com quem lutamos. Desde quando você está do *nosso lado*?
Justiceiro o encarou.
– Desde quando o outro lado começou a alistar supervilões.
Tigresa abriu um sorriso sombrio.
– Eu sou a única que vejo a ironia disso?
– Na minha opinião – continuou Justiceiro –, vocês precisam do máximo de apoio que conseguirem.

– Ótimo – disse Johnny Storm. – Por que não chamamos Hannibal Lecter e vemos se ele está disponível também?

– Porque Hannibal Lecter não tem treinamento em operações secretas para colocar vocês dentro do Edifício Baxter.

Falcão o encarou.

– Você pode fazer isso?

– Eu cheguei *aqui*.

Falcão abriu a boca para começar a responder. Mas parou conforme absorvia as implicações.

Sue Richards olhou em volta.

– Por favor, me digam que esse grupo não chegou ao ponto de aceitar o *Justiceiro*.

Na maca onde os médicos trabalhavam, Homem-Aranha soltou um leve gemido.

Cage se virou para o Capitão.

– Você decide, chefe. A gente entrega o caveira aqui pra polícia ou escuta o lado dele da história?

Capitão se afastou, franzindo a testa. Já enfrentara o Justiceiro uma vez; fora uma das lutas mais difíceis de sua vida. Ele poderia ser um aliado formidável, para qualquer um dos lados.

Na maca, Homem-Aranha continuava fraco e cheio de dor. Lutando pela própria vida.

O Capitão se deu conta de que estava em uma sinuca de bico. Qualquer que fosse a sua escolha, qualquer caminho que tomasse, algo de terrível iria acontecer. Podia sentir isso nos seus ossos endurecidos pela guerra.

E todos eles dependem de mim. Para liderá-los; para ajudá-los a dar novamente um significado às suas vidas. Para tornar essa Resistência esfarrapada uma força permanente de uma vez por todas.

Um passo de cada vez. Um tijolo de cada vez.

Virou-se para encarar Justiceiro novamente.

– Fale – mandou Capitão.

25

— **SINTA ESSE AR, HANK** – Tony Stark abriu os braços. – Muito mais saudável do que o de Nova York, certo?

O Campo de Treinamento 09AZ, no Arizona, fervilhava de atividades sob o sol do sudoeste. Recrutas recentemente registrados, com uniformes de treinamento em cores vivas, voavam, corriam, lutavam e levantavam tanques para praticar por todo o terreno. Oficiais da S.H.I.E.L.D. e homens com pranchetas seguiam-nos como galinhas atrás de seus pintinhos, assentindo, franzindo a testa e fazendo anotações sobre a performance de cada um.

Metade do terreno foi isolada para uma nova construção. Tropas da S.H.I.E.L.D. se misturavam com funcionários do governo em retroescavadeiras e escavadeiras a vapor, gritando instruções para todos os lados. Estavam trabalhando sem parar, demolindo prédios antigos e assentando novas fundações, transformando a antiga base da Marinha em uma instalação resistente o bastante para acomodar super-humanos. Assim como tudo no plano do Registro, o campo estava sendo construído de última hora – e muito, muito rápido.

Hank Pym abriu um sorriso inseguro para Tony. Olhou para o sol e protegeu os olhos com a mão.

– Não sei direito, Tony. Sou um biopesquisador, não um mestre de obras.

– Você não precisa ficar com o megafone na mão, gritando ordens, Hank. Só quero você à frente das coisas.

Uma figura passou por eles, rápido demais para verem algo mais do que um borrão. Hank franziu a testa.

Tony consultou seu tablet.

– Hermes. Deus grego, chegou recentemente à Terra. Se ele *estiver* disposto a se registrar...
– Que velocidade ele alcança?
– Mach Um, se não tiver se alimentado. Mas ele chegará a Mach Três a tempo de ir à público. – Tony sorriu. – Sempre me esqueço de perguntar. Como está Jan?
– Nós não... estamos nos falando no momento.

A atenção de Hank se voltou para um grupo de jovens com trajes de treinamento, parados e rindo. Ele parecia triste, perdido.

Ele precisa disso, pensou Tony. *E eu preciso dele.*

Tony estava impaciente, com calor e deslocado em seu terno Armani. O tablet em sua mão parecia lento; percebeu que tinha se acostumado a controlar máquinas com a mente em vez dos dedos. Atualmente, detestava tirar a armadura. Sentia-se como um peixe fora d'água.

Mas a armadura principal do Homem de Ferro ainda precisava de umas duas horas de consertos, tempo que Tony ainda não conseguira encontrar. Além disso, sua intenção fora apelar para Hank como homem, como um velho amigo. O Homem de Ferro estava se tornando uma autoridade pública.

– Licença, pessoal – um mestre de obras robusto apontou para um guindaste enorme, que vinha na direção deles. A estrutura maciça de um prédio balançava pendurada por apenas um cabo. – Preciso colocar isso sobre a fundação.

Tony e Hank se apressaram em sair do caminho.

– Prédio do Simulador de Combate Holográfico – informou Tony. – Quando estiver funcionando, vai permitir que os recrutas sejam treinados em centenas de diferentes ambientes simulados.

Hank sorriu.

– Você não desiste, não é mesmo?

– Não temos *tempo* pra desistir, Hank. Estamos formando Os Campeões na Califórnia, os heróis Mórmons em Utah, e os Cavaleiros do Espaço estão seguindo pra Chicago.

– Ouvi falar que a Força-Tarefa está indo para... Iowa?

– Falta apenas verificar o histórico deles e a aprovação total das autoridades locais. – Tony fez uma pausa. – O público precisa de superpessoas com quem possam contar, Hank. Ou fazemos isso certo, ou não fazemos.

Hank assentiu.

– Como está Reed?

– Minha intenção não era me interpor entre ele e Sue. Ele exigiu imunidade para ela e Johnny como condição de continuar nos ajudando. Precisei conversar muito com o presidente – ele pegou Hank pelo braço. – Já falamos muito disso. Venha... tem uma pessoa que você deve conhecer.

Ele levou Hank até os recrutas. Estatura, ex-membro dos Jovens Vingadores, estava ao lado de uma garota com pele verde ostentando um cabelo moicano e um rapaz louro e musculoso com ar de arrogante. Tony verificou suas identidades no tablet: Komodo e Casca-Grossa.

– Hank, acho que já conhece Cassie Lang.

Hank fitou Estatura.

– Claro. Mas da última vez que a vi, você era... – ele colocou a mão a menos de um metro do chão.

Estatura sorriu e cresceu, usando seus poderes para atingir mais de dois metros de altura.

– Não sou mais.

– Foi o Dr. Pym que inventou o soro de mudança de tamanho que você usa, Cassie. – Tony observou enquanto ela encolhia ao tamanho normal. – Acho que pode aprender muito com ele.

– É pra isso que estou aqui. Pra aprender.

– Viu, Hank? O falecido pai de Cassie foi o segundo Homem-Formiga, e agora ela é a herdeira do seu soro. De certa forma, eles são como seus filhos.

– Você se esqueceu de um dos meus "filhos", Tony. – Hank se virou. – Bill Foster.

Estatura voltou ao tamanho normal, fazendo uma careta. Komodo e Casca-Grossa apenas assistiam.

– Tony – continuou Hank –, você pode simplesmente me *oferecer* esse cargo? E a S.H.I.E.L.D.? A Diretora Hill aprova?

– Não se preocupe com Hill, Hank – Tony balançou a cabeça. – Ela não conseguiu se destacar muito bem com o teste beta dos Thunderbolts.

Komodo deu um passo à frente.

– É verdade que o Homem-Aranha foi embora?

– Temporariamente.

Estatura parecia preocupada.

– O que vai fazer, Sr. Stark? Quando encontrar Capitão e os outros?

– Encontrá-los não é o problema, Cassie. O mais difícil é fazê-los entender. E isso é o que a S.H.I.E.L.D. não entende.

Uma garota nervosa de cabelos pretos se aproximou dos recrutas.

– Pessoal, pessoal, querem que a gente faça uma exibição daqui a dez minutos. Não sei se consigo controlar os meus poderes.

Estatura colocou a mão no ombro dela.

– Fica fria, Arsenal. Vai dar tudo certo.

Arsenal levantou o braço esquerdo. Armas alienígenas cobriam-no, piscando e zunindo com energia.

– Não sei se eu consigo controlar meu poder.

– Não, não. Pare! – Um treinador com uma prancheta se aproximou por trás de Tony. – Eu disse pra...

De repente, alguma coisa bateu no grupo, espalhando-os. Tony perdeu o equilíbrio e caiu no chão. Cuspiu areia, limpou o paletó e ficou de pé.

Uma mancha em movimento passou por eles, rápido demais para ser vista. *Hermes de novo*, pensou Tony. Então, escutou um grito e um estalo de energia.

Arsenal fora arremessada a três metros de distância. Ela se ajoelhou na areia, olhando para a perna ralada. Então, apontou seu braço-arma para cima, e deflagrou energia alienígena dele. Um dardo foi lançado, fez uma curva sobre o terreno, passando pela obra... indo diretamente para o prédio administrativo principal, abrindo um buraco na parede.

O pátio ficou em pânico. Recrutas se espalharam, correndo atrás de abrigo. Agentes da S.H.I.E.L.D. arrastavam-se com suas armaduras, desviando do ataque incontrolável de Arsenal.

– *Arsenal!* – gritou o treinador.

Tony se aproximou de Hank Pym, que estava estatelado na areia. Estatura estava se recompondo, um pouco tonta.

– Hank, não estou com a minha armadura aqui. Você precisa resolver isso.

Hank o encarou.

– Não sou mais um super-herói, Tony.

– Não – Tony apontou para Estatura. – Mas *ela* é.

– Eu?

Um dardo de energia se espatifou no chão, a menos de um metro deles.

– Violet... Arsenal. Ela tem essa... reação ruim ao pânico – explicou Estatura.

– Cassie – Hank acompanhou-a até atrás de um caminhão de manutenção. Tony os seguiu, observando atentamente. – Preciso que você fique muito grande – explicou ele. – Uns nove metros.

Ela o encarou e balançou a cabeça.

– Meu pai disse pra eu nunca crescer tanto.

– É...

– Ele disse que minha espinha iria quebrar! Quadrado-cubo, alguma coisa assim.

– O soro tem um amplificador de cálcio. Seus ossos conseguem lidar com a pressão por alguns minutos. Não é muito. Mas é a nossa única esperança agora.

Ela se apoiou no caminhão. Tony também olhava: mal era possível ver Arsenal, perdida em uma nuvem de areia e energia alienígena. Dardos de energia continuavam a irradiar dela. Um atingiu o jipe, que explodiu.

Estatura assentiu. Fechou os olhos e começou a crescer. Três metros de altura, quatro. Quando chegou a cinco metros, parou e olhou para Hank embaixo.

Ele sorriu. Assentiu e apontou para cima.

Ela respirou fundo e disparou.

Hank mostrou:

– O novo prédio!

Estatura virou-se para olhar para o prédio do Simulador de Combate. Acabara de ser acomodado em sua fundação, o cimento ainda fresco em volta da base. Os operários da obra tinham fugido, escondendo-se atrás de jipes e retroescavadeiras.

De olho em Arsenal, Estatura cruzou o pátio em dois passos que fizeram o solo tremer. Ela se abaixou e segurou o prédio inteiro do Simulador de Combate, se esforçando para levantá-lo.

– Use seus joelhos! – gritou Hank.

Com um estalo, o prédio se soltou da fundação. Estatura levantou-o até a altura de sua cintura e cambaleou, quase caindo para trás por causa do peso. Ela fez uma careta, deslocou o peso e cresceu mais trinta centímetros.

Então, virou-se para Arsenal.

Todos os recrutas já tinham fugido. Os agentes da S.H.I.E.L.D. já estavam posicionados em helicópteros e nos caminhões que restavam. Mas Tony sabia que a autoridade da S.H.I.E.L.D. tinha sido reduzida depois do fracasso dos Thunderbolts. Eles estavam esperando pelo sinal dele, aguardando para ver o que aconteceria.

Arsenal viu Estatura se aproximando dela, e gritou novamente. Seus olhos brilhavam, o braço alienígena piscava sem parar.

– Violet – disse Estatura. – Está tudo bem. Sou eu, Cassie.

Os olhos de Arsenal se focaram. A energia retrocedeu um pouco, recuando para uma área de dois metros e meio em volta de seu corpo.

Estatura viu a sua chance. Lenta e gentilmente, ela colocou o prédio pesado *em torno* de Arsenal. A garota em pânico olhou ao redor e para cima, mas não se moveu. Quando Estatura terminou, a estrutura confinara Arsenal completamente, escondendo-a de todos.

– Está tudo bem – repetiu Estatura. – Você está a salvo agora.

Ela deu um passo atrás, olhando nervosa para o prédio. Tony ficou observando, esperando para ver dardos de força quebrarem as paredes por dentro. Mas nada aconteceu. Os estalos de energia cessaram tornando-se um zumbido baixo.

Tony e Hank saíram de trás do caminhão. Por todo o terreno havia pequenos focos de incêndio. Recrutas saíram medrosamente de seus esconderijos; os agentes da S.H.I.E.L.D. pegaram extintores.

Fechando os olhos, Estatura voltou ao seu tamanho normal. Caminhou até o prédio do Simulador, que agora estava posicionado em um ângulo estranho no meio do pátio. De forma quase cômica, ela bateu na porta.

A porta se abriu, atingindo de leve uma pedra. Arsenal espiou o lado de fora, seu poderoso braço agora estava inativo.

– Sinto muito – desculpou-se ela.

Komodo e Casca-Grossa correram para se juntar à Estatura. Juntos, eles ajudaram Arsenal a voltar para o prédio administrativo principal.

Hank franziu a testa para Tony.

– Você ainda acha que isso é uma boa ideia?

Tony virou-se para ele, surpreso.

– Está brincando? Esse incidente *prova* isso. Acabamos de ter um ataque de superpoder potencialmente letal contornado rapidamente, sem nenhuma morte. Imagine se essa menina não fosse treinada e tivesse um ataque de pânico dentro de uma cidade.

O treinador se aproximou, sem fôlego.

– Desculpe, Sr. Stark. Eu só... não se pode exatamente controlar um deus grego...

Hank deu um passo à frente, um olhar sério no rosto.

– Onde está Hermes?

– Provavelmente a meio caminho de Flagstaff.

– Não acha que é melhor ir atrás dele antes que *chegue* lá?

O treinador olhou para Tony, desnorteado.

Tony sorriu.

– Se precisar, leve um regimento da S.H.I.E.L.D. com você.

O homem assentiu e saiu correndo.

Tony virou-se para Hank, repousando as mãos nos ombros do amigo.

– Está vendo por que preciso de você aqui? Humanos normais podem planejar os treinos, fazer relatórios, avaliar gráficos de desempenho. Mas eu preciso de alguém com *experiência real* em poderes para administrar este lugar.

Hank assentiu, vagarosamente.

– Obrigado – agradeceu ele baixinho.

Tony balançou a cabeça.

– Eu que devo lhe agradecer.

Ficaram ali parados, juntos, assistindo às equipes da S.H.I.E.L.D. apagarem os últimos focos de incêndio. Treinadores tinham colocado os recrutas em filas, contado quantos estavam ali e gritado algumas ordens. Um administrador discutia com o relutante operador de retroescavadeira, apontando para o prédio do simulador que estava fora de lugar. Tony escutou as palavras "hora extra" mais de uma vez.

– Está tudo se encaixando, Hank. – A voz de Tony era baixa, pensativa. – Devíamos ter feito isso anos atrás. Logo o mundo será um lugar melhor, mais seguro.

Um lugar melhor, pensou ele. Ainda assim, não conseguia silenciar uma vozinha interior. Um pequeno arrependimento no esquema das coisas, um fracasso que o incomodava.

Se pelo menos Peter Parker estivesse aqui também.

PARTE 5
CLARIDADE

26

— PASSANDO PELO NÍVEL 23. – A voz do Justiceiro estava baixa e séria, ouvida através da estática. – Capitão, uma vez eu invadi a Rykers para pegar um chefe da máfia. Mas nunca vi protocolos de segurança como esse.

Capitão franziu a testa, ciente de que Cage, Falcão e Tigresa estavam logo atrás dele. Estavam todos apertados na nova sala de comunicação, que fora montada com os equipamentos de um submarino nuclear fora de uso. Capitão cobrara um favor de um contato na Marinha, que lhe entregara os dispositivos antiquados, cheios de botões e um telefone fixo vermelho com fio em espiral. Os membros mais jovens da Resistência remodelaram a estrutura, tirando monitores sonares e substituindo-os por telas planas novíssimas que mostravam o status da missão, informações sobre os campos de treinamento e dossiês de heróis hackeados da Stark. Uma fila de hard drives e dois Mac Pros conectavam todo o sistema.

Capitão se sentia estranhamente em casa ali.

– Justiceiro – Capitão se inclinou em sua cadeira. – Descreva o que está vendo.

– Estou subindo o poço de manutenção, passando por uma série de objetos azuis, semitransparentes, parecidos com balões. Estão flutuando no ar, como bolhas em um rio.

– São antígenos artificiais. – Falcão se inclinou. – Sue Richards disse que, este mês, Reed baseou a segurança do Edifício Baxter no sistema imunológico do homem.

– Não encoste em nenhuma dessas coisas – avisou Capitão. – Se encostar, o sistema todo vai atacá-lo como se fosse um organismo invasor.

Justiceiro deu uma gargalhada rude.

– Relaxa, Capitão. Nada vai conseguir me detectar enquanto eu estiver usando esses amortecedores. Estou invisível para todas as câmeras, sensores e células T superdesenvolvidas.

Cage franziu a testa.

– Onde diabos você arrumou esse tipo de hardware, Castle?

– Digamos apenas que o gerente do armazém de Tony Stark deveria investir em cadeados melhores. E não se preocupem, eu fiz uma varredura nele todo em busca de dispositivos de rastreamento.

Tigresa deu de ombros, fingindo estar impressionada. Seu braço peludo estava sobre o ombro do Capitão. De repente, ele sentiu a força da presença de Tigresa: seu calor, suas curvas, seus grandes olhos felinos.

– Passando pelo nível 28 agora – informou Justiceiro.

– Mantenha-me informado, soldado.

– Pode deixar, Capitão.

Cage franziu a testa.

– Justiceiro é um arsenal ambulante, Capitão. Sue não está preocupada por ele estar no mesmo prédio que os filhos dela?

– Reed mandou as crianças para outro lugar. Felizmente. – Capitão girou sua cadeira, virando-se para os outros.

– Então, qual a nossa situação?

Falcão apontou para uma tela mostrando um noticiário.

– A equipe de Johnny Storm evitou uma invasão do Homem-Molecular na Filadélfia. Tudo perfeito: eles cercaram a área, protegendo os cidadãos. Depois, tiveram um encontro inesperado com o Doutor Estranho e fizeram contato. Vou acompanhar o que aconteceu logo depois disso.

Capitão deu um zoom na tela, focando no homem de capa vermelha com uma túnica azul-escuro, bigode estilo chinês e majestosa gola alta.

– Estranho é um poderoso místico. Acho que até Tony tem medo dele.

– Ele também é bem reservado... nenhum compromisso até agora. Mas com a ajuda dele, nossa equipe fez o trabalho rapidinho.

Acabaram com o Molecular e se mandaram de lá antes que os agentes da S.H.I.E.L.D. chegassem.

Tigresa franziu o cenho.

– Não parece ter ajudado a subir nosso ibope.

– O que importa aqui não são as pesquisas, Greer. – Capitão virou para ela e fitou seus lindos olhos verdes. – E não se trata de um único incidente. Temos que mostrar ao povo que estamos fazendo a coisa certa, todos os dias.

Ela sorriu. Capitão virou de costas, de repente pouco à vontade.

– Como está o Homem-Aranha? – perguntou.

– Ainda grogue, mas se recuperando rápido – relatou Cage. – A constituição do cara é espetacular.

Capitão assentiu.

– Não precisa pressioná-lo, mas preciso falar com ele assim que estiver acordado. Ele é a única pessoa que esteve naquela prisão secreta e voltou por livre e espontânea vontade. Falando nisso, qual é o status dos portais da Zona Negativa?

Falcão digitou uma sequência e um mapa dos Estados Unidos apareceu em uma das telas. Luzes vermelhas piscavam em cima de Chicago, Sacramento, Albuquerque e perto da costa da cidade de Nova York.

– Está programado para que esses portais entrem em funcionamento daqui a oito dias. – Ele apontou para o ícone perto da costa. – O da Ilha Rykers será ativado primeiro, depois de amanhã.

– A partir disso, eles vão começar a transferir todos os prisioneiros da Costa Leste através dele – previu Capitão. – Vão parar de usar o Edifício Baxter para o transporte. Nosso tempo de ataque está diminuindo rapidamente.

– Nós poderíamos contar com algum apoio – comentou Tigresa.

– Foi pra lá que você mandou Sue Rrrrrichards?

– Exatamente.

Tigresa o fitou, os lindos olhos questionadores. Mas ele não disse mais nada.

– Os campos de treinamento também estão surgindo rapidamente – informou Falcão. – O último informativo de imprensa de Stark diz que 49 jovens heróis aderiram ao treinamento.

– Campos ou prisões? – Capitão sentiu novamente a coisa obscura crescendo dentro dele. – Nipo-americanos já tiveram essa mesma escolha. Os judeus da Alemanha tiveram as duas coisas, embrulhadas em um sádico pacote.

Falcão e Cage trocaram olhares confusos.

– Capitão... ninguém gosta menos do fato de eles estarem trancafiados do que este ex-prisioneiro aqui. – Cage apontou o polegar para o próprio peito. – Mas você tem que admitir que existe uma diferença entre campos de treinamento e campos de internamento.

– Ou campos de *concentração* – disse Falcão.

– Também existe uma diferença entre viver livremente e receber ordens de um governo opressor. Governo que, para manter seu poder, espalha o medo entre seu próprio povo.

Tigresa levantou uma sobrancelha.

– A Stark Enterprises – continuou Capitão – passou a última década construindo um estado seguro para o povo deste país. Vocês realmente acharam que eles não iam *usá-lo*?

O alto-falante ganhou vida com a voz do Justiceiro.

– *Alô, Capitão, estou no centro de dados deles.*

– Bom. – Capitão se inclinou novamente para frente. – Agora, preciso de tudo que você puder encontrar sobre esse complexo "Número 42", principalmente sobre o portal que leva para a Zona Negativa. Tamanho, espaço para se mover, distância da prisão até a entrada do portal. Os tipos de guarda que tem, como funciona a segurança. – Ele fez uma pausa. – Acha que consegue fazer isso sem dar um tiro na cabeça de alguém?

– *Talvez. Se ninguém me interromper. Entro em contato em breve.*

Cage virou-se para sair.

– Vou ver o Homem-Aranha.

– E é melhor eu ir ver como andam as coisas com o Doutor Estranho. – Falcão virou-se para seguir Cage, e então voltou colocando a mão no ombro do Capitão.

– Capitão, eu e você passamos por muita coisa. O Caveira Vermelha, a invasão dos Krees, o Império Secreto...
– Desembucha, Sam.
– Espero que saiba o que está fazendo.

Ele foi embora. Capitão observou enquanto ele se afastava, depois se virou, olhando para o mapa dos Estados Unidos por um longo tempo. De repente, se sentiu muito cansado.

Foi quando sentiu as mãos fortes e macias de Tigresa massageando seus ombros.

– Enfim sós – disse ela.
– Greer...
– Você está tenso demais, sabia? – Ela se debruçou sobre ele, ronronando em seu ouvido. – Faz com que tome decisões ruins.

Ele virou-se para encará-la. O lindo rosto era coberto por um adorável e macio pelo; lábios molhados brilhavam embaixo de um pequeno nariz de gato. Greer Nelson já fora uma mulher humana normal, até que um ritual místico a transformou em uma guerreira do Povo-Gato. Sua força e agilidade eram muito maiores do que as de um humano. E, pelo que Capitão sabia, suas paixões também.

Capitão sabia de homens e mulheres que se envolviam casualmente, de forma quase negligente, em situações de guerra. Correspondentes, empreiteiros civis, às vezes até soldados. Ele nunca se permitira tal indulgência. Mas...

– Tive notícias do Gavião Arqueiro ontem – contou Tigresa.

Capitão piscou.

– O quê?
– Ele está indo bem. Deram a ele um time de heróis para treinar. Ele me pediu para contar pra você.

Capitão franziu a testa e virou de costas.

– Capitão. – Ele se virou; o tom de voz de Tigresa agora estava diferente, mais suave. – Qual é o seu objetivo?

Ele apontou para a tela.

– A prisão...

– Não, não é isso que estou perguntando. Quero saber... no final, o que estamos tentando conseguir? O Registro é a *lei*. Independente do que aconteça, eles simplesmente irão nos caçar pra sempre, certo?

– Leis podem ser derrubadas. – Ele se endireitou, encarou-a diretamente. – Se conseguirmos alcançar um bom número de super-humanos trabalhando para nós, resolvendo problemas e ajudando pessoas em todo o mundo, poderemos vencer as forças do medo. Acredito nisso. *Tenho* que acreditar nisso.

Um olhar estranho cruzou o rosto de Tigresa.

– Acho que sim – sussurrou ela.

Ele se aproximou dela, atraído por seu cheiro. Ela hesitou, depois foi de encontro aos lábios dele.

– *Consegui,* Mon Capitan.

Capitão suspirou. Tigresa riu.

– O que você conseguiu, Justiceiro?

– *Especificações, esquemas, todos os tipos de plantas. Estou enviando agora.*

– Ótimo. – Capitão fez uma careta. – Obrigado.

– Acho que você não vai gostar. O lugar tem mais proteção do que qualquer penitenciária que eu já vi. Vai precisar de muito mais do que sua pequena equipe de soldados para chegar lá.

Um aviso de novos dados piscou na frente do Capitão. Ele clicou, e a marca PROJETO 42 surgiu em uma das grandes telas. Plantas começaram a aparecer em rápida sequência, todas com a marca d'água do Quarteto Fantástico, o inconfundível logotipo com um número "4".

Capitão olhou para Tigresa. Ela correspondeu com um sorriso brincalhão, mas um tanto melancólico.

O momento se foi. O feitiço se quebrou.

– Vou falar com os outros – disse ela.

– Recebendo, Castle. – Capitão se levantou, olhando seriamente para os dados que chegavam. – Continue enviando.

27

CINCO QUILÔMETROS ABAIXO, Sue escutou alguma coisa. Verificou o painel de instrumentos, se perguntando se uma transmissão de rádio conseguiria alcançá-la ali, oito quilômetros abaixo da superfície do oceano. O painel estava limpo; nenhuma transmissão aparecendo. Ainda assim, ela escutava. Um canto fúnebre. Uma melodia sombria, pulsante, inumana.

Sue olhou à frente, observando através da cabine de piloto do minissubmarino, tentando ver alguma coisa no meio daquela escuridão. Mas naquela profundidade, tudo eram trevas. Peixes mutantes assustadores apareciam e desapareciam, carapaças ósseas brevemente iluminadas pelos faróis do submarino.

Então, ela se lembrou. *Os atlantes são telepatas.* Não estava exatamente escutando alguma coisa – sua mente conseguia sentir os pensamentos deles, vindo de algum lugar na escuridão à frente. Isso, por si só, era alarmante. Os atlantes continuavam sendo um povo misterioso, mas nada que o Quarteto Fantástico já tivesse visto indicava que eles podiam transmitir mensagens a essa distância. Sue já estivera em Atlântida duas vezes, e em ambas as vezes sua aproximação fora silenciosa e tranquila.

Talvez algo estivesse errado em Atlântida. *Se for o caso,* pensou Sue, *vai ser duas vezes mais difícil pedir ajuda a ele.*

O canto continuou como um parasita grudado em um local escuro de seu cérebro.

Pelo menos, estou perto.

Uma luz apareceu bem à sua frente, como uma enorme água-viva de pedra ancorada no fundo do mar. Lentamente, Atlântida se agigantou perante seus olhos, uma cidade submersa cercada pelo nada, suas antigas torres rachadas e desgastadas, mas de pé, orgulhosas. A cidade resplandecia iluminada por magia desconhecida combinada com uma ciência mais avançada do que a do mundo da superfície.

Um muro de pedra cercava a base da cidade, marcado com cicatrizes de antigas batalhas. Assim que Sue se aproximou, dois guerreiros atlantes surgiram, aproximando-se rapidamente de seu veículo. Eles vestiam um uniforme militar escasso que deixava seus fortes peitorais nus, e capacetes com grandes barbatanas. O guerreiro que vinha na frente segurava uma longa lança; o segundo carregava uma compacta arma de energia.

Sue procurou em sua mochila e mostrou um amuleto de pedra pelo vidro da cabine de piloto. Nele havia o selo pessoal do Príncipe Namor, soberano de Atlântida. O guerreiro que veio na frente examinou o amuleto, assentiu e acenou para o colega. Eles abaixaram as armas e acenaram para que ela seguisse adiante.

Ela levantou o bico do submarino e seguiu em frente, passando por cima do muro. A música telepática agora estava mais forte, como se mil vozes repetissem uma oração furiosa. Mas não conseguia ver nenhum atlante. Da última vez que estivera ali, uma tropa com seis guerreiros a recepcionara. Hoje, o muro parecia protegido por uma força mínima, e poucos cidadãos circulavam ali dentro.

Assim que atravessou o muro, ela estacionou o submarino e trancou seus controles. Colocou um capacete-bolha com suprimento de ar, verificou se seu traje estava hermético e pegou uma pequena mochila. Então, saiu nadando livremente, dirigindo-se para o centro da cidade. De alguma forma ela sabia: era lá que a música em sua mente ficaria mais forte.

Passou por uma variedade de estilos arquitetônicos: colunas dóricas, pirâmides dravidianas, domos bizantinos. Todos diferiam um pouco de seus correspondentes na superfície, adaptados às necessidades de uma cultura submersa. Havia entradas em todos os níveis, até nos apartamentos de cobertura; varandas abriam-se diretamente para o mar, sem grades. Uma civilização de nadadores não ficava confinada ao chão, e eles não tinham medo de cair.

Se os gregos antigos podiam voar, pensou Sue.

Ainda assim, ela viu poucos cidadãos. Dois pastores passaram, conduzindo uma fera aquática que parecia uma toupeira. Dois senhores, ela supôs que fossem juízes, passaram apressados, claramente atrasados para algum evento no coração da cidade. Mas exceto pelos dois guardas do lado de fora, não viu mais nenhum guerreiro, a casta que contabilizava sessenta por cento da população da cidade.

Quando chegou à Avenida de Poseidon, entendeu o motivo.

Milhares de pessoas, a maioria da cidade, enchiam a praça central, flutuando e nadando em todos os níveis. Pastores, construtores, comerciantes, juízes, e muitos, muitos guerreiros, seus capacetes com barbatanas brilhavam de tão bem polidos. Seus tons de pele iam do azul intenso ao verde-mar até um pálido e desbotado amarelo. Sue sabia que ali havia divisões raciais, tensões antigas que ela não poderia sequer começar a compreender.

Cuidadosamente, murmurando desculpas, ela foi abrindo caminho entre o povo. Muitos paravam para encará-la. Uma mulher com pele cor-de-rosa e um capacete de ar não era algo comum em Atlântida, e nem muito bem-vindo.

Quando ela chegou à frente da multidão, avistou-o. E todas as suas velhas dúvidas vieram à tona novamente, junto com um inquietante arrependimento.

O Príncipe Namor flutuava no centro da praça, acenando para a multidão. Seu corpo musculoso parecia esculpido, como sempre, em uma arrogante pose real. As orelhas pontudas, as maçãs do rosto proeminentes, até as pequenas asas de seus pés – absolutamente nada nele havia mudado desde a última visita de Sue. Ela percebeu que o príncipe estava usando seu traje real, uma túnica azul-escuro aberta para mostrar seu magnífico peitoral.

A pele de Namor era caucasiana, herança de seu pai humano. Mas apesar do sangue misturado, os atlantes o aceitavam como seu governante absoluto. Ele parecia eterno, nobre, o orgulhoso herdeiro de uma antiga linhagem. Logo atrás dele, um caixão transparente flutuava, brilhando com energia logomântica. O caixão estava vazio.

Namor ensinara a Sue noções básicas sobre Atlântida e o componente telepático da linguagem deles, e isso permitia que ela o compreendesse claramente. Quando ele falou, seus olhos arderam de tristeza e ódio.

– *Imperius Rex* – disse ele.

Normalmente, esse era seu grito de guerra, mas naquele momento parecia mais uma apresentação: *Aqui estou, seu rei*.

– Vinte e nove dias – continuou Namor. – Uma mudança total das marés desde a morte violenta de minha prima nas mãos do odioso povo da superfície. E aqui estamos reunidos hoje, os orgulhosos herdeiros de Atlântida, para executarmos o antigo ritual.

Meu Deus, pensou Sue, *Namorita*. Ela se esquecera: um membro dos Novos Guerreiros era parente direto de Namor. Membro da família real.

– Chegou a hora do *regresus*. O retorno de Namorita... – A voz de Namor ficou levemente embargada. – Da minha prima ao mar. Assim como todos nascemos das folhas e seres rastejantes do fundo do oceano, ela deve voltar para a fonte de toda a vida. Corrigindo: ela *deveria* voltar.

Namor apontou para o caixão, flutuando vazio atrás dele.

– Contemplem os restos mortais da minha prima. *Não existem*. Os homens da superfície não apenas nos roubaram nossa princesa real, uma luz de alegria em minha vida e na vida de todos os atlantes. Eles nos privaram de cada pedacinho do que ela foi.

Uma onda telepática se aproximou, tristeza misturada com raiva, como uma maré vermelha. Sue estremeceu e soltou um pequeno gemido involuntário.

Uma mulher azul a fitou e cutucou um guerreiro, que a encarou. De repente, sentiu-se pálida e exposta.

– Eles enchem nossas águas de veneno – continuou Namor. – Eles derretem as calotas polares e caçam as espécies até extingui-las. E quando um de nós, a mais doce e nobre da nossa raça, se aventura a viver entre eles, *essa* é a reação. Total aniquilação.

Os pensamentos dos atlantes se tornaram mais sombrios e furiosos. Dois guerreiros apontaram para Sue, cochichando.

– Não pedimos nada a eles, nada além da coexistência. Ainda assim, seu ódio e suas brigas insignificantes infestam nosso refúgio, a milhares de quilômetros de distância. Os super-humanos do continente norte-americano se gabam de seu poder, sua honra, seu talento em combate e destruição. Ainda assim, neste momento, enquanto eu falo, eles lutam uns contra os outros por causa de uma questão incompreensível sobre nomes e papéis. Escute o que eu digo, meu povo: desejo profundamente que eles se *exterminem e deixem este mundo para nós*.

O povo começou a aplaudir, balançando e acenando com suas lanças. Antes que Sue pudesse reagir, as mãos ásperas de um guerreiro agarraram seu braço, empurrando-a para frente. Ela cambaleou na água, perdendo o equilíbrio por causa de sua mochila.

– Meu Senhor – gritou o guerreiro –, comece com esta aqui!

Mais dois guerreiros avançaram na direção de Sue. Ela acionou seu campo de força, empurrando o guerreiro para trás. Mas o coice fez com que ela rodopiasse na água. Não estava acostumada a lutar submersa; seu campo de força parecia estranhamente difícil de controlar.

Sue conseguiu chegar até Namor, com o campo ainda ativado. Ele resmungou e estendeu o braço em direção a ela... e, em seguida, arregalou os olhos.

– Susan Storm! – exclamou.

Sue virou-se para ele, acenando um pedido de ajuda. Uma dúzia de emoções passou pelos olhos escuros e cruéis de Namor. Então, estendeu a mão para ela.

Ela desativou o campo de força e permitiu que ele a segurasse pelo braço. Namor a puxou com força para o meio da praça. O caixão flutuava pouco acima deles, mantido no lugar – agora ela podia ver – por jatos de água ligados à sua base.

Namor pegou-a pelos ombros e, bruscamente, virou-a para encarar a multidão.

– Esta mulher – começou ele – é uma das integrantes do mundialmente famoso Quarteto Fantástico. Ela representa a comunidade super-humana da superfície, em toda a sua sórdida decadência.

A multidão gritou, querendo sangue, mas se manteve afastada.

– Diga ao meu povo, Susan. – Namor a encarava com ódio. – Defenda as ações dos seus companheiros, dos chamados heróis do seu reino. – Ele apontou para o caixão. Explique como essa *atrocidade* aconteceu.

As pessoas levantavam os punhos azuis, brandiam lanças e armas. Mas Sue os ignorava, mantendo os olhos fixos em Namor.

– Namorita foi assassinada por um supervilão – explicou ela. – Não por um herói.

– Um vilão – o olhar de Namor não vacilou. – Como eu?

Eu estava errada, pensou ela. *Ele mudou. Se tornou mais amargo, mais ressentido; não há mais alegria nele. Ainda assim... não vai deixar que me machuquem.*

De repente, Sue ficou muito calma. Pegou dentro de sua mochila um cilindro impermeável de mármore esculpido.

– Esta urna contém as cinzas de sua prima – informou ela. – Pelo menos, tudo o que conseguimos encontrar. Infelizmente, não foi muita coisa.

A multidão murmurou, surpresa. Mil olhos assistiram Namor pegar a urna, passar a mão por sua superfície.

Sue limpou a garganta.

– Namor, eu... eu sinto muito por isso...

– Vashti. – Namor acenou bruscamente, e um senhor nadou em sua direção. Namor segurou seu pescoço em um gesto íntimo e sussurrou algo urgente no ouvido dele.

Em seguida, o príncipe pegou Sue pelo braço e puxou-a com brutalidade em direção a um grande prédio com um minarete.

– Venha comigo – disse ele.

– Cuidado com as malditas mãos.

Mas ela permitiu que ele a conduzisse. Atrás deles, ela escutou o senhor falando com a multidão.

– Bem, a cerimônia continuará amanhã. Guerreiros, retomem seus postos...

Namor levou-a por um salão de mármore, passou por uma sala de estar com cadeiras flutuantes, até seus aposentos reais. Uma cama grande e redonda ocupava quase todo o quarto, coberta por lençóis à prova d'água. Enquanto ela observava, fazendo uma careta, ele tirou sua veste e começou a tirar as calças formais.

– Humm...

Ele parou e um rastro do antigo bom-humor apareceu em seus olhos.

– Por que você está aqui, Susan?

Ela apontou para a urna, deixada sobre a cama.

Ele arrancou as calças, revelando sua roupa de uso cotidiano: a sunga verde e escamosa.

– Não me engane novamente.

Ela assentiu, os lábios comprimidos.

– As coisas estão ruins, Namor. Eles promulgaram uma lei para super-humanos, e estão prendendo quem não a obedece. Já mataram um de nós.

Ele acenou com a mão, dispensando-a, impaciente.

– Nosso... o ataque do Capitão América está marcado para amanhã à noite. Você tem um dos exércitos de guerreiros mais valentes do mundo. Ter você ao nosso lado poderia significar a diferença entre vencer e perder.

Namor fitou-a com a expressão indecifrável por um longo momento. Então, ele jogou a cabeça para trás e riu.

– Você escutou o meu povo – disse ele. – Sentiu sua tristeza, sua raiva. Eu sou o rei deles; a dor e a indignação que sentem também são minhas. Por que, nos sete mares, eu iria querer ajudá-los?

– Capitão América é um dos seus amigos mais antigos. – Sue podia sentir sua voz vacilar. – Você lutou com ele na Segunda Guerra Mundial... você o conhece há mais tempo do que qualquer um.

– E onde está o meu amigo agora? – Namor nadou pelo quarto, fazendo um gesto teatral. – Planejando insignificantes lutas pelo poder, sem dúvidas. Enquanto manda *você* vir aqui, para se aproveitar do nosso relacionamento especial.

Sue se sentiu diminuída, vulnerável ali nos aposentos de Namor.

– Nós não temos um relacionamento – contradisse ela.

Namor fitou-a com atenção, e um sorriso dissimulado passou por seus lábios. Lançou-se na água, pousando ao lado dela na beirada da cama.

– Muito bem – disse ele. – Vou ajudá-la, Susan Storm.

Alguma coisa no tom de voz dele causou um arrepio na espinha de Sue.

– É Richards, agora – corrigiu ela.

Ele puxou o lençol de cima e apontou para a cama.

– Prefiro Storm.

Toda a raiva e frustração das últimas semanas irromperam dentro dela. Sue estendeu a mão e *deu um tapa* em Namor, com o máximo de força que a resistência da água permitiu. Ele nem piscou, mas seus olhos ficaram frios.

– Você é um garoto arrogante e mimado que acha que qualquer pessoa ou qualquer coisa existe para que possa possuí-la – sussurrou ela. – Que sempre existiram para servi-lo.

– Você gostava disso.

– Eu não terminei ainda. Você não respeita as mulheres, não respeita nem a si mesmo. Mas apesar disso tudo, eu sempre achei que você tivesse seu próprio código de honra, em algum lugar bem no fundo. Alguma coisa que fez com que o seu povo quisesse segui-lo para onde quer que você fosse. Mas eu estava errada. *Este* é o seu preço? Você só vai nos ajudar, salvar seus amigos e aliados de serem presos, subjugados e mortos se, apenas se, eu concordar em *dormir com você*?

Ele virou de costas, furioso. Sacudiu os ombros musculosos.

– Fiquei entediado agora.

– Difícil. Isso está sendo realmente muito difícil. Sabe por quê? Porque isso é importante pra mim. Deixei o meu marido e meus filhos, e essa foi a coisa mais difícil que já fiz até hoje. Sinto tanta falta deles, sinto falta deles em cada segundo do dia, eu os vejo em todos os lugares, mas não são eles, é apenas a minha imaginação. E eu não fiz tudo isso, não parti a minha vida ao meio para vir aqui e me submeter às vontades de um homem-peixe arrogante e nojento. *Eu fiz isso porque era CERTO!*

Ela virou em direção a ele, mas ele se afastou. Estava flutuando do outro lado do quarto, o rosto irado, humilhado.

Estraguei tudo, pensou ela. *Fui longe demais. Mesmo se ele estivesse disposto a ajudar, seu orgulho não vai mais permitir.*

Os níveis de adrenalina de Sue despencaram. Sentia-se envergonhada; fracassada. Tinha vontade de chorar.

Mas apesar de tudo, ela queria que as coisas entre eles ficassem claras. Alguma coisa dentro dela não podia permitir que sua visita fosse manchada pela desonestidade.

– As cinzas – ela apontou para a urna. – Eu... nós... não temos certeza se elas são de Namorita. O local foi atomizado. As autoridades fizeram o melhor que podiam, mas...

Namor cerrou os dentes.

– ... mas de verdade, Namor. Se as cinzas são dela, do Speedball, do Radical ou do Micróbio. Isso faz diferença?

Ainda assim ele não disse nada. Apenas apontou para a porta, os braços rígidos, os olhos ardendo em uma fúria gelada.

Então, ela partiu. Afastou-se nadando, passando novamente pela sala de estar e pelo grande vestíbulo, entrando nas águas abertas de Atlântida. Passou pelos cardumes e grupos de homens e mulheres anfíbios, fazendo suas tarefas diárias, parando para encará-la com olhos hostis.

Exatamente como o povo da superfície. Tão pequenos, tão provincianos. Tão cheios de ódios insignificantes, tão rápidos em demonizar os outros.

Não, pensou ela, *há uma diferença. Quando o povo de Namor chora, suas lágrimas são levadas pelo mar.*

28

— ENTÃO, NAMOR NÃO VEM?

Johnny Storm fechou o celular, balançando a cabeça.

Capitão fez uma careta, tentando não se apoiar em sua perna ruim enquanto caminhava à frente do grupo pelo corredor. Estava um pouco furioso. Na Guerra do Pacífico, ele viu Namor atacar uma base japonesa inteira com apenas um homem – o próprio Capitão – o apoiando. Naquela época. Namor não o deixaria na mão.

— Vamos seguir em frente – disse o Capitão. – Quem mais temos?

— Wolverine não vai contrariar os X-Men, então ele está fora. – Falcão consultou seu tablet. – E a S.H.I.E.L.D. acabou de capturar Hércules perto de Chicago. Eu gostaria de ter visto isso.

— Isso é muito ruim. Tony já tem um deus grego na equipe dele, seria bom ter um do nosso lado também.

— Pantera Negra está com a gente – informou Johnny. – Ele ficou louco da vida com essa história do Bill Foster... Ele e Tempestade disseram que estão do nosso lado.

— Tempestade não é uma mutante?

— Agora, ela também é a Rainha de Wacanda. Acho que isso acaba com a neutralidade dos X-Men.

— E o Doutor Estranho?

Falcão franziu a testa.

— Disse que tem que meditar sobre a situação. Da última vez que falei com ele, estava entrando em um transe de oito dias. Eu não contaria com ele hoje à noite.

Capitão deu um soco na palma da mão. Estava ansioso e excitado, como sempre ficava antes de uma batalha. Principalmente em uma com tantos "se's" como essa.

– É a primeira etapa do ataque que me preocupa – confessou ele.
Falcão assentiu.
– Precisamos de todas as tropas que conseguirmos. Chamei todas as reservas, Capitão.
Capitão cruzou a porta da sala de reunião. Uma fila de heróis em trajes coloridos esperava à mesa: Cage, Adaga, Patriota, Célere, Fóton, Arraia, e pelo menos meia dúzia de recém-chegados. Capitão reconheceu as ex-vilãs Áspide e Cascavel entre os outros.

Justiceiro estava sentado sozinho no canto da mesa, limpando meticulosamente dois rifles semiautomáticos com uma lata de óleo aberta à sua frente.

Capitão sentou-se na cabeceira da mesa; Johnny e Falcão tomaram seus assentos, cada um de um lado dele.

– Ok, vamos direto ao assunto. – Ele clicou em um botão embutido na mesa.

Projetores holográficos recém-instalados ganharam vida, e a imagem rotatória de um esquema elevou-se sobre a mesa. Mostrava um complexo de prédios de vários tamanhos projetando-se de uma rocha, flutuando em uma versão surreal do espaço sideral.

– Justiceiro conseguiu para nós todas as especificações da prisão da Zona Negativa. É uma instalação enorme projetada e construída pela Stark Enterprises especificamente para prender super-humanos. A planta pode ser vista neste esquema tridimensional.

Capitão estendeu as duas mãos para o holograma e o expandiu. A imagem ampliada mostrou o interior dos prédios, revelando corredores, celas, áreas de exercício e instalações médicas, tudo cuidadosamente nomeado.

Em volta da mesa, todos os heróis se inclinaram para frente, examinando o holograma.

Fóton franziu a testa.

– Está cheia de supervilões, certo?

– *Teoricamente*, é para supervilões de alto risco. Mas tem muito super-herói rebelde preso lá. Muitos dos nossos amigos.

– Stark, Reed Richards e Henry Pym planejam colocar supermarionetes em todos os estados – comentou Falcão. – Logo haverá cinquenta portais levando diretamente para a prisão. Neste momento...

Ele apertou um botão e o holograma desapareceu. Uma nova imagem surgiu: a espiral do Edifício Baxter.

– ... só existe um.

– Mas precisamos agir rápido. – Capitão se debruçou sobre a mesa, o sangue fervendo nas veias. – Nossa inteligência sugere que eles estão planejando um ataque violento à comunidade super-humana rebelde. Usando a S.H.I.E.L.D. e os Thunderbolts. Portanto, esta noite é a nossa última oportunidade.

Ele olhou em volta da sala. Algumas pessoas pareciam pouco à vontade, principalmente os heróis mais jovens: Patriota, Adaga e Célere.

– Olha – continuou Capitão –, compreendo que isso seja difícil. Todos vocês estão acostumados com as batalhas, as adversidades avassaladoras, até a se esconder das autoridades. O que vocês *não* estão é acostumados a ter que enfrentar *outros heróis*, pessoas cujas prioridades, em outras épocas e lugares, seriam exatamente iguais às suas. – Ele baixou o olhar por alguns instantes. – Amigos e ex-amigos. Mas vocês têm que estar prontos. Precisam se endurecer, se preparar para o que vem hoje à noite. Porque se o Homem de Ferro ou Miss Marvel voarem em direção a vocês para atacá-los, vocês precisam agir com rapidez para *derrubá-los* de uma só vez. Caso contrário, serão os próximos hóspedes da pequena prisão alienígena deles. E pior que isso: decepcionarão todas as pessoas que estão nesta sala.

Tigresa entrou no recinto.

– Parece que vamos contar com mais alguma ajuda. – Ela fez um gesto teatral...

... e o Homem-Aranha entrou. Vestia seu traje original, vermelho e azul com um padrão de teias de aranha. Ele levantou a mão e acenou timidamente.

– E aí, gente.

Johnny Storm abriu um enorme sorriso e ficou de pé. Foi até o Homem-Aranha e lhe deu um abraço apertado.

– Nunca mais dê um susto desses na gente, Aranha.
– Você também passou por maus bocados, Palito de Fósforo. – Homem-Aranha fez uma careta. – Dá pra soltar as minhas costelas? Ainda estou um pouco quebrado.
– Ownnn! Sr. Sensível, sempre querendo a atenção das moças.
– Ok, ok – Capitão franziu a testa e os dois se afastaram. – Homem-Aranha, você tem certeza de que quer participar disso?
– Absoluta, Capitão. – Aranha olhou para todos na sala. – Parece que vocês vão precisar de toda a ajuda que pintar.

Homem-Aranha se sentou perto da porta, em uma cadeira vaga ao lado do Justiceiro, que olhava para o rifle desmontado e espirrava um pouco de lubrificante no cano de disparo.

– Você... é... carrega isso pra todo lugar? – indagou Homem-Aranha.
– Bem-vindo. – Justiceiro sequer levantou o olhar. – À vida, quero dizer.

Capitão apontou para o Edifício Baxter, dando um zoom nos andares superiores.

– Os lugares-chave são *aqui* e *aqui*. O laboratório principal de Reed e a sala do servidor.
– Tem uma placa escrito "The Quincunx". – Johnny Storm se debruçou na mesa, franzindo a testa. – Nunca vi essa sala antes.
– Nós temos que conseguir entrar. Mas é possível que existam defesas que não conhecemos.

Cage passou um braço em volta de Falcão e outro em volta de Adaga, que recuou.

– Temos alguns poderes aqui.
– Ainda assim. Mesmo com o Homem-Aranha, ainda estou um pouco preocupada com os números.

Cascavel, uma ex-vilã regenerada, com um traje justo, preto e roxo, ficou de pé.

– Posso ajudar nisso. – Ela apontou para a porta mais distante, em frente à cadeira do Capitão.
– Escaravelho Dourado? Saqueador?

A porta se abriu e dois homens entraram. Escaravelho Dourado usava um traje todo vermelho e dourado, com um capacete que lembrava a mandíbula do inseto. O traje do Saqueador era das antigas: macacão justo azul e branco com gola alta e máscara que cobria metade do rosto.

Ambos eram supervilões. Não regenerados como Cascavel e Áspide. Criminosos procurados.

Capitão suspirou tomando fôlego.

Escaravelho Dourado falou diretamente para o Capitão.

– Não são só vocês que estão com medo de ser presos, Capitão. A comunidade supercriminosa está mais preocupada que ninguém com os planos de Stark.

– Sério. – Saqueador olhou nervosamente para a mesa cheia de heróis. – Só passamos por aqui para avisar que estamos disponíveis se precisarem. Justo, já que o Homem de Ferro tem vilões do lado dele, eu...

Uma saraivada ensurdecedora de tiros soou. Capitão ficou de pé a tempo de escutar Escaravelho Dourado e Saqueador gritarem de dor. Eles caíram para trás, em espasmos, seus corpos pareciam uma peneira, crivados de balas.

Todos ficaram de pé sobressaltados. Tocha Humana ficou em chamas; Homem-Aranha saltou para a parede, olhando em volta freneticamente. As mãos de Adaga brilhavam com poder de luz.

Justiceiro estava parado calmamente, sua cadeira caída atrás dele. Ambos os rifles semiautomáticos fumegavam em suas mãos.

Homem-Aranha virou na direção dele.

Justiceiro arqueou uma sobrancelha.

– O quê?

A coisa obscura dentro do Capitão fervilhou de novo. Ele contornou a mesa e acertou um soco na cara do Justiceiro. O Vigilante gemeu, largou as armas e caiu contra a parede.

Capitão o fitou, com raiva. Justiceiro enxugou o sangue de seu rosto e, lentamente, levantou o olhar. O Capitão estava tenso, pronto para bloquear o próximo golpe.

Mas Justiceiro apenas ficou parado, encostado na parede. Ele parecia confuso, como um cão que não sabia por que tinha sido castigado.

– Seu assassino maldito – murmurou Capitão.

– Eles eram... do mal, Capitão. – Justiceiro se esforçou para ficar de pé. – Ladrões. Assassinos...

– Cale-se!

Capitão deu um chute na mandíbula do Justiceiro. Sangue espirrou na parede. Antes que Justiceiro pudesse reagir, Capitão estendeu a mão e o puxou para mais perto. O Supersoldado pressionou seu escudo contra a garganta do Justiceiro, tirando apenas no último segundo antes de quebrar seu pescoço.

De repente, todos estavam em ação. Alguns heróis correram para os corpos mortos dos vilões; outros rodeavam Capitão e Justiceiro. E outros saíram da sala em busca de ajuda médica. O holograma continuava em cima da mesa, esquecido em meio ao caos.

– Capitão – chamou Falcão.

Mas Capitão América mal o escutou. O mundo se estreitara, se tornando um minúsculo túnel de batalha. Nada de Lei de Registro, prisão secreta, Resistência e Thunderbolts ou Projeto dos Cinquenta Estados. Apenas Capitão – o Supersoldado – e seu inimigo. Um assassino em massa com uma camiseta de caveira, encostado na parede, sangrando e ferido, bem à sua frente.

Só eu, pensou Capitão, *e meu maior erro*.

Ainda assim, Justiceiro não moveu um dedo contra ele.

Capitão se preparou para dar outro soco.

– Lute, seu covarde!

Justiceiro balançou a cabeça, recuando.

– Não... – Ele cuspiu sangue. – Não contra você.

Capitão o encarou por um longo momento. Então, abaixou o punho.

– Tirem-no daqui – ordenou Capitão. – E joguem as armas dele no incinerador.

Tigresa acenou. Patriota se juntou a ela, e eles pegaram Justiceiro, cada um por um braço. Justiceiro não moveu um dedo contra eles.

– Vamos... é... – Cage fez um gesto. – Vamos chamar os médicos. Pedir para que retirem esses corpos.

Patriota se aproximou do Homem-Aranha.

– Por que será que ele não revidou contra o Capitão?

– Os dois são soldados. Provavelmente, Capitão foi a razão para Justiceiro ter se alistado. Mesmo cara, guerras diferentes.

Capitão se virou para eles, fitando o Homem-Aranha com olhos furiosos.

– *Errado* – contradisse ele. – Justiceiro é louco.

Homem-Aranha assentiu, um pouco rápido demais.

– Eu sei, Capitão, sei que ele é.

Capitão virou de costas, os punhos fechados. Fechou os olhos com força, enchendo sua visão com névoa vermelha. À sua volta, podia escutar macas sendo empurradas, aparelhos ligados.

– Isso não muda nada. A contagem regressiva para o pré-ataque começa agora. – Capitão virou-se novamente para encarar o grupo. – Equipe Liberdade, encontre-me em dez minutos para uma reunião estratégica. O resto de vocês: prepare-se.

Ele fitou os rostos reunidos. Todos pareciam alarmados, mais duvidosos do que antes. Os olhos de Adaga estavam mais arregalados do que nunca; Fóton parecia arrependida de ter se juntado ao grupo. Cage colocara os óculos escuros, encarando Capitão com os lábios comprimidos.

Falcão não estava olhando para ele.

Eles não são um exército, Capitão se deu conta. *São indivíduos, acostumados a trabalhar sozinhos ou em pequenos grupos. E hoje eles vão enfrentar toda a força da Stark Enterprises, da S.H.I.E.L.D. e do governo dos Estados Unidos.*

Mas teria que ser o suficiente. *Muita coisa depende disso. Nossa própria liberdade e a de nossos amigos. O futuro do nosso próprio modo de vida.*

Esta noite, de uma forma ou de outra, o futuro seria decidido.

29

OS MÚSCULOS DO HOMEM-ARANHA ESTALAVAM; seu pescoço doía. Uma névoa ainda enchia sua cabeça, resquício das granadas do Polichinelo. Seu sentido-aranha disparando quase constantemente, avisando-o do perigo em cada esquina.

Mas em algum momento no caminho para o Edifício Baxter, ele percebeu que se sentia bem. Havia bastante tempo que não se sentia tão bem. Talvez fosse o traje, a leveza do velho vermelho e azul. O uniforme que ele mesmo costurou, poucos dias depois de a aranha radioativa ter picado o adolescente Peter Parker.

Ou talvez, pensou ele, *seja porque finalmente estou do lado certo.*

– Vamos logo, enquanto somos jovens, Parker? Pelo menos alguns de nós...

Ele seguiu Johnny Storm pelo painel de acesso escondido, instalado ao longo da parede do corredor.

– Pega leve, Palito de Fósforo. Metade dessa "Equipe Liberdade" já...

Ele congelou, o gracejo morrendo em seus lábios.

A sala escondida – Quincunx – era uma esfera praticamente perfeita, com uns quatro metros de diâmetro, e grande o suficiente para comportar quatro ou cinco pessoas. As paredes, o chão e o teto eram inteiramente formados por placas brancas triangulares, arrumadas em uma sequência perfeita. Como dois domos geodésicos unidos, um em cima do outro, para formar uma bola gigante.

– Um icosaedro – exclamou Homem-Aranha. – É um icosaedro.

– É meeeeesmo, Aranha.

Uma luz azul e branca iluminava o ambiente, cintilando fracamente dos painéis triangulares. Havia apenas um único banco de madeira no centro do lugar.

– Como eu já disse – falou Johnny. – Nunca nem ouvi falar desse lugar.
– Ou você não estava escutando quando Reed falou.
Johnny sorriu.
– É possível também.
Homem-Aranha saltou, pousando na junção entre duas placas da "parede" da sala. Suas mãos enluvadas tocaram e se grudaram instantaneamente às placas com seu adesivo natural de aranha. A sala o deixava desorientado; era difícil saber onde, ou como, ficar.
Um brilho chamou sua atenção. A placa embaixo de sua mão acendeu com um menu:

ESPERANDO COMANDOS
ENTRE COM SENHA/DIGITAL/RETINA

O mesmo menu piscou em outras três placas, as que estavam sob sua outra mão e suas botas. Ele apontou para os pés de Johnny; a mesma coisa tinha acontecido onde ele estava.
Johnny tirou uma luva e esticou a mão. Quando tocou a placa da parede, uma tela se acendeu rapidamente, depois mudou para:

ID CONFIRMADA: JONATHAN STORM
ACESSO PERMITIDO

A placa se abriu, revelando uma série de dispositivos e fios. Johnny deu de ombros, acenou para que o Homem-Aranha olhasse.
– De acordo com os planos roubados pelo senhor "Atira à Queima-Roupa", essa sala controla todo o acesso aos laboratórios e ao portal da Zona Negativa. – Homem-Aranha esticou a mão para os dispositivos. – Vamos ver o que este aqui faz.
Johnny colocou os dedos nos ouvidos, jocosamente. Aranha revirou os olhos e acionou o dispositivo. Uma tela se acendeu no painel anexo.

VOCÊ ACABOU DE DESATIVAR O ROBÔ BABÁ H.E.R.B.I.E.
DESEJA PROSSEGUIR? S/N

Homem-Aranha e Johnny deram de ombros. Johnny clicou em SIM.

Do outro lado da sala, já no nível do teto, outra placa se abriu. Homem-Aranha franziu a testa, saltou para pousar na parede curvada. Mais uma vez, outra placa acendeu ao lado da que estava aberta.

CONTROLES ADICIONAIS DE BABÁ DISPONÍVEIS.
DESEJA CONTINUAR? S/N

Homem-Aranha olhou para Johnny.
– Não entendo essas coisas. Como uma pessoa normal consegue operar esses controles? Vou ter que pular pela sala toda.

Johnny franziu a testa por um momento, então estalou o dedo. Uma pequena chama se acendeu, como se saísse de um isqueiro.
– Não foi feito pra uma pessoa normal. Foi feito pro *Reed*. – Johnny apontou para o pequeno banco. – Os membros dele são elásticos, lembra? Ele pode se sentar ali, esticar o pescoço por toda a sala pra ler as telas, e trabalhar com um controle em cada braço alongado. E talvez até com os dedos dos pés. Ou...

– Vamos parar nos dedos dos pés. Mas sim, isso faz sentido. – Homem-Aranha fechou a placa aberta, saltou de volta ao chão. – Falando de Reed...

– Ele está em Washington, com certeza, atualizando o comitê do Congresso.

Johnny estendeu a mão, tocou em outra placa.

DEIXANDO A SALA BLOQUEAR CONTROLES
DESEJA CONTINUAR? S/N

Johnny suspirou.
– Vai demorar um pouco pra gente entender.

– Então é melhor começar logo. – Homem-Aranha estendeu a mão para uma placa aberta e começou a mexer nos fios. – Cada minuto que perdemos, aumenta a chance de toda a Resistência cumprir uma longa pena na Prisão 42.

✪✪✪

Capitão estava uma pilha de nervos. Cada passo da operação estava por um fio. Sue Richards conseguira deixar o grupo todo invisível por tempo suficiente para passar pelos guardas da S.H.I.E.L.D. do lado de fora do Edifício Baxter. E foram capazes de entrar e subir sem serem detectados graças às informações roubadas pelo Justiceiro.

Mas houve alguns momentos críticos. Os poderes de Sue conseguiam manter um grupo de heróis invisível, mas não conseguia mantê-los *quietos*. Um espirro de Adaga quase os denunciara.

Agora estavam espremidos em um corredor, quase duas dúzias de super-heróis renegados tentando ser discretos. Era até engraçado. Sue mantinha as mãos na cabeça, de onde escorria suor por causa da tensão de manter um campo de invisibilidade tão amplo.

Capitão se aproximou dela.

– Só mais um pouco, Sue.

Ela assentiu.

Dois agentes da S.H.I.E.L.D. faziam guarda na porta do laboratório de Reed. Capitão acenou para Cage e Adaga, e os dois se moveram. Adaga disparou adagas de luz em um dos agentes, estilhaçando sua arma e o atordoando. Cage deu um pesado passo para frente e golpeou o estômago do segundo agente. Ele se curvou de dor, deixando a arma cair. Cage finalizou com um decisivo golpe na cabeça.

O Capitão correu e pegou o agente antes que ele caísse no chão. Tirou a luva do homem inconsciente e levantou sua mão até a placa na porta, que se abriu.

Cage sorriu.

– Entramos, baby.

Capitão assentiu, acenou para que o grupo o seguisse.

O laboratório de Reed estava tão cavernoso quanto sempre esteve – e ainda mais bagunçado. Quadros brancos, equipamentos e papéis estavam espalhados por todo o lugar. Líquidos borbulhavam de tubos de ensaio, restos de experimentos esquecidos.

Sue vacilou.

– Capitão?

– Pode desativar o campo, Sue.

Ela desmoronou em cima de uma mesa, exausta. A Resistência apareceu.

O Capitão franziu a testa. Alguma coisa estava errada ali; tudo estava sendo fácil demais. *Apenas dois agentes da S.H.I.E.L.D. para proteger o único portal da Zona Negativa na Terra?*

Falcão passou pelo Capitão ao lado de T'Challa, o Pantera Negra. Como governante da nação africana de Wakanda, Pantera já havia trabalhado com o Quarteto Fantástico diversas vezes e conhecia seus sistemas.

– Obrigado por vir, T'Challa. Sei que é interesse de Wakanda se manter neutro.

– Esqueça isso, amigo. – T'Challa baixou a máscara que escondia o rosto, revelando traços nobres. – Se eu tivesse atendido ao seu primeiro chamado, talvez nosso amigo Bill Foster estivesse vivo. Como minha esposa bem me lembrou.

Ele abriu um sorriso triste para os outros heróis que estavam na sala. Tempestade, a deusa do clima dos X-Men e esposa recém-casada de T'Challa, abriu os braços, concordando com o marido com uma pequena explosão de raios.

Falcão acompanhou Pantera até o portal da Zona Negativa, que estava escuro e tranquilo. Capitão se juntou a eles.

– O que você acha, T'Challa?

Pantera franziu a testa, digitou algo em um teclado embaixo da tela escura.

– Está desligado – informou ele. – Nenhum sistema ativo, nenhuma energia passando por ele.

Falcão se virou para Capitão.

– Alguma coisa está errada. As informações do Justiceiro diziam que ele ficava ativo o tempo todo.

– É verdade. A não ser quando estamos esperando invasores.

Capitão virou-se na direção da voz. Uma parede inteira zuniu e começou a se abrir, revelando uma grande sala. Luzes se acenderam iluminando o laboratório normalmente escuro.

Na outra sala estava a Mulher-Hulk. Miss Marvel. Gavião Arqueiro. Estatura, com mais de dois metros de altura e cheia de determinação. Senhor Fantástico.

Os Thunderbolts estavam com eles: quatro supervilões, cada um deles era uma arma viva. Mercenário, o mestre da pontaria. Lady Letal, assassina cibernética. Venom, um criminoso insignificante possuído por um alienígena, sua língua comprida pingando ácido. Treinador, o técnico dos supervilões.

Novos aliados também. Magnum. Capitão Marvel, o recém--ressuscitado guerreiro alienígena. Mulher-Aranha. Doutor Samson. O Sentinela, flutuando e brilhando com poder sobrenatural. Hermes, o deus grego de velocidade incrível. Até Henry Pym estava vestido como Jaqueta Amarela, sua última identidade como herói.

E mais: novos recrutas, diretamente dos campos de treinamento da Iniciativa. Trajes azuis, vermelhos e amarelos; um mar de novos rostos jovens, voadores e cibernéticos, mutantes, alienígenas e lutadores comuns. Jovens e velhos, pretos e brancos, marrons e também de outras cores, raças nunca antes vistas na Terra.

Liderados, como sempre, pela armadura cintilante vermelha e dourada. Ele deu um passo à frente.

– Tony – disse Capitão.

Capitão acenou com o escudo para que a Resistência recuasse. Todos se posicionaram atrás dele, encarando os recém-chegados.

A voz do Homem de Ferro estava calma.

– Você caiu em outra armadilha, Capitão. Desta vez, temos alguns aliados extras nos ajudando.

Capitão lançou um olhar furioso para os Thunderbolts.

– Vocês devem estar muito orgulhosos.

Mercenário arregalou os olhos e abriu um sorriso cruel. Venom passou sua língua comprida e faminta pela boca grotesca.

– Tínhamos um espião infiltrado no seu grupo o tempo todo – continuou Tony. – Agora seria uma boa hora para se entregar.

– Se está falando de Tigresa, já sei.

Tigresa olhou para o Capitão.

– Como?

Capitão virou-se para fitá-la, com uma mistura de sentimentos.

– Você exagerou um pouco na sua interpretação lá no nosso quartel-general. Mas me fez um favor.

Tigresa encarou Capitão, um indício de arrependimento no olhar. Então, ela saltou, leve como uma pluma, para o outro lado da sala, para ficar ao lado do Homem de Ferro.

– Sou uma Vingadora – afirmou ela.

– Isso não importa – interrompeu Tony. – Mesmo que algumas das informações que recebemos do Capitão sejam falsas, ainda temos todas as cartas. Esse pequeno movimento de "ocupação" acabou. *Agora.*

Capitão América olhou para trás, para sua tropa. Cage e Falcão pareciam furiosos, prontos para a batalha. Fóton, Arraia, Patriota, Adaga, Célere, Áspide, Cascavel e os outros: todos pareciam realmente unidos naquele momento. Toda a hesitação desaparecera. Capitão sabia que lutariam por ele até o fim.

Eles não serão suficientes. Mas talvez não seja necessário.

Capitão deu um passo à frente, encarando cheio de raiva as lentes cintilantes que cobriam os olhos do Homem de Ferro. Sentiu-se forte, feroz, imbatível. Como Davi contra Golias, como George Washington na sua travessia pelo rio. Podia ouvir a cavalaria se aproximando, os fuzileiros prestes a invadir a praia.

Os sons da liberdade.

– Seja razoável – ponderou Tony. – Para cada homem seu, temos dois. Como espera nos derrotar?

Capitão se manteve firme. Não se mexeu, nem piscou.

– Um passo de cada vez. – Lentamente, um sorriso sombrio se abriu em seu rosto. – Um tijolo de cada vez.

30

A MULHER INVISÍVEL ENTROU NA SALA QUINCUNX. Johnny e Homem-Aranha viraram em direção à porta, procurando freneticamente. Homem-Aranha saltava, olhava para cima, para baixo, em volta.

– Mana? – chamou Johnny.

Sue se permitiu ficar visível.

– Isso. Escutem, estamos encrencados.

– Não brinca. – Johnny apontou para os painéis abertos, perto do nível dos olhos, na parede oposta. – O sistema de arquivos de Reed é tão enrolado quanto os membros dele.

Homem-Aranha apontou para uma tela mostrando uma confusão de diagramas de circuitos eletrônicos.

– Além disso, esse velho emulador de Atari trava toda hora comigo. Nunca vou conseguir realizar o meu sonho de infância de ser campeão mundial de Centipede.

Sue analisou a variedade de painéis. Seis painéis adjacentes tinham se acendido até formar uma tela contínua, mostrando um esquema da prisão da Zona Negativa. Pequenos ícones de informação flutuavam em cima de cada cela individual; ela tocou uma, e apareceu a etiqueta DEMOLIDOR. Várias placas ao redor estavam abertas, revelando um arco-íris de fios multicoloridos, tomadas e microcircuitos.

Johnny apontou para o esquema.

– Conseguimos acessar remotamente o computador central da prisão. Até conseguimos separar as celas com heróis daquelas com vilões.

– Sério. – Homem-Aranha colocou a mão no ombro do Johnny, de forma arrogante. – *Nós* fizemos um ótimo trabalho.

Johnny o ignorou.

– Mas não aceita nenhum dos nossos comandos. Conseguimos *ver* as celas e quem está dentro de cada uma, mas não podemos fazer nada.

Sue estendeu a mão para um painel aberto e moveu um interruptor.

– Isso deve nos levar ao chaveiro virtual do Reed.

Johnny virou a cabeça para ela.

– Você já tinha estado aqui antes?

– Claro. Eu e Reed gostávamos de vir aqui para... – Ela parou, deu um sorriso maroto e virou de costas. – Esquece.

– Não acredito. Não *acredito*.

Homem-Aranha escalou a parede da sala, esticando o pescoço para ver a tela.

– Não se incomode comigo. Só uma mosquinha na parede.

Sue suspirou. Era como ter *dois* irmãos mais novos.

Acessou outro painel aberto e moveu outro interruptor. Uma das telas piscou, mudando para uma longa lista de palavras.

ATTILAN PLAYGROUND
GAMMA GAMMA KREE
INITIATVE RUSCH
FIVE FIREFLY FILLION
DOUBLE DUTCH ALEC
BALLMER WOZNIAK BETA

Sue continuava descendo a tela e xingando.

– Mana? O que é isso tudo?

– É a lista de senhas do Reed. Uma delas é a que precisamos. – Ela franziu a testa. – Mas não sei qual delas.

Johnny deu um tapa na testa.

– É o que dá o Reed trabalhar sozinho, último nível de segurança. Tem centenas de senhas aqui, e só *ele* sabe qual delas o sistema vai aceitar.

ECHO MACK BENDIS
ALPHA ALONSO ALPHA BETA
LARRY MAC NIVEN
TERA BYTE GEO
HESTER PRIN PHILIP

Homem-Aranha balançou a cabeça, olhos fixos na tela.

– Estou me sentindo disléxico.

– Isso é sério, rapazes. Tony Stark nos pegou novamente em uma armadilha, lá no laboratório. Ele e Capitão estão lá fazendo aquela coisa, de ficar um rondando o outro como pistoleiros.

Homem-Aranha suspirou.

– Isso não acabou bem da última vez.

– Consegui fugir antes que Reed me visse. Ele não está fora da cidade... Pelo visto, outra coisa que ele não me disse.

OCTO DECA MEGA
MILLER SIN MILLAR
HAWKING NEGATIVE Z
SIERRA CHARLIE PEGGY LIPTON
RUNCITER TAVERNER ELDRITCH

Homem-Aranha deu um salto no ar, assustando Sue e Johnny.

– Aquela ali! – gritou ele.

Sue franziu a testa.

– O quê? Qual?

Ele apontou com um dedo enluvado para a tela.

– Aquela ali! É essa!

Johnny olhou para ele.

– Peggy Lipton?

– Atores de TV da década de 1960. Confie em mim!

Sue voltou para a tela principal, o esquema da prisão. Abriu um teclado virtual e começou a digitar.

Percebeu que estava prendendo a respiração. Capitão e os outros estavam à mercê de Tony naquele momento. Se a senha não funcionasse...

A tela piscou uma vez, e por um terrível momento, Sue pensou que não conseguiria mais acessar o sistema. Então, o esquema reapareceu, com as palavras transparentes sobrepostas:

ACESSO PERMITIDO

– Conseguimos! – Johnny bateu palmas. – Eu tinha certeza de que nós conseguiríamos.

– De novo com essa história de *nós*?

Sue os ignorou. Esticou o braço e começou a tocar na tela, clicando nas celas individuais. Uma a uma, elas ficaram verdes. Ela clicou e deu um zoom no esquema, girando a prisão, verificando a etiqueta de cada cela cuidadosamente.

– Agora o portal – disse ela. – E aí estaremos...

Um alarme alto disparou, assustando-a. Em toda a sala, a luz ficou fraca. Sue olhou em volta e viu: todas as telas, com exceção daquela em que ela trabalhava, exibiam em vermelho a palavra ALERTA.

– Acho que a Equipe Liberdade acaba de se tornar pública – disse Homem-Aranha.

– Isso não importa. – Sue se virou para eles. – Preciso ficar aqui, terminar de ativar a sequência do portal. Vocês dois vão para o laboratório ajudar o Capitão.

– Mana...

– Acredite em mim, Johnny. Vocês estarão correndo mais perigo do que eu.

Ela se voltou para a tela, retomando sua tarefa. Um menu de comando identificado como PORTAL ZONA NEGATIVA apareceu à sua frente.

Johnny deu um beijo na cabeça dela.

– Vamos lá, Aranha. Vamos bancar os heróis.

– Isso. – Sue fez uma careta, estremecendo enquanto o alarme continuava. – E quando virem Reed, deem um tapa na cara dele por mim.

※※※

Tony Stark vencera. Suas forças se espalharam lentamente, cercando a autodenominada Resistência. As forças do Capitão se mantinham firmes, sem se mover. Mas não havia dúvida: eles estavam presos no laboratório de Reed.

Cada passo dessa operação tinha sido planejado, treinado, verificado e checado novamente. Os Vingadores experientes formavam a linha de frente; os Thunderbolts davam apoio, suas tendências assassinas controladas pelas nanomáquinas correndo em suas veias. Um pequeno exército de recrutas da Iniciativa estava posicionado ao redor, formando um círculo. E se, por um acaso, algum rebelde conseguisse escapar, os helicópteros da S.H.I.E.L.D. estariam sobrevoando o edifício, esperando para capturá-los.

Não havia para onde correr, não restava qualquer saída para os rebeldes. Ainda assim, ali estava o Capitão América, fitando-o cheio de ira no olhar. Olhos como gelo negro. O sorriso de um cadáver.

Tony queria muito, muito mesmo, atingi-lo.

Tony levantou sua viseira, forçando-se permanecer calmo.

– Se você sabia sobre Tigresa – disse ele devagar –, por que permitiu que ela continuasse trabalhando com vocês?

– Se eu revelasse que sabia, vocês teriam agido contra nós antes.

– Mas ela trouxe vocês até aqui. Ela nos contou todo o plano.

Capitão fixou os olhos negros em Tigresa.

– Não todo.

– Pelo amor de Deus, o que vocês *querem*? – A raiva fervilhava; Tony sentiu que estava se descontrolando. – Eu fiz *tudo* pra ajudar vocês. Oferecí anistia mais de uma vez. Convenci o governo dos Estados Unidos a não prender todos nós! Você sabe o que *podia* ter acontecido aqui?

Todos os olhares estavam fixos em Tony. Reed Richards abrira caminho até a frente do grupo.

– O que vocês querem? – repetiu Tony. – Que todo mundo deixe vocês fazerem o que quiserem, e danem-se as consequências? Exatamente *que guerra vocês acham que estão lutando?*

O olhar furioso do Capitão estava fixo nele, e o sorriso desapareceu de seu rosto.

– Só existe uma guerra.

– Com licença. – O pescoço alongado de Reed precipitou-se para encarar Capitão e Tony. – Cadê a Susan? Eu a vi antes.

– Agora não, Ree...

Um rangido tomou conta do ambiente. Tony olhou em volta, procurando a fonte. Luzes piscavam, alertas soavam. Uma grande tela se acendeu com as palavras: PORTAL PROJETO 42/ATIVO.

– O portal! – exclamou Tony.

Um pequeno grupo de recrutas da Iniciativa estava ao lado do portal; eles se afastaram, assistindo enquanto o caos giratório da Zona Negativa surgia. Reed Richards esticou seu corpo de borracha até o portal.

– Reed! – chamou Tony. – Desligue isso.

Reed observou o portal por um momento. Então a cabeça dele balançou, como se o elástico tivesse chegado ao limite, e voltou. Esticou o torso até um painel de controle do outro lado do laboratório.

Mulher-Hulk, Gavião Arqueiro e Magnum: um a um, os Vingadores se viraram para Tony, olhares questionadores no rosto.

Os rebeldes começaram a se agitar, a flexionar os músculos. Um sorriso cruel apareceu no rosto de Luke Cage.

– Recrutas da Iniciativa – ordenou Tony –, mantenham suas posições.

Tony virou-se para Capitão. O rosto do Supersoldado parecia feito de pedra, pronto para a batalha.

– Qual é o seu plano? – Tony gesticulou desdenhosamente. – Fugir pra Zona Negativa?

– Não exatamente.

Estatura cresceu até atingir três metros de altura e apontou para o portal.

– Olhe, Sr. Stark!

Dentro do portal, contornados por uma névoa antimatéria, vários pontos coloridos apareceram. Formas humanas e humanoides, todas crescendo a cada segundo, conforme se aproximavam. Alguns voavam com poderes próprios, outros com minúsculos jatos de foguetes. Todos em formação, se movendo rapidamente em direção à abertura do portal. Wiccano. Hulkling. Demolidor. Manto. Valquíria. Gavião Noturno. Hércules. E dezenas atrás deles.

– As celas – sussurrou Tony.

– Isso deve deixar a luta mais equilibrada – disse o Capitão.

A forma vermelha e implacável do Demolidor se aproximava. As asas do Gavião Noturno batiam freneticamente, fazendo-o avançar pela matéria escura do espaço da Zona Negativa. A forma furiosa e negra de Manto vinha à frente dos outros, quase enchendo o portal.

Luke Cage cerrou o punho e socou a palma da mão.

Em seguida, Manto atravessou o portal, sua capa rodopiando pelo ar. Demolidor veio logo atrás. E depois, os outros. Hércules, o deus grego da lenda, riu quando suas enormes pernas tocaram o chão do laboratório.

Os rebeldes avaliaram suas chances. O laboratório transformou-se em caos.

Falcão alçou voo. Gavião Arqueiro seguiu correndo, puxando seu arco e mirando para cima com mãos trêmulas.

– Vamos lá, Falcão – chamou Gavião Arqueiro. – A cruzada do Capitão... acabou, cara.

– Não está me parecendo – disse Falcão.

Abaixo, Wiccano e Hulkling abraçaram Célere e Patriota rapidamente. Em seguida, se viraram para Estatura, sua ex-colega de equipe. Ela arregalou os olhos, em pânico, e olhou em volta. Então, Komodo, Casca-Grossa e Arsenal – seus colegas de treinamento – apressaram-se para ficar ao seu lado. Arsenal soltou um potente golpe de energia, e todos se juntaram à luta.

– Não os machuque – pediu Estatura.

Viúva Negra correu para interceptar o Demolidor. Ele lançou seu *cassetete* nela e deu um salto sobre uma cabine de piloto desmontada. Ela foi atrás, ferrões cintilando, olhar assassino.

Adaga saltou, como num passo de balé, sobre a batalha, pousando bem ao lado de seu parceiro, que retornava. Sem sequer se olharem, tomaram posição defensiva, um de costas para o outro. Adaga lançou raios de luz nos recrutas, deixando-os atordoados. Manto envolveu-os nas profundezas de sua capa.

– Vingadores! – disse Tony. – Não entrem em pânico. Sigam os protocolos...

Ele se virou, um pouco tarde demais. O punho do Capitão atingiu seu rosto exposto, fazendo-o girar. Tony caiu contra um monitor de computador, estilhaçando-o em uma chuva de faíscas.

Tony balançou a cabeça, sangue voando de sua mandíbula. Levantou a mão, disparou seu raio repulsor. Capitão pulou para trás, desviando-se no ar... e, em seguida, a porta explodiu se abrindo do lado de fora. Fumaça entrou vinda do corredor externo, contornando as armaduras dos agentes da S.H.I.E.L.D. Maria Hill vinha à frente deles, liderando-os até a sala de batalha.

Ainda grogue, Tony estendeu a mão para ela.

– Maria... não. Deixe o meu pessoal...

Mas Hill não estava escutando. Ela fez sinais urgentes com as mãos, posicionando cuidadosamente seus agentes em volta das batalhas que eram disputadas por toda a sala. Áspide e Cascavel lutavam, duas contra um, com o poderoso Magnum, em seu traje preto. Fóton correu para se juntar a Cage e ao Pantera, disparando raios de luz no grupo dos recrutas pouco treinados. Eles gritaram e se espalharam.

Tony lançou um olhar rápido para o Capitão – exatamente quando um emaranhado de membros e carne caiu no chão entre eles. Tony deu um pulo para trás, assustado. Quase não reconheceu os dois deuses, Hércules e Hermes, agarrados e lutando enquanto rolavam pelo chão. A luta deles era selvagem, mortal, pontuada por gritos de triunfo e uivos de agonia. Eles riam também.

Os deuses passaram, batendo juntos contra a parede. Quando Tony desviou o olhar, Capitão já tinha desaparecido.

Rebeldes continuavam a jorrar pelo portal da Zona Negativa. Um mar de fantasias, vermelhos, azuis, dourados e prateados. Humanos, alienígenas, ciborgues, mutantes. Todos muito, muito furiosos.

Maria Hill ignorou todos eles. Dirigiu-se diretamente para Reed Richards, que estava lutando com uma linda rebelde chamada Áspide. O corpo de Reed estava enrolado ao de Áspide, tirando o seu ar. Ela arfava, atirando lâminas de veneno enquanto ele esticava os braços e a cabeça, esquivando-se.

Com o rosto contorcido de dor, Tony abaixou o capacete e voou na direção deles.

Ao comando de Hill, meia dúzia de agentes da S.H.I.E.L.D. cercou Áspide. Reed Richards arregalou os olhos; ele se desenrolou rapidamente, lançando fora o próprio corpo como um elástico – exatamente no momento em que os agentes de Hill abriram fogo contra Áspide com balas tranquilizadoras. Áspide tropeçou, disparou uma lâmina final e caiu.

– Maria – chamou Tony.

Hill não respondeu. Seus agentes agarraram um assustado Reed Richards, puxando-o pelos ombros maleáveis até onde ela estava.

– Doutor Richards – disse Hill, – mostre-me como recuperar o controle das defesas do prédio.

Reed olhou à sua volta, estupefato. Seus olhos iam do portal da Zona Negativa às várias pequenas batalhas que espalhavam o caos pelo seu laboratório.

– O que eu fiz? – sussurrou ele.

– Doutor Richards. Precisamos fechar aquele portal. – Ela puxou uma Magnum, encostou o cano na cabeça de Reed. – *Agora*.

Reed virou-se e olhou para ela, depois para a arma, como se eles fossem insetos invadindo sua experiência selada e estéril.

– Não há necessidade disso – interveio Tony, flutuando logo acima dela. – Reed é nosso aliado.

Hill baixou o braço, fitando-o com raiva.

– Reed – Tony planou até pousar. – Ela está certa.

Reed encarou Tony com indiferença por um momento, depois assentiu. Estendeu um longo braço e apontou para um console, do outro lado da sala.

Tony disparou no ar, observando a batalha. Entre Reed e o console estava a Mulher-Hulk lutando com a selvagem Valquíria. A espada de Valquíria feriu o ombro da Mulher-Hulk, que uivou de dor e socou a cabeça da guerreira com as duas mãos.

Tony desviou pelo ar e atirou em Valquíria com os dois repulsores. Val caiu. Mulher-Hulk contorceu o rosto de dor, mas levantou o braço bom para agradecer a Tony.

Os agentes da S.H.I.E.L.D. passaram por cima de Valquíria, que estava abatida, parando para atirar um dardo tranquilizante nela, por precaução. Reed levou-os para uma pequena tela de computador com um teclado acoplado. Por um milagre, ainda estava intacto.

Tony se aproximou do grupo, pousando ao lado deles.

– É este – informou Reed. – Posso desativar o portal daqui.

– Então, faça isso – ordenou Hill.

Tony olhou novamente para a batalha. Estatura e Jaqueta Amarela lutavam juntos, resistindo ao ataque dos quatro Jovens Vingadores. Uma luta aérea odiosa ocorria no centro do laboratório, onde o teto era mais alto: Arraia e Falcão Noturno dos rebeldes, ajudados pela deusa do clima, Tempestade, desviavam para evitar as poderosas rajadas de força da Miss Marvel.

– Tranque esta sala também – ordenou Tony. – Não me importo com quantos criminosos eles conseguiram libertar da Zona. Se conseguirmos prendê-los no laboratório, vamos acabar vencendo.

Reed assentiu. Seus dedos se esticaram e digitaram no teclado.

Tony cerrou os dentes. *A situação ainda pode ser controlada*, pensou ele. *Não vai degringolar. Não pode, não depois de tudo que sacrificamos. E tudo que eu sacrifiquei.*

– Reed?

Reed estava com a testa franzida, olhando para a tela.

– Mais alguém está controlando isso. Da sala Quincunx... – Ele parou, fitando a tela.

Hill levantou as mãos.

– O quê?

– O padrão dos toques no teclado... eu reconheço.

Com as mãos tremendo, Reed abriu uma janela de bate-papo e digitou apenas uma palavra:

SUE?

Uma rajada de força passou por eles, abrindo um buraco na parede. A janela de bate-papo mostrava uma resposta breve:

VÁ PRO INFERNO
QUERIDO

– Reed! – Tony segurou-o pelos ombros. – Você pode fazer isso. Você precisa fazer isso.

Reed o encarou por um longo momento. Tony pensou ter visto Reed começar a assentir... e, em seguida, alguma coisa bateu nas costas de Tony, fazendo um ruído surdo e molhado. Antes que pudesse reagir, uma poderosa força o tirou do chão. Ele girou no ar, botas ativadas na máxima potência – e se viu enroscado em uma teia de aranha grudenta.

– Estou de volta, Cabeça de Lata. E trouxe comigo meu *abridor de latas*.

Homem-Aranha acertou um soco no capacete de Tony. O Homem de Ferro uivou de dor. Uma dúzia de alertas disparou na armadura, mas o capacete permaneceu fechado.

Tony estendeu a mão e disparou um raio repulsor no Homem-Aranha. Ele subiu pela parede do laboratório, desviou – *bendito sentido-aranha!* –, mas um pouco do raio atingiu a parte superior de seu torso. Seu uniforme vermelho e azul rasgou, expondo a carne queimada embaixo.

Tony girou no ar, ainda preso em uma teia de aranha. Disparou raios repulsores do tamanho de agulhas, lançando-os um a um, lenta, mas eficazmente.

– Devia ter mantido o traje novo, Peter.

– Não podia, *chefe*. Muito sangue nele.

– LABORATÓRIO CENTRAL DO EDIFÍCIO BAXTER – a voz aguda do computador tomou conta do ambiente. – SISTEMAS DE SEGURANÇA ATIVADOS. SESSENTA SEGUNDOS PARA TRANCAR.

– Reed! – gritou Tony. – Mande essa coisa calar a boca. Não precisamos avisá-los...

Homem-Aranha saltou na direção de Tony, os dois punhos unidos. Atingindo-o no peito, soltando um som estridente, e se afastando com um veloz salto. Tony cambaleou para trás, ativando os repulsores, mas Aranha estava se movendo rápido demais para ser atingido. O Homem de Ferro desabou em meio a um grupo de recrutas da Iniciativa, que se espalharam.

Tony colocou-se de pé e percebeu que o padrão de luta havia mudado. As forças da Resistência agora estavam unidas, de costas para a grande janela na câmara lateral. Eles tinham conseguido formar uma barricada contra as forças de Tony: os Vingadores, os Thunderbolts e os recrutas da Iniciativa. Além dos agentes da S.H.I.E.L.D.

Os rebeldes não estavam apenas lutando. Estavam lado a lado, em linha reta. Até as forças aéreas tinham se juntado a eles; Falcão flutuava com Arraia, Falcão Noturno e Tempestade logo acima da linha rebelde, dando golpes e investidas para impedir que os recrutas voadores se aproximassem. Tudo com um único objetivo: proteger alguma coisa, ou alguém, que estava perto da janela.

Em seguida, Homem-Aranha estava em cima de Tony novamente, socando e disparando teias.

Tony ativou o raio peitoral, configurando-o para a mais alta potência. Aranha voou para trás, gritando de dor.

– TRINTA SEGUNDOS PARA TRANCAR.

O pensamento atingiu Tony como um balde de água fria: *Peter foi uma isca para que eu não percebesse o que estava acontecendo...*

Ele levantou voo. Atingiu Arraia com força, com ambos os raios repulsores e com o raio peitoral, abrindo um buraco no bloqueio aéreo rebelde.

... *ali*.

Tony lançou-se sobre a linha, desviando dos raios de Tempestade e dos braços de Falcão. Então, ele congelou com o que viu:

Capitão América estava parado na frente da grande janela de vidro, golpeando-a com seu escudo. Ao lado dele, Adaga disparava facas de luz, enfraquecendo o vidro em alguns pontos. Cage socava em um único lugar, com muita força, sucessivamente. Hércules se jogava contra o vidro, seu corpo musculoso batendo e voltando, de novo, de novo e de novo.

Johnny Storm se juntara a eles também. Ele disparou bolas de chamas, amaciando o vidro, chamas amarelas e brancas faiscavam de sua superfície.

Lá fora, além da janela, já havia anoitecido. Milhares de luzinhas iluminavam os arranha-céus de Manhattan, acesas na fria noite de outono.

Oh, não, pensou Tony. *Não, não, não, não...*

– QUINZE SEGUNDOS PARA TRANCAR.

– É agora ou nunca. – Capitão levantou seu escudo e gritou para os outros: – *Liberdade!*

– Capitão! – gritou Tony. – Por favor...

Tarde demais. Adagas de luz cintilavam, os punhos fortalecidos nas ruas socavam. Bolas de fogo ardiam; os músculos de um deus se flexionavam e relaxavam. Capitão América atacou com seu escudo desferindo o último e decisivo golpe.

O vidro estilhaçou, caindo para fora em milhares de cacos. Capitão América e os outros se jogaram junto com eles, para o ar.

O ar frio entrou na sala. Com um grito rebelde, o resto da Resistência seguiu seu líder. Eles correram, pularam e voaram para a noite escura.

Homem-Aranha foi o último, sua teia ancorada do teto. Antes de soltar o fio e lançar-se para o céu, ele se virou para Tony e, com o outro braço, fez uma saudação nazista.

Tony pairou, chocado e horrorizado. *Noite em Times Square,* pensou ele. *Tem milhares de pessoas nas ruas.* Milhares de transeuntes inocentes, pessoas que ele jurou proteger. *E agora nós levamos a nossa batalha diretamente para a vida delas.*
Fechou os punhos. *Isso é ruim, muito ruim. Isso não é mais uma luta fechada; se tornou pública. O que eu mais tentei evitar, acima de tudo.*
– ALERTA: BRECHA NO PERÍMETRO EXTERIOR.
Hill correu embaixo de Tony, fitando a janela estilhaçada, gritando ordens no comunicador de ombro. Reed esticou-se até ficar ao lado dela, os olhos arregalados em choque. O resto das forças em treinamento se juntou a eles, olhando para seu líder.
Miss Marvel, forte e leal como sempre, voou até parar bem na frente de Tony.
– Ordens?
Ele passou os olhos pelo lindo corpo dela, depois para suas forças reunidas. Mulher-Hulk e Viúva Negra, determinadas e certas; Gavião Arqueiro e Reed, divididos por causa dos velhos amigos. Estatura, Hermes e os garotos recrutas da Iniciativa, apenas começando suas carreiras. Os mortais Thunderbolts, desdenhando e resmungando, armas humanas controladas pela tecnologia da S.H.I.E.L.D.
Tony virou-se, e então, fitou o céu noturno. Os helicópteros da S.H.I.E.L.D. voavam baixo, zunindo e girando, aguardando ordens.
Ele estendeu o braço para frente e voou pela janela. Depois, voltou, falando no volume máximo do alto-falante.
– *ACABEM COM ELES* – ordenou.

31

— **HERÓIS VOADORES, AGARREM UM AMIGO** – gritou o Capitão. – Agora!

Os andares do Edifício Baxter passavam assustadoramente rápido, um após o outro. As luzes da Times Square se aproximavam, colorindo os heróis em queda com uma surreal paleta de tonalidades brilhantes.

O Tocha Humana se acendeu, levantando voo para segurar Sue e Adaga. As asas do Falcão Noturno batiam furiosamente enquanto ele agarrava Demolidor, Valquíria e Cage. Tempestade pegou seu marido, e Homem-Aranha atirou teias na parede do Edifício Baxter para desacelerar a própria queda.

Falcão mergulhou e agarrou Capitão pelos braços.

– Como nos velhos tempos, certo, Capitão?

– Não exatamente. – Capitão lançou-lhe um olhar agradecido. – Consegue me dar mais altitude?

Falcão levantou a cabeça e subiu, carregando seu parceiro junto. Capitão sentiu o ar noturno em seu rosto, revigorando-o. Olhou para baixo.

O caos da Times Square se estendia em uma fina fatia, carros contornando um triângulo central com barracas de comidas, áreas de recrutamento militar e de descanso para os pedestres. Times Square estava cheia de pessoas: trabalhadores e turistas, artistas de rua e cambistas vendendo ingressos de teatro, todos iluminados pelas luzes da rua e pelos painéis brilhantes. Pareciam formigas correndo para longe do bombardeio de vidro e dos corpos que despencavam do Edifício Baxter.

Agentes da S.H.I.E.L.D. treinados para conter tumultos correram para a Times Square, acenando com bastões e arrebanhando a multidão para o sul, contornando mesas de metal que cercavam barraquinhas de cachorro-quente e de almôndegas. Guardas locais se espalharam pelas ruas, limpando as principais rotas de carros. Veículos oficiais gritavam para bloquear as interseções.

Se eles nos deixarem ir embora, pensou Capitão, *isso vai acabar logo. Mas se Tony mandar as tropas dele atrás de nós no solo...*

– RELES MORTAIS! – Hércules gritou enquanto passava pelo Capitão e pelo Falcão, em queda livre. – ABRI CAMINHO PARA O FILHO DE ZEUS!

Rindo, Hércules atingiu a calçada fazendo um estrondo. O pavimento se abriu, pessoas se espalharam; água jorrou de um hidrante rachado.

Droga, pensou Capitão.

Dois ou três de cada vez, a Resistência pousou no chão da Times Square. Primeiro o Tocha, com Sue e Adaga a reboque. Tempestade e Pantera. Homem-Aranha se juntou a eles, disparando teia para conter o vazamento do hidrante.

Capitão acenou, e Falcão voltou para o Edifício Baxter. O buraco ainda era visível na lateral do laboratório de Reed. Algumas pessoas com trajes coloridos olhavam pelo buraco, mas Capitão não conseguia distingui-los à distância. Quatro helicópteros da S.H.I.E.L.D. voavam do lado de fora.

E lá embaixo...

Uma figura cruel com traje azul-escuro e branco saía pela portaria principal do Edifício Baxter, seus traços iluminados pelos anúncios de teatro da Broadway. O Mercenário. Treinador, com seu rosto de demônio, vinha logo atrás dele; em seguida, Lady Letal. E Venom, com seu traje escuro inspirado no Homem-Aranha, sua língua inumana lambendo os lábios, sedento.

Os Thunderbolts. O exército mercenário de Tony Stark, sua própria tropa de supervilões supostamente controlados. Soltos entre os cidadãos em pânico da cidade de Nova York.

Atrás dos Thunderbolts, heróis saíam em hordas do Edifício Baxter. Mulher-Hulk, Viúva Negra, Doutor Samson. Com uma sensação penetrante, Capitão soube: *esta batalha ainda não terminou.*

Os Thunderbolts sussurraram rapidamente entre si. Lady Letal apontou seu dedo longo e estranhamente afiado, e os outros se viraram para olhar. Capitão também olhou e focalizou o alvo deles: Arraia descia oscilando para um pouso difícil na área azul de pedestres. Ele carregava Áspide, que lutava para se segurar. Ela escorregou e machucou a perna na aterrissagem.

– Planar não é voar – disse Capitão.

Falcão olhou para ele.

– O quê?

Abaixo, os Thunderbolts saíram correndo. Serpentearam entre os carros, indo diretamente até os desorientados Arraia e Áspide. Capitão ficou tenso.

– Lá – apontou ele para os vilões. – Leve-me até lá.

Falcão agarrou Capitão com força e mergulhou. Os outdoors gigantes da Times Square iluminando sua descida: shows da Broadway, redes de fast-food, equipamentos eletrônicos. Um documentário chamado: *Por dentro de Stamford: anatomia de uma tragédia*.

– Qual é o plano? – quis saber Falcão.

– Posso cuidar disso sozinho. Vá ajudar os outros.

– Você vai encarar *os quatro*? São vilões da pesada!

– Preciso que você se certifique de que nosso pessoal está bem. Se eu precisar de ajuda, grito.

Falcão soltou um suspiro, audível apesar das rajadas de vento. Ele mergulhou de uma altura de três metros e meio. Capitão olhou para baixo a tempo de ver Venom envolver seu maleável corpo alienígena em volta de Arraia, fazendo-o cair. Lady Letal e Treinador agarraram Áspide, ainda desnorteada, levantando-a diante de Mercenário, que estava parado, lambendo os lábios.

Capitão bateu no braço de Falcão, que assentiu e o soltou.

Capitão mergulhou, despencando sobre os carros que desviavam em pânico. Mais tarde, ele se lembraria: naquele breve momento, caindo pelo ar em direção aos seus inimigos, ele se sentiu mais vivo do que nunca.

E então, ele caiu com força, atingindo o pescoço de Lady Letal. Áspide aproveitou a oportunidade, disparando uma carga bioelétrica no Treinador. Ele gritou e cambaleou para trás.

Mas Mercenário já estava em ação. O assassino, cuja especialidade era usar qualquer objeto como arma, arrancou a pasta de um assustado executivo. O homem começou a protestar, mas quando viu o olhar do Mercenário, saiu correndo.

Mercenário abriu a pasta em uma velocidade incrível. Pegou quatro canetas comuns e disparou-as como mísseis, em direção ao Capitão e Áspide. Capitão mal conseguiu levantar o escudo para se defender.

Um som gorgolejante o alertou para a situação de Arraia: a língua comprida de Venom envolvia seu pescoço, sufocando-o lentamente. Capitão apontou, e Áspide assentiu. Ela estendeu os braços, lançando uma forte descarga de energia diretamente em Venom. O alienígena estremeceu, contorceu-se em espasmos e soltou sua presa.

Arraia correu até Capitão.

– Valeu – agradeceu ele.

– Nunca abandonaria membros da Resistência precisando de mim – respondeu Capitão.

Áspide sorriu.

– Achei que você se mandaria com Falcão... e o Tocha...

– Vocês *todos* são a minha tropa. Agora vá ajudar os outros.

Áspide lançou-lhe um último olhar agradecido e saiu correndo. Em seguida, uma luz chamou a atenção do Capitão. Instintivamente, ele levantou o escudo a tempo de bloquear um raio do Treinador. Deu um chute para trás, atingindo Lady Letal no estômago um instante antes de as garras cibernéticas dela agarrarem seu pescoço.

Capitão estava completamente atento aos acontecimentos naquele instante. À sua volta, pequenas lutas acontecendo: Resistência *versus* Iniciativa, heróis *versus* heróis. Alguns agentes da S.H.I.E.L.D. corriam pela área de pedestres, brandindo suas armas. Civis apontavam em pânico, correndo para se protegerem. Carros desviavam e batiam em postes, cantando pneus.

Lady Letal estendeu suas longas garras, arranhando todo o peito do Capitão. Sangue jorrou.

– Que belo líder rebelde! – zombou ela.

Capitão cambaleou para trás e percebeu: *perdi a vantagem*.

Antes que pudesse se recuperar, Venom deu um soco no seu estômago.

– Isssssso. – Capitão podia sentir seu hálito quente, nojento e alienígena.

– Essa é a lenda viva da Segunda Guerra Mundial? – Mercenário deu um chute alto, atingindo o rosto do Capitão com sua bota. – Com quem ele estava lutando, Bing Crosby?

A cabeça do Capitão caiu para trás. O mundo flutuava diante dos seus olhos. Tudo à sua volta girava, trajes multicoloridos lutavam em um balé desesperado. Acima, as luzes de Times Square oscilavam e piscavam... e ele sorriu.

Lady Letal segurou sua cabeça com firmeza, agarrando-a por trás com seus dedos estranhamente compridos.

– Qual é a graça, Capitão?

Capitão sorriu, mostrando os dentes cobertos de sangue.

– Só estava pensando que meu amigo lá em cima...

Uma figura majestosa desceu do céu noturno. Atrás dele, um dirigível *high-tech* se abriu... e dezenas de guerreiros tatuados de pele azul começaram a sair.

– ... vai chutar o traseiro de vocês.

O Príncipe Namor descia como flecha, com os punhos fechados. Acenou para trás, para que seus guerreiros o seguissem.

– *IMPERIUS REX*!

Novamente, Capitão sorriu.

Agora a Resistência tinha uma chance.

✱ ✱ ✱

Sue Richards levantou o olhar e viu o arco gracioso da descida de Namor. Sua figura imponente atingiu Mercenário, primeiro com os punhos, derrubando o assassino no chão. Os guerreiros de Atlântida vinham atrás, quatro ou cinco cercando Venom, Treinador e Lady Letal.

Espontaneamente, um pensamento lhe ocorreu: *Pelo menos há um homem na minha vida com quem posso contar.*

Ela estava parada, invisível, encostada em uma pequena alcova perto da entrada principal do Edifício Baxter. Ben estivera ali muitas vezes, depois das reuniões do Quarteto Fantástico, fumando aqueles charutos fedidos. Antes de ele parar de fumar, claro.

– *Homem de Ferro para todas as unidades.* – Sue olhou para cima e viu a armadura cintilante de Tony sobrevoando a luta. – *Continuem a evacuação da área e restrinjam a batalha ao centro da cidade. Não quero morte de civis. Repito: NADA DE MORTES DE CIVIS!*

A batalha havia sido retomada rapidamente, ali embaixo, na rua. Do outro lado da Broadway, Luke Cage e Cascavel lutavam com Magnum, enquanto Miss Marvel, do ar, disparava flechas de força em Cage. Falcão saltou e mergulhou em cima do Gavião Arqueiro, que estava parado com seu arco em punho, gritando para seu inimigo. Hércules permanecia indiferente aos ferrões da Viúva Negra, sorrindo ao ver Mulher-Hulk entrar na briga.

Sue procurou Reed. Conseguiu ver seu corpo esticado com quatro metros e meio de comprimento, um quarteirão ao norte, envolvendo Patriota e cercado pelas tropas atlantes. Johnny voava, desviando e disparando bolas de fogo no Capitão Marvel, os dois emoldurados por um anúncio de lingerie de nove metros.

Uma chuva de vidro caiu sobre Sue. – *Mais escombros do andar de cima.* Um grupo de civis estava encolhido na frente do prédio; Sue ativou seu campo de força, protegendo-os, e a si mesma, do novo bombardeio. Então, ela escutou um grunhido familiar do outro lado da Times Square. Abaixou seu campo de invisibilidade.

– Ben!

O Coisa sorriu, aquele sorriso torto que ela aprendera a amar. Ele parou para dar um tapa na Mulher-Hulk com as costas da mão, lançando-a para longe de Hércules. O deus grego virou e fitou Ben com um olhar decepcionado.

Ben atravessou a rua com seus passos pesados, os braços abertos.

– Você não achou mesmo que eu ia ficar de fora só comendo croissants, achou? – Ele deu um abraço apertado em Sue. – Temos pessoas para proteger!

Então, ele arregalou os olhos, alarmado. Sue levantou a cabeça e viu...

... uma luz...

... o rosto demoníaco e dissecado do Treinador...

... sua arma de energia, uma luz vermelha piscando...

– SUSAN!

E então, o ar ficou azul. Reed Richards se lançou na frente do tiro do Treinador, que o atingiu em cheio nas costas. Ele gritou de dor e ficou todo mole, tendo espasmos como uma lâmina de borracha no ar.

– Reed! – Sue se soltou do Coisa, correndo desesperadamente.

Reed estava desmaiado na calçada, os longos membros estendidos pela rua. O tráfego já tinha sido praticamente todo desviado; Ben levantou a mão para um ônibus, que freou até parar, cantando os pneus. Então, ele se inclinou sobre o corpo fumegante de Reed.

– Ih, cara! – exclamou Ben.

Sue correu e se agachou para tocar o marido. Era difícil localizar o coração de Reed em seu corpo alongado, mas ela tinha prática. Apalpou o peito dele, evitando o buraco fumegante em seu uniforme. Sentiu os batimentos embaixo da palma de sua mão: *bu-bump, bu-bump*.

Respirou aliviada. Em seguida, virou-se para encarar Treinador, que estava encostado na parede do Edifício Baxter, recarregando sua arma. Os últimos pedestres haviam fugido após o tiro; ele estava sozinho.

– Eu pego ele, Suzie.

– Não, Ben – disse Sue. – Ele é meu.

Treinador levantou o olhar, fitou-a com desdém; e então, percebeu o que estava acontecendo. Arregalou os olhos com medo.

Ela ativou o campo, achatando Treinador contra a calçada. Esmagou-o uma vez, duas vezes, e de novo, com uma força tremenda.

Quando ela acabou, Treinador estava caído, desmaiado dentro de uma depressão circular de dois metros, cercado por concreto rachado. Acima, em um anúncio de um musical infantil, um leão de desenho animado os fitava indiferente.

Ben encarou-a.

– Uau.

Sue se ajoelhou, segurou o corpo alongado de Reed. Um som fraco e dolorido saiu de seus lábios.

Ela levantou o olhar, fazendo uma careta ao ver o caos à sua volta. Heróis voadores lutavam no ar; batalhas ferozes continuavam acontecendo no solo, eles lutavam com punhos, armas e rajadas de força. Por todas as direções, as legiões de atlantes de Namor se espalhavam, ajudando os rebeldes.

A maré estava mudando.

Hércules levantou Doutor Samson no ar, arremessando-o em cima de um ônibus. Turistas saíram pela porta em pânico, pouco antes de um enorme cientista de cabelo verde bater nas janelas do veículo. O ônibus tombou, quase atingindo uma velha senhora.

Ben se abaixou para ajudar Reed, mas Sue estendeu a mão.

– Vá ajudar as pessoas – mandou ela. – Estou com ele.

Ben fitou-a, em dúvida. Depois, virou-se bruscamente quando Doutor Samson levantou o ônibus e o lançou na direção de Hércules, que ria.

Ben tocou rapidamente o ombro dela e saiu correndo.

Sue passou os braços por baixo do corpo flácido de Reed e o levantou. Seus membros esticados caíam em ângulos nada naturais. Ele murmurava coisas incompreensíveis enquanto ela o carregava, atravessando o caos. Uma gota de sangue escorreu do lábio dele.

– Burro – sussurrava ela, tentando não chorar. – Que homem burro!

32

LÁ EMBAIXO, A TIMES SQUARE era um verdadeiro palco de pancadaria. Tempestade atirava raios de luz em Miss Marvel, que se esquivava, abrindo talhos no asfalto a cada golpe. Mulher-Hulk jogou Hulkling em cima de um banco público, estilhaçando-o. Hércules parecia uma equipe de demolição de um homem só.

Tony Stark sobrevoava, observando o caos. Estava tudo saindo do controle. *Capitão*, pensou ele. *Por que você está fazendo isso?*

– Stark.

A voz soava como uma pontada de dor de cabeça em seu ouvido.

– Fala, Maria.

– Tenho oito batalhões prontos para entrar em ação.

Ele olhou para cima. Mais helicópteros se aproximavam, zunindo furiosamente no ar. Abaixo, o Centro de Comando Móvel da S.H.I.E.L.D. mergulhava. Era Maria.

– Negativo. Eu posso conter isso.

– Acho que já passamos bastante desse estágio, Stark. Agora existem terroristas estrangeiros ajudando fugitivos em solo americano. O que dá à S.H.I.E.L.D. autoridade total.

– Que estrangeiro... – Ele parou, virou para olhar para baixo. Os guerreiros atlantes tinham se espalhado por toda a Times Square, armados com lanças e armas de energia. Alguns deles se intrometeram em uma batalha envolvendo Manto, Adaga, Gavião Arqueiro e Mulher-Hulk; outro grupo lutava com agentes da S.H.I.E.L.D. no lado leste da avenida. Mais oito ou nove guerreiros estavam parados triunfantes sobre os corpos dos Thunderbolts.

– Fique em alerta, Maria.

– Stark...

– Que droga! Será que você não pode me dar um minuto?

Tony acionou suas botas a jato na potência máxima e levantou voo. Fez o Centro de Comando Móvel tremer ao passar por ele, depois passou ziguezagueando entre os helicópteros da S.H.I.E.L.D. Quando o horizonte estava limpo, mergulhou por entre os helicópteros e girou para olhar para baixo. Precisava ter uma visão geral da situação.

Como sempre, a vista de Manhattan à noite o deixou sem fôlego. Faróis descendo as avenidas, milhares de pessoas – milhões – andando pelas ruas. Todas essas vidas, todas essas almas. Tão gloriosas, mas tão indefesas...

Tony balançou a cabeça. *Quando foi a última vez que eu dormi?*

De repente, um brilho intenso e um som de colisão chamaram a sua atenção. Os raios de força da Miss Marvel; não dava para saber quem havia recebido o impacto – Hércules, talvez, ou Mulher-Hulk. Mesmo na altura em que estava, sem ativar suas lentes de aumento, podia ver os danos que estavam sendo feitos. Não apenas na Times Square, mas também ao redor. Explosões, raios, corpos voando nos prédios. Capacetes pretos da S.H.I.E.L.D. formavam um perímetro em volta da área de três quarteirões, mas muitos civis estavam presos dentro da zona de combate.

Uma figura voadora acenou – *Sentinela?* – e uma enorme explosão levantou fumaça do meio da Times Square.

O pânico tomou conta de Tony, intensa e repentinamente. *Não*, pensou ele. *Não pode ser como em Stamford. Nunca mais.*

Apontou seus sensores para baixo e ativou o protocolo móvel de caça-capa. Imagens pipocavam diante de suas lentes: Homem-Aranha e Demolidor enfrentando Viúva Negra e Capitão Marvel. Cage e Mulher-Hulk, lutando como boxeadores. Falcão em um combate aéreo com Miss Marvel. Gavião Arqueiro na frente de uma barraca de comida, lutando com... Capitão América.

– Alvo – disse ele baixinho. E mergulhou.

Acabe com o cabeça da equipe, pensou ele, *e toda a Resistência irá se entregar.*

Times Square cresceu à sua vista, inacreditavelmente rápido. Mais imagens de pequenas lutas: Fóton *versus* Tigresa. Adaga encurralada contra um muro por Estatura e Jaqueta Amarela. Hermes movendo-se furiosamente em volta do Tocha Humana.

Capitão América arremessou Gavião Arqueiro por cima de seu ombro. Flechas caíram; Gavião bateu contra uma mesa de metal, fazendo um estalo. Capitão fitou o corpo inconsciente do Gavião, começou a falar... e, então, Tony atacou.

Mas Capitão levantou o escudo tão rápido, que a armadura de Tony sequer foi capaz de detectar. O punho de Tony bateu no escudo, que absorveu a maior parte do impacto. Capitão empurrou seu escudo para frente com força, e Tony foi arremessado para trás, voando no ar. Caiu bem à frente do muro do centro de recrutamento das Forças Armadas dos Estados Unidos: uma bandeira americana de mais de três metros de altura, bem iluminada, brilhando na área de descanso dos pedestres.

Tony caiu agachado, encarando o inimigo de frente. A bandeira gigante nas suas costas.

– Eu e você de novo, Capitão.

Capitão encarou-o furiosamente.

– Mas as coisas estão um pouco diferentes agora, Tony.

– Você tem razão. Desta vez, não vou ser derrubado por nenhuma máquina velha da S.H.I.E.L.D.

Saltou para cima do Capitão, os raios repulsores ativados. Capitão levantou novamente o escudo, desviando os raios. Mas Tony estava em cima dele, empurrando-o para trás. O Homem de Ferro levantou o punho coberto por metal e atingiu o maxilar do Capitão.

Capitão uivou, empurrando Tony para longe dele.

– E desta vez tenho mais aliados.

– Está falando daqueles mercenários de Atlântida?

Tony levantou as mãos, ativando novamente os repulsores... e então alguma coisa pousou em suas costas, leve como uma pluma.

– Olá, papai. Sentiu a minha falta?

Homem-Aranha. *De novo.*

Tony girou, encarando furiosamente o escalador de paredes com olhos acesos, brilhando. Levantou voo, inclinou-se de um lado para o outro, tentando fazê-lo cair.

Embaixo, a van de uma equipe de televisão se aproximava. Uma repórter bem penteada saiu, gritando instruções frenéticas para um fotógrafo e para os técnicos.

Homem-Aranha agarrou os ombros do Homem de Ferro, um em cada mão.

— Não quer ir mais alto, Tony?

— Se está tentando deixar a minha armadura toda pegajosa, esqueça isso. Posso neutralizar a sua teia agora.

— Achei que consertaria essa falha. — Homem-Aranha pressionou os polegares nas articulações dos ombros da armadura de Tony. — Mas algumas coisas são mais difíceis de consertar.

Tony só percebeu o que o escalador de paredes iria fazer quando já era tarde demais. Virou-se abruptamente no ar, mas Homem-Aranha se segurou firme.

— Microcontroladores da sua armadura — disse Homem-Aranha. — Coisinhas tão delicadas. Lembra que você me disse que estava tendo problemas com eles? Quando éramos melhores amigos?

Homem-Aranha *apertou*. Os microcontroladores colocados nas articulações dos ombros de Tony, estalaram — primeiro um, depois o outro.

— Não conseguiu resolver isso, né?

Os braços de Tony se levantaram, rígidos, e ele caiu do céu. Homem-Aranha saltou pouco antes do impacto. Tony caiu no chão desajeitadamente, batendo com a placa do peitoral.

Ele arfou, tentando respirar.

Indistintamente, ele percebeu que civis estavam se juntando em volta deles, gravando vídeos com seus celulares. Pelo menos oito ou nove, suas silhuetas contornadas pela bandeira gigante.

— Sabe quem podia ter te ajudado com esses microcontroladores? *Bill Foster*. — Homem-Aranha debruçou-se sobre ele, as lentes brancas que cobriam seus olhos encheram o campo de visão de Tony. – Que pena.

Tony se esforçou para ficar de joelhos. Os controladores estavam reiniciando, portanto, ele estava vulnerável naquele momento.

– P-parsifal – disse ele.
– O que, *chefe*?
– *Parsifal!*

Um relâmpago enorme caiu, abrindo o asfalto entre Tony e Homem-Aranha. Aranha saltou, momentaneamente desorientado. Em seguida, uma mão grande e forte o agarrou pela cintura e o levantou no ar.

O todo-poderoso Thor estava parado como um deus vingativo, balançando a sua presa entre dois dedos enormes. Seu martelo brilhava na outra mão. Aproximou-se do Homem-Aranha e sussurrou:

– LUTAI!

Então, arremessou o Homem-Aranha para o alto, propositalmente sobre o centro de recrutamento. Aranha se debateu no ar, e caiu atrás do prédio baixo.

Thor foi correndo atrás dele, fazendo o chão tremer a cada passo. Estendeu uma das mãos para apoiar-se enquanto fazia a curva para contornar o centro de recrutamento, e a parte com a enorme bandeira – um conjunto de lâmpadas de LEDs vermelhas e brancas – faiscou e se despedaçou na mão dele.

Dois agentes da S.H.I.E.L.D. olharam para Thor e apertaram os comunicadores em seus ombros para pedir ajuda. Um pequeno grupo de civis os seguia, com seus celulares-câmeras levantados para captar toda a ação. Então, todos eles desapareceram atrás das faíscas do muro do centro de recrutamento.

Do outro lado da Times Square, o corpo de Hércules era lançado contra um prédio comercial. Cacos de vidro caíram como chuva; uma pequena explosão irrompeu no ponto do impacto.

A armadura de Tony deu um estalo quando o microcontrolador do ombro esquerdo finalmente travou. Ele levantou, olhou em volta. *Isso é ruim*, pensou. *Danos de milhões de dólares. E a Resistência vai lutar até que seu último membro caia.*

E, então, pela primeira vez, ele sentiu um tipo diferente de desespero. A mais profunda e íntima tristeza. *Foi longe demais*, ele se deu conta. *Tudo isso. Não tem como voltarmos atrás, como desfazermos as feridas, apertarmos as mãos em mútua admiração. Não nos uniremos mais contra Galactus ou Doutor Doom. Não agora. E nem nunca mais.*
Acabou.
Tony olhou para cima e viu Capitão América avançando sobre ele. Sangue no rosto, fogo nos olhos. Aproximando-se para a última batalha, uma luta final de escudo e aço. Dois gladiadores que envelheceram antes do tempo, preparando-se para o último assalto no ringue. Dois homens que já foram amigos.
Tony tentou agachar, posicionando-se para a batalha, mas seu braço direito ainda estava solto. Então, levantou a mão esquerda, ativou os repulsores e preparou-se para enfrentar seu destino.

✯ ✯ ✯

Homem-Aranha aterrissou agachado no meio da Broadway. Girou, procurando carros; mas as autoridades locais tinham finalmente conseguido limpar a rua. Levantou a mão para disparar teias... mas antes que as conseguisse disparar, Thor estava novamente em cima dele, jogando seu próprio corpo sobre Peter como um lutador. Aranha caiu na rua, sem ar, o corpanzil musculoso de Thor esmagando-o no asfalto.
Não é o Thor, ele se lembrou. *É o clone do Thor. Clor.*
Homem-Aranha esticou os braços para trás, pressionando as palmas das mãos contra o asfalto. Contraiu os músculos e *empurrou*. Thor saiu de cima dele, e ele se afastou rolando.
Thor levantou o martelo, invocando um raio.
– VIL INIMIGO – disse ele.
Aranha ficou de pé em um salto, desviando dos raios. Cambaleou para trás, quase caindo em cima de uma curiosa vestida com um terno de trabalho.
– Saia de perto! – gritou ele. – Aquele não é o deus do trovão verdadeiro, mas duas vezes pior.

– O TROVÃO. É... MEU.

Homem-Aranha parou, analisando Thor por um momento. O clone agora parecia mais lento, confuso. Aranha moveu-se em sua direção cautelosamente, pronto para desviar a qualquer segundo.

– Sabe, Clor... posso te chamar de Clor? Isso é engraçado, sabe? – Peter deu mais um passo. – Tony tentou fazer de mim uma versão júnior dele mesmo, e não deu certo. Então, ele criou *você*. Seu super-herói particular, feito exatamente de acordo com suas especificações.

O martelo de Thor brilhou. Mas ele não se mexeu.

– O problema é que você também não funcionou muito bem da primeira vez. – Homem-Aranha continuava analisando-o. – Sabe o que eu acho, Clor? Acho que eles melhoraram você depois do episódio da fábrica, te deram o poder da fala, por exemplo. Um passo na direção certa, mas a sua linguagem ainda pode melhorar.

Uma equipe de televisão se aproximou. Um cinegrafista abriu caminho, posicionando-se perigosamente perto da batalha.

– Mas acho que talvez eles tenham colocado algum sistema de segurança também. Acho que te colocaram uma coleira. Aposto que Tony Stark não iria te deixar solto de novo, a não ser que ele tivesse certeza de que você não iria começar a massacrar as pessoas.

Thor virou-se para o Homem-Aranha, o martelo levantado. Recuou para arremessá-lo. E então, seu olhar se voltou para os civis abaixo. Ele se conteve, abaixando o braço.

– Sabe – continuou Homem-Aranha –, eu estava preocupado em te substituir. Não você, o *Thor* de verdade. Quando o Tony me convidou pra participar dos Vingadores, eu não sabia se eu estava à altura pra competir com um deus. Porque eu conhecia Thor. Lutei com ele, cara. E sabe de uma coisa, impostor?

Homem-Aranha se contraiu e saltou no ar.

– *Tu não és Thor!*

O clone virou, mas Homem-Aranha já estava em cima dele. Lançou teias que grudaram no rosto do Thor. O deus do trovão uivou, agarrando os olhos.

Homem-Aranha agarrou o enorme braço que segurava o martelo com suas duas mãos, e o girou para trás. Thor caiu no chão, fazendo um enorme estrondo. Aranha saltou no ar e acertou o pescoço do clone com os dois punhos.

Um choque elétrico percorreu o corpo do Homem-Aranha. Ele gritou, puxou as mãos e observou. O pescoço de Thor estava aberto, revelando uma mistura bizarra de tecido humano, fios elétricos e circuitos faiscando. Os braços do clone se debatiam, sacudindo para todos os lados.

Homem-Aranha saltou e arrancou o martelo da mão retorcida de Thor.

– E este – disse Aranha – também não é o Mjolnir.

Aranha bateu no pescoço de "Thor" com o martelo. O clone começou a ter espasmos, arqueou as costas e soltou um uivo metálico. O peito se abriu, revelando sob as faíscas, uma unidade de força central.

Homem-Aranha deu outro golpe com o martelo diretamente na unidade de força. Puxou a mão a tempo, enquanto um curto-circuito grandioso se espalhava pelo corpo mutilado e em espasmos de Thor.

Thor piscou uma vez, duas vezes. Depois ficou imóvel.

Uma multidão se reuniu em volta dele, olhando perplexa e horrorizada. Aranha virou-se e eles recuaram, quase como se fossem um único organismo. Olhou para baixo e viu a mancha de sangue e óleo de máquina em suas luvas e seu peito.

À sua volta, as batalhas continuavam. Cage e o Coisa lutavam contra Mulher-Hulk e Magnum. Demolidor e Viúva Negra perseguiam um ao outro, subindo e descendo de postes e bancos, com movimentos letais e precisos. Acima, meia dúzia de fantasiados cambaleavam pelo ar, raios de força iluminando a noite.

Aranha caiu para trás apoiando-se em uma parede, momentaneamente exausto. Com Thor acabado, sentiu-se estranhamente calmo, sozinho em um momento particular e importante. *Eu provei para eles*, ele se deu conta, *que sou tão bom quanto qualquer um deles. Independente do que Tony Stark, Capitão América ou qualquer um pense.*

Fosse qual fosse o resultado desta batalha, haveria um preço alto a se pagar. Se Capitão vencesse, Peter seria um fugitivo procurado. Se Tony vencesse, ele teria de enfrentar as consequências. De qualquer forma, o futuro parecia sombrio.

Mas, neste momento, o Homem-Aranha era vitorioso. Ele vencera.

Hoje eu sou um Vingador.

✦ ✦ ✦

Capitão jogou o escudo com força, esmagando o capacete de Tony. A cabeça do playboy estalou, virando para o lado. Ele soltou um grito de dor abafado.

Mais um golpe, e o capacete de Tony rachou. A viseira se abriu, revelando cortes na pele e feridas ensanguentadas. Em outra ocasião, Capitão teria sentido pena dele. Mas não hoje.

– Seu playboy arrogante – murmurou Capitão. – Você sempre teve tudo. Nasceu em berço de ouro.

– Uggggh!

– Eu não. Sou apenas um lutador, um soldado. Um homem treinado para aproveitar qualquer chance, para encontrar qualquer rachadura na armadura do inimigo.

Tony não disse nada.

Capitão fez uma pausa, apontou para mostrar a confusão à sua volta.

– Está vendo aqueles guerreiros de Atlântida? Eles são a minha cavalaria, Tony. Eles vão transformar suas forças em comida para peixe.

– A S.H.I.E.L.D. tem... tranquilizantes. Feitos especialmente... para tritões.

Ao norte, os helicópteros da S.H.I.E.L.D. estavam pousando. Agentes saíam pelas portas, pulando os últimos metros de altura, sem sequer esperar que as aeronaves tocassem o chão.

– Aí, lutaremos com ainda mais afinco.

Tony levantou as mãos trêmulas e arrancou a viseira. Seu rosto sangrava por uma dúzia de cortes; o lábio estava aberto. Um dos olhos estava quase fechado de tão inchado. Mas enquanto Capitão o observava, um tipo de paz pareceu tomar conta de seu rosto.

– O que você está esperando? – grunhiu Tony. – Acabe logo comigo.

Capitão parou por um segundo. Então, fechou o punho preparando o soco... e uma mão o conteve, agarrando-o pelo ombro, por trás.

– Solte ele, cara!

Capitão girou, batendo com o escudo no atacante.

– *Uhhh!*

O atacante caiu para trás em cima de uma mesa, batendo a cabeça em uma das pernas de metal. Capitão ficou de pé em um pulo, depois parou ao ver o que o confrontou.

Um homem usando um agasalho esportivo e óculos. Cabelo curto grisalho, o rosto com algumas cicatrizes. Mas não era um herói, não era um vilão; nem um Vingador, nem um membro da Resistência. Era apenas um homem comum.

O homem esfregou a cabeça.

– O que você tá fazendo?

Atrás dele, um grupo de outros transeuntes estava parado na frente do painel luminoso que exibia a bandeira americana. Um executivo com a gravata frouxa. Uma garota alta com cabelo despenteado. Um homem negro de óculos escuros. Uma mulher japonesa com rosto anguloso, um bombeiro louro uniformizado. Uma executiva elegante com um terninho feito sob medida e saltos altos.

– Eu... Capitão franziu a testa.

O bombeiro apontou.

– *Peguem ele!*

Em seguida, estavam todos em cima do Capitão, agarrando-o, derrubando-o no chão. Ele arregalou os olhos, chocado; não conseguiu sequer revidar. Eles subiram em cima dele, agarrando-o, arrastando-o até a calçada.

Tony Stark tentava se levantar. Capitão podia sentir o olho bom de Tony em cima dele, assistindo à cena.

– O que você acha que está fazendo? – questionou a mulher asiática.

– Me soltem! – Capitão tentava se soltar, ainda atordoado. – Por favor, não quero machucar vocês...

– *Machucar* a gente? – O rosto da executiva parecia chocado. – Você está tentando fazer graça?

O bombeiro puxou Capitão pelos pés, com força, e gesticulou mostrando o que acontecia ao redor.

Capitão observou a cena. Heróis lutando contra heróis; agentes da S.H.I.E.L.D. e guerreiros atlantes trocando tiros; civis correndo em pânico em busca de abrigo. Fogo ardia em uma dúzia de lugares, de canos de gás, latas de lixos, janelas de escritórios. Ao norte, metade de um prédio havia caído, bloqueando a rua inteira e metade da calçada.

– As pessoas estão preocupadas com seus empregos, seus futuros, suas famílias. – O homem negro tirou os óculos, fitou Capitão com raiva. – Acha que precisam se preocupar com *isso*?

Capitão abriu a boca para responder. E parou, sem palavras.

Lembrou-se das palavras de Tony, da coletiva de imprensa: *momento de clareza*.

– Oh, meu Deus – sussurrou Capitão.

Falcão passou voando baixo.

– Capitão! – chamou ele. – Aguenta firme, eu vou...

– Não!

– O quê?

Falcão abriu as asas, pousou na frente do painel que exibia a bandeira americana. Os civis deram um passo atrás, soltando o Capitão.

Tony Stark conseguiu ficar de pé, cambaleando. Cuspiu um dente, mas não fez nada.

– Eles estão certos, Falcão – Capitão abaixou seu escudo, e baixou a cabeça. – Nós deveríamos... deveríamos lutar pelas pessoas. Mas não estamos mais fazendo isso. – Ele mostrou à sua volta. – Estamos apenas *lutando*.

O Tocha Humana surgiu de repente no meio deles.
– O que você está fazendo, Capitão? Quer que eles prendam todo mundo?
– Estamos acabando com eles! – Falcão apontou para uma tropa de agentes da S.H.I.E.L.D., de joelhos diante dos guerreiros atlantes.
– Podemos ganhar essa!

Capitão virou-se, passou os olhos pelos civis que o atacaram. Seus rostos mostravam medo, mas também determinação. Eles sabiam que a causa deles era justa.

– Podemos ganhar – repetiu o Capitão. – Tudo, menos a discussão.

Ele levantou o escudo devagar, jogou-o para Falcão, que o pegou, surpreso, e o observou por um longo momento. Depois, virou-se para fitar o Capitão, com um olhar terrível de traição e acusação. Jogou o escudo no chão e levantou voo.

O escudo rolou pela rua, passando por Cage. Ele não se moveu, apenas balançou a cabeça quando o viu passar. Gavião Arqueiro correu atrás do escudo para pegá-lo, mas não conseguiu.

Tigresa o pegou, olhou através de sua superfície brilhante para o Capitão América. Havia algo em seus olhos que podia ser interpretado como compreensão.

Maria Hill avançou, acompanhada por um guarda da S.H.I.E.L.D. Ao sinal dela, os agentes miraram no Capitão América. Mas Tony Stark levantou a mão.

Ao seu redor, os heróis estavam reunidos. Pausaram suas batalhas, olhavam para seus líderes em busca de orientação. Outra tropa da S.H.I.E.L.D. se aproximou, seguida de perto por dois carros da polícia local.

Namor sobrevoou a cena, parou no ar e olhou momentaneamente para os olhos do Capitão. Em seguida, balançou a cabeça, levantou a mão e soltou um assobio baixo. Em toda a Times Square, guerreiros atlantes começaram a se retirar das batalhas.

Lentamente, Capitão levantou a mão e arrancou a máscara. Revelando feridas, cortes e cicatrizes de décadas.

– Steven Rogers – disse ele. – Forças Armadas dos Estados Unidos, dispensado com honra. Número de Série RA25-262-771.

Maria Hill se aproximou, seu corpo coberto por couro escuro em contraste com as estrelas e a parede listrada do centro de recrutamento.

Capitão estendeu as mãos.

– Eu me entrego.

Hill tirou os óculos escuros... era a primeira vez que Capitão a via sem ação.

– Eu... ãh, ele deve ser processado pelas autoridades locais primeiro.

Tony assentiu. Seu rosto estava inchado, indecifrável.

Dois guardas da cidade de Nova York se aproximaram, com os olhos arregalados. O mais alto pegou as algemas e as colocou nos pulsos do Capitão.

Homem-Aranha se aproximou pendurado em suas teias. Estava gritando alguma coisa, chamando o Capitão. Mas ele não podia escutá-lo.

Os outros membros da Resistência olharam em volta, fitando os Vingadores e os agentes da S.H.I.E.L.D. nervosamente. Cage parecia exausto; Johnny Storm estava perplexo. Miss Marvel pairava logo acima, ao lado do Sentinela. Uma a uma, as batalhas cessaram, os poderes se apagaram.

Chamas brilhavam ao redor; o som das sirenes dos carros de resgate tomava conta do ar. Todos pareciam atordoados, paralisados. Ninguém queria dar o próximo passo, dar o próximo golpe.

O policial apontou para o seu carro. Capitão seguiu em direção à porta aberta, baixando a cabeça.

– Não avancem, soldados – Capitão parou, apenas o tempo suficiente para registrar os olhares chocados e traídos de seus seguidores. – Isso é uma ordem.

A porta se fechou atrás dele, e a Guerra acabou.

EPÍLOGO 1
INVISÍVEL

MINHA QUERIDA E DOCE SUSAN,
    Perdoe-me por minha caligrafia irregular. Você sabe o quanto acho difícil pensar mais devagar a ponto de um teclado poder traduzir meus sentimentos em frases lineares. Uma carta escrita à mão, como esta, leva muito mais tempo para escrever, e é muito mais doloroso.
    Mas você escreveu pra mim desta forma quando foi embora. Então me pareceu adequado, até mesmo simétrico, responder da mesma forma.

Sue Richards estava em seu quarto alugado no Brooklyn, de frente para o rio. Colchão no chão, chaleira enferrujada esquentando no fogão. A carta parecia fria em sua mão.

    Já faz quase duas semanas desde aquela terrível batalha. Espero que você tenha ficado satisfeita com a anistia geral oferecida aos heróis depois da rendição do Capitão América. Eu certamente fiquei feliz por você ter aceitado.
    Eu a vi na Times Square, durante a limpeza. Mas não achei apropriado discutir nosso futuro enquanto nossas glândulas suprarrenais ainda podiam afetar nosso julgamento.
    Você estava tão linda, tão vibrante e perspicaz. Como a garota que eu conheci, mais sábia, além de sua idade, com um fogo por justiça ardendo em seu coração. Era como se todos os anos tivessem derretido e eu fosse novamente um pretendente nervoso, em busca das palavras certas para falar com uma criatura tão perfeita. Naquele dia, como em tantos outros, eu não consegui.

Quando voltei para casa naquela noite, chorei por noventa e três minutos.

A chaleira assoviou. Ela foi até o fogão, serviu a água em uma caneca rachada. Observou por um longo momento enquanto o saquinho de chá mergulhava e a água assumia uma cor escura.

Tomou um gole para experimentar. Deu um longo suspiro e voltou a ler.

Neste momento, você já terá visto o lançamento da Iniciativa. Quando estiver concluída, será composta por pelo menos uma equipe de super-heróis em cada estado. Tenho certeza de que você tem ideia da pressão que eu e os outros envolvidos estamos sofrendo: criar novos heróis, remodelar antigos. Construir uma força superpoderosa para o século XXI.

O público parece muito satisfeito, de uma maneira geral, com o novo acordo. Como o mundo devia parecer assustador para eles antes: vigilantes rondando as ruas, amadores com o poder de armas nucleares, vilões cujas atrocidades pareciam nunca alcançar consequências genuínas.

É de se espantar que tenham nos tolerado por tanto tempo.

É claro que nem todo mundo está feliz com a nova ordem. Alguns se mudaram pro Canadá, onde as leis de Registro não se aplicam. Aqui, nos Estados Unidos, há um boato de que um pequeno grupo dos seguidores do Capitão América, ainda soltos, estão formando um novo movimento secreto e mais radical.

E então, claro, tem o próprio Capitão.

Mas, de uma maneira geral, nossa experiência tem sido um enorme sucesso. O que, em determinado momento, pareceu nosso pior pesadelo se transformou em uma grande oportunidade.

Talvez o mais encorajador, para mim, seja a nova vida que a Iniciativa deu a velhos amigos. Hank Pym mergulhou de cabeça na tarefa de treinar novos super-heróis. Tigresa se sentiu culpada por ter traído o Capitão América, acho, mas ela também se tornou um membro inestimável na nossa equipe. Ela sempre foi e sempre será uma Vingadora.

Nossa área de atuação agora vai além da simples aplicação da lei e da ordem. Agora estamos trabalhando diretamente com o governo americano, cuidando de tudo, desde crises ambientais até a pobreza global.

Principalmente Tony. *Você viu o cargo que o presidente deu para ele?*

Mas ideais utópicos e pesquisas de opinião favoráveis não dizem nada para mim, meu amor, sem você ao meu lado. Não importa o que vamos alcançar nessa Nova América, nunca será o Paraíso se eu não tiver você.

Então, eu te prometo: sem mais armadilhas, e nada de clones. Nada das coisas dolorosas que tivemos de fazer nesse caminho em direção à respeitabilidade.

Eu nunca pressionaria você. Você sabe onde estou, e eu reprogramei as entradas do Edifício Baxter para admitir novamente a sua entrada. A escolha é sua, apenas sua.

Mas eu espero, de todo coração, que você volte para a nossa família, que precisa de você mais do que

Um farfalhar na porta. Sue girou, irritada e furiosa: *É melhor que não seja aquele cara assustador com os cachorros de novo.* Ela abriu a porta.

Reed estava parado ali, usando terno e gravata, totalmente fora de moda. Seus membros estavam do tamanho normal; não estava usando seus poderes. Segurava um pequeno buquê de margaridas, já começando a murchar.

– Não consegui esperar – disse ele.

Ela sorriu, sentindo as lágrimas brotarem.

– Esse é o buquê de flores mais patético que...

E, então, eles estavam um nos braços do outro, soluçando e sussurrando desculpas. A respiração dele era quente no ouvido dela, suas lágrimas ardiam em seu ombro. Ela o puxou para mais perto.

O corpo dele começou a se esticar involuntariamente, formando um fino cobertor, estendendo-se para envolvê-la em um abraço de corpo todo. Mas Sue não se sentia presa, nem sufocada. Sentia-se em casa.

– ... muito futurismo – disse ele, seus pensamentos rápidos demais. – Aprendi que tenho que moderar minha lógica. Tony está aprendendo isso também. E tem mais uma coisa que você tem que saber: a prisão da Zona Negativa está sendo fechada. Tony não queria, mas eu insisti. Foi o meu preço para continuar me envolvendo nos planos dele. Provavelmente, a última barganha que vou conseguir com Tony, mas...

– Reed. – Ela se afastou um pouco, segurou o rosto dele em suas mãos. Olhou dentro dos seus olhos úmidos e sofridos. – Reed, posso te dizer uma coisa? Uma coisa que talvez deixe você chocado?

Ele a fitou e assentiu.

– Tony Stark não faz parte deste casamento.

Um longo momento de quietude se passou naquele quarto simples nas docas. E, então, Reed Richards riu. Foi um som humano adorável, um som que Sue não escutava havia muito tempo. Ela riu também, depois se aproximou e beijou o marido.

Lágrimas se misturavam com gargalhadas, e Sue permitiu que Reed entrasse em seu coração de um jeito que não permitia havia muito tempo. Ela se sentiu protegida, amada.

E muito, muito visível.

EPÍLOGO 2
ARANHA

— **ESTÁ MUITO SECO AQUI, QUERIDO.** *Acho que é bom para os meus ossos. Mas sinto falta dos esquilos...*
— Para, tia May. Por favor. Não quero saber onde você está.
— Oh. Claro, Peter. Desculpe.
— Não, tia May, *eu* que peço desculpas. Desculpas por... droga. Espera um minuto.

O telefone estalou no ouvido do Homem-Aranha. Ele o afastou do ouvido e sacudiu o fio antigo em espiral. Colocou os pés na parede de tijolo, do terceiro andar, e ajustou o fio que conectava o telefone à caixa de junção.

— *Peter? Você ainda está aí?*
— Estou, tia May. Desculpe. Não quis usar meu celular, então estou usando essa geringonça pra quebrar um galho.

Um pequeno truque que o Demolidor ensinara para ele: *as linhas fixas ainda são mais difíceis de rastrear.*

— *Estou preocupada com você, Peter. Está comendo direito? Tem um lugar para ficar?*
— Sim, pras duas perguntas.

Novo recorde mundial. Mentindo duas vezes pra tia em quatro palavras.

— Estou com saudades, tia May. Prometo que as coisas logo vão se acalmar e você vai poder voltar pra casa.
— *Não estou preocupada comigo, Peter. Mas Mary Jane parece estar no limite.*
— Posso falar com ela de novo?
— *Claro.*

– Espera. – Homem-Aranha encostou-se à parede do prédio, se protegendo da brisa fria de outono. – Tia May, você ainda tem orgulho de mim?

– *Claro que tenho. Principalmente quando você não fala como um garoto bobo.*

Ele riu.

– *Ela está aqui, querido.*

Houve uma pausa na linha, longa o suficiente para o Homem-Aranha achar que a ligação tinha caído. Olhou em volta, para os prédios de cinco e seis andares, velhos e castigados pelo tempo, pontilhados com luzes nas janelas. Os prédios reformados com nomes elegantes, os antigos *brownstones* com seus aluguéis controlados, as bodegas que nunca fechavam. O Upper West Side foi o local de seu primeiro apartamento, que dividira com Harry Osborn.

– *Peter!*

A voz dela era como um gole de café quente, relaxante e excitante ao mesmo tempo. Uma lembrança surgiu em sua mente: Mary Jane vindo visitar seu primeiro apartamento, andando cheia de charme, parando para flertar com ele e com Harry. Cabelo ruivo brilhante, batom vermelho ainda mais brilhante, e um sorriso que parecia penetrar nele.

Por um momento, ele não conseguiu falar.

– *Tigrão, o que está acontecendo? Você está aí?*

– Tô sim, MJ. Tô aqui.

– *Qual é a situação? Ainda estamos seguras?*

– Não tenho certeza. – Ele engoliu em seco. – Você sabe que ofereceram anistia a todos nós...

– *Eu vi... Você vai aceitar, certo?*

– Eu... não sei se posso.

Outra pausa.

– É que... – Ele parou, sem palavras. – Passei por tanta coisa com Tony. Para voltar pra fogueira de novo... eles provavelmente me fariam ir para um campo de treinamento em Montana ou algo do tipo. Mas não é só isso. Eu sou um solitário, você sabe.

– *Sei sim.* – A voz dela soou dura, infeliz.

– E eu sei que isso afeta você...
– Os canais de TV a cabo estão cheios de boatos, Tigrão. Eles estão chamando de os "Vingadores Secretos". Dizem que tem alguma conexão com o Doutor Estranho.
– Não sei deles.

Isso era uma meia verdade. Falcão lhe enviara um bilhete, com um endereço em Village que parecia ser a casa do Estranho. Mas Peter não respondera.

– Desculpe, MJ. Por tirar você da sua casa, impor a presença da tia May...
– Estamos bem, Peter. May se adapta muito mais fácil do que você poderia acreditar. E eu passo metade do ano na estrada, mesmo. Até peguei alguns trabalhos como modelo por aqui. – Ela riu. – Você sabe, é engraçado.
– O quê?
– No dia do nosso casamento... quando você não apareceu. Depois, você só falava da coisa terrível que tinha feito comigo, com a sua tia, com os nossos amigos. Você pediu desculpas tantas vezes, tentou tanto me compensar. Mas nunca percebeu o que realmente me incomodava. Nunca lhe ocorreu que o que me preocupava, que a coisa que me fazia acordar de madrugada gritando, era o que tinha acontecido com você.

Ele piscou.

– Como você está, Peter?
– Eu...
– E não me venha com baboseiras, nem com sua ironia aracnídea. Não está falando com o Professor Octopus.

Ele respirou fundo.

– Perdi o emprego, MJ. Não tenho casa, nem amigos com quem conversar sem colocá-los em perigo, nenhuma roupa exceto a que estou usando. Os tiras estão novamente atrás de mim, e Jameson lançou uma nova cruzada anti-Homem-Aranha que faz tudo que ele fez antes parecer uma festinha de aniversário de criança. Cada pedacinho da minha vida normal foi detonado. A não ser vocês, não tenho contato algum com o mundo humano normal. Estou realmente muito sozinho. Mas sabe de uma coisa? Eu consigo dormir à noite.

— *Acho que... é isso que importa.*

— Algumas coisas são simplesmente *erradas*, MJ. E alguém tem que lutar pelo que é certo.

— *Então, não resta mais nada a dizer.*

— Exceto que... MJ, quero que você saiba que eu sempre...

— *Guarde isso, Parker. Você vai me dizer isso pessoalmente, em breve.* — Ela respirou fundo. — *Só regue os meus benditos tomates, ok?*

— Todo dia.

A linha ficou muda em sua mão.

— Prometo — sussurrou ele.

Homem-Aranha estendeu a mão e arrancou o fio da caixa de junção. Jogou o telefone três andares abaixo. Passou zunindo por uma mulher, assustando-a, e aterrissou bem no meio de uma lata de lixo pública.

— Certeiro — sussurrou ele.

Um grito ecoou fraco no ar gelado. A cinco ou seis quadras dali.

Aranha lançou a teia em um poste; suas pernas fortes se contraíram, e então, saltou para o céu. Transeuntes apontaram para cima, cochichando animadamente. E, mais uma vez, como em tantas outras antes, o espetacular Homem-Aranha mergulhou na noite.

EPÍLOGO 3
AMÉRICA

— EI, STEVE.
Scrich, scrich.
— Steve! Você tá aí?
— Estou, Raheem. Estou aqui.
— Que que cê tá fazendo? Tô escutando alguma coisa raspando do outro lado da parede.
— Desculpe se incomodei você, Raheem. Só estava desenhando.
— Desenhando! Na parede?
— Isso mesmo.
— Você é artista?
— Já fui um artista comercial, por um tempo. Fiz muitas coisas.
— Hã.
— Vou tentar fazer menos barulho.
— Não precisa se incomodar, mano. Qualquer coisa é melhor do que ficar entediado o tempo todo.
— Sabe, Raheem, gosto de ter tempo para pensar.
— Você é esquisitão mesmo, Steve. É só pedir pra transferirem você pro corredor da morte, aí terá muito tempo.
Scrich, scrich, scrich.
— Parece giz. Como conseguiu giz aqui?
— Um guarda conseguiu pra mim.
— Trocou por alguma coisa?
— Ele me devia um favor. Coisa antiga.
— Um favorzinho. Parece que você está em algum esquema.
Scrich, scrich.
— Eu só precisava de três cores.
— Você não tá bem, Steve. Há quanto tempo tá aqui?

– Trinta dias.
– Tem certeza? Parece muito mais.

Steve Rogers deu um passo para trás, segurando o giz vermelho na mão. A cela era simples: cama, banco, vaso sanitário de metal. Mas a parede à sua frente estava coberta por um meticuloso desenho da bandeira americana. Esticou a mão e acrescentou os toques finais à última listra vermelha.

A décima terceira listra.

Steve franziu a testa, depois voltou sua atenção para a bandeira desenhada à mão. A parte superior esquerda era um bloco azul. Guardou o giz vermelho e pegou o branco, brincando com ele entre os dedos.

No dia seguinte, começaria as estrelas.

EPÍLOGO 4
FERRO

A ARMADURA DO HOMEM DE FERRO estava pendurada no ar, como um espantalho, sustentada por minúsculos anuladores de gravidade. Tony Stark analisou a placa do peitoral, depois franziu a testa para a articulação do ombro direito.

– Teste de controlador – disse ele.

Ambos os braços levantaram instantaneamente, em perfeita formação.

Tony sorriu. No capacete, viu o próprio reflexo. O novo terno Armani tinha um caimento perfeito. As cicatrizes da luta com o Capitão já tinham quase desaparecido, com a ajuda de algumas pequenas, mas caras, cirurgias plásticas. Passou um dedo pelo lábio superior, ainda um pouco inchado, mas o cavanhaque cobria.

– Então. Diretor da S.H.I.E.L.D.?

Ele se virou, olhando para baixo para as passarelas que se cruzavam formando um ponto central no interior do aeroporta-aviões. Miriam Sharpe, a mulher que perdera o filho em Stamford, caminhou cuidadosamente até ele, olhando em volta para os técnicos e operários ocupados nas estações de trabalho logo abaixo. Maria Hill a seguia, de cabeça baixa.

Tony sorriu, estendeu a mão para a Sra. Sharpe.

– Por que não? Faz todo o sentido. Tenho contatos tanto no governo como na comunidade super-humana, e agora que Nick Fury não está mais aqui... – Tony levantou o olhar, e se virou para Hill. – Poderia trazer dois cafés, por favor, Diretora em Exercício? Creme e muito açúcar?

Hill lançou-lhe um olhar capaz de derrubar aviões. Virou e se afastou com passos pesados.

– Tenho algo para você. – Tony remexeu no bolso do paletó, tirou um pequeno boneco do Homem de Ferro. – O brinquedo do seu filho.

Sharpe franziu a testa.

– Eu dei ele para você.

– E me ajudou mais do que você pode imaginar. Mas não preciso mais.

Com um sorriso tímido, ela pegou o brinquedo. Agarrou-se a ele, como a uma velha lembrança.

– Com licença, Diretor?

Três agentes da S.H.I.E.L.D. vieram em sua direção, carregando uma enorme placa de metal e uma lata de selante.

– Estamos apenas consertando os últimos danos causados pelo... você sabe... pequeno ataque de raiva do Capitão América. – O agente assentiu ao passar pela armadura de Tony que pairava no ar, próxima à parede. Um remendo sem cor chamava a atenção como se fosse uma ferida.

Tony estalou os dedos, e a armadura veio para suas mãos. Ele a dobrou rapidamente dentro da maleta.

– Vamos deixar os homens trabalharem.

Ele tomou Sharpe pelo braço e a acompanhou, descendo o pequeno lance de escadas.

– Você ganhou a guerra – parabenizou ela.

– Verdade, e agora temos que conquistar a paz. Quero que todo mundo compreenda, que todos se animem com essa nova forma de trabalhar.

A porta de um elevador se abriu. Ele a conduziu para dentro e apertou um botão. O elevador desceu tão rápido que Tony sentiu seu estômago revirar.

– Você ficou sabendo que o estado do Colorado solicitou que os Thunderbolts fossem sua equipe oficial?

Ela sorriu.

– Fiquei sabendo que você teve de demitir uns malucos.

– Ainda assim, é um enorme passo. Dar aos criminosos uma segunda chance... é algo que sempre tentei fazer.

A porta do elevador se abriu. Um corredor estreito levava a uma série de janelas, brilhando com o sol do meio-dia.

– Você sabe por que chamamos a prisão de Número 42? – perguntou ele.

– Não.

– Porque foi a ideia número 42 entre cem que Reed e eu anotamos, na noite em que seu filho morreu. Cem ideias para um mundo mais seguro, e nós não estamos nem no número cinquenta ainda. Não é excitante?

No final do corredor, uma sala se abria para uma bolha de observação multifacetada, com chão curvado e transparente. Eles estavam embaixo do aeroporta-aviões; a luz do sol entrava, o vidro a refletia em todas as direções.

– Fazer uma limpeza na S.H.I.E.L.D. – continuou Tony – é a ideia 43. Acredite em mim, a comunidade de super-heróis acabou de encontrar o melhor amigo que poderia ter. Você acha que eu deixaria qualquer outra pessoa guardar os segredos dos meus amigos?

Sharpe virou-se. Olhou para o boneco do Homem de Ferro em sua mão.

– Você é um bom homem, Tony Stark. – Uma lágrima escorreu do olho dela. – Você arriscou tudo para dar às pessoas heróis em que elas pudessem novamente confiar.

Ele sorriu, sentindo uma onda de orgulho.

– Eu não poderia fazer nada diferente.

– Acredito em você. Este é o começo de algo maravilhoso.

Tony debruçou-se na grade, olhou através do vidro a cidade de Nova York logo abaixo. Estabelecida ali como um reino mágico, madura e promissora. A luz do sol cintilava, clara e brilhante, em seus orgulhosos arranha-céus.

Não havia nenhuma nuvem.

– O melhor ainda está por vir, querida. – Quando ele levantou o olhar, havia aço em seus olhos. – Isso é uma promessa.

FIM

AGRADECIMENTOS

UM LIVRO NÃO É UMA HISTÓRIA EM QUADRINHOS, e esta brilhante história em particular precisou passar por uma reestruturação para funcionar em forma de prosa. Meu muito obrigado a Ruwan Jayatilleke, Jeff Youngquist e David Gabriel, da Marvel, por confiarem em mim para fazer justiça à sua mais poderosa história dos últimos anos. Eles me deram todos os instrumentos e me deixaram trabalhar, fornecendo-me apenas a quantidade certa de orientação sempre que eu precisava.

Tive dois editores neste projeto: Axel Alonso, editor-chefe da Marvel, e Marie Javins, a editora principal do livro. Axel me ajudou a compreender a moral do Justiceiro e sugeriu algumas excelentes mudanças na trama; Marie fez todas as perguntas certas, corrigiu a minha prosa e passou longas horas trabalhando para lapidar o manuscrito. Juntos, eles me empurraram em todas as direções certas.

Tom Brevoort, editor da série original *Guerra civil*, me deu informações valiosas nos estágios iniciais. Histórias relacionadas de J. Michael Straczynski, Ron Garney, Dan Slott e Stefano Caselli serviram como importante fonte de material para o livro. A obra de arte de Steve McNiven, na série principal, foi ao mesmo tempo inspiração constante e fonte de frustração – realmente são necessárias muito mais que mil palavras para capturar uma cena de batalha, que ele conseguiu mostrar em um painel forte e poderoso.

Mark Millar, um velho amigo e um dos caras mais inteligentes e verdadeiros no mundo dos quadrinhos, me incentivou a pegar sua história e torná-la minha. Felizmente, consegui fazer isso sem destruir sua estrutura, tão hermética e sensacional; ou o núcleo emocional poderoso da história.

Minha esposa, Liz Sonneborn, me deu apoio incessante mesmo quando eu fazia anotações no meio da noite, arrancando os cabelos por causa de pequenos detalhes da trama, e andava de um lado para o outro pela casa resmungando perguntas obscuras como: "É muito confuso ter dois personagens chamados Gavião Arqueiro no mesmo livro?". (Resposta: Sim.)

Finalmente, tenho um enorme débito com os escritores e artistas que contribuíram para o Universo Marvel no decorrer dos anos. *Guerra civil* não existiria, de qualquer forma, sem a contribuição de vocês. Espero que, juntos, tenhamos feito justiça a eles.

FONTE: Chaparral Pro
IMPRESSÃO: Searon Gráfica e Editora

#Novo Século nas redes sociais